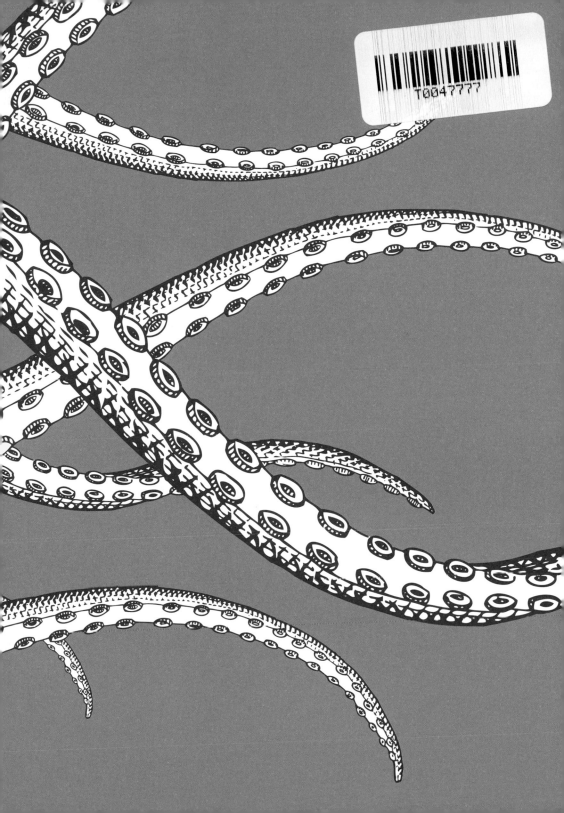

EN LAS MONTAÑAS DE LA LOCURA

ALMA CLÁSICOS ILUSTRADOS

EN LAS MONTAÑAS DE LA LOCURA Y OTROS RELATOS

H. P. Lovecraft

Ilustraciones de
Sebastián Cabrol

Edición revisada y actualizada

Título original: *At the Mountains of Madness / The Dreams in the Witch House / The Shunned House*

La presente edición se ha publicado con la autorización de Editorial EDAF, S. L. U.
© Traducción: José A. Álvaro Garrido
Ilustraciones: Sebastián Cabrol

© de esta edición:
Editorial Alma
Anders Producciones S. L., 2018
Av. Diagonal n.º 440, 1.º 1.ª
08037 Barcelona
info@editorialalma.com
www.editorialalma.com

Diseño de la colección: lookatcia.com
Diseño de cubierta: lookatcia.com
Maquetación y revisión: LocTeam, Barcelona

ISBN: 978-84-17430-04-7
Depósito legal: B13431-2018

Impreso en España
Printed in Spain

El papel de este libro proviene de bosques gestionados de manera sostenible.

ÍNDICE

EN LAS MONTAÑAS DE LA LOCURA

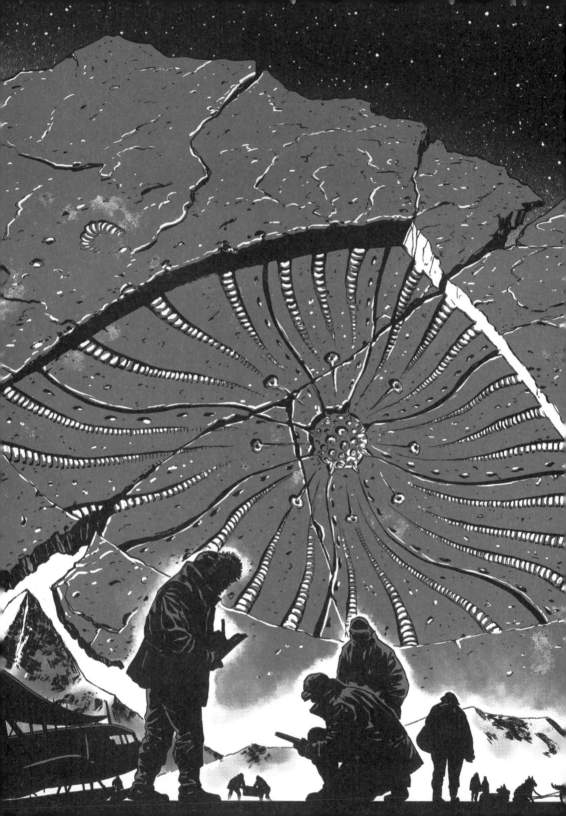

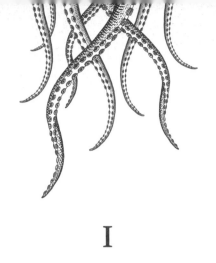

I

Si me veo obligado a hablar es por culpa de los hombres de ciencia, que se niegan a atender mis consejos, sin pararse siquiera a valorarlos. Expongo, totalmente contra mi voluntad, las razones por las que me opongo a la prevista invasión de la Antártida, a esa exhaustiva búsqueda de fósiles, y a la devastadora perforación y fusión de las arcaicas capas de hielo. Lo hago a disgusto, pues mucho me temo que mi aviso caerá en saco roto. Es inevitable que se dude de la veracidad de los hechos que expondré a continuación, pero si eliminase los aspectos extravagantes e increíbles de mi historia, no quedaría nada que contar. Las fotografías que aún obran en mi poder, tanto las normales como las aéreas, apoyarán mi declaración, ya que por desgracia son nítidas e ilustrativas. Sin embargo, habrá quien dude de ellas, pues siempre cabe la posibilidad de falsificar evidencias semejantes. Los dibujos, por descontado, podrán considerarse flagrantes imposturas, pese a revelar unas técnicas ajenas a cualquiera que se conozca, tal y como los especialistas en arte habrán de certificar, perplejos.

A la postre, habré de fiarme del buen juicio y de la rectitud de los pocos científicos de renombre dotados, por una parte, del suficiente pensamiento crítico como para contrastar los datos que les ofrezco, con todo lo que conllevan de espantoso y evidente, a la luz de ciertos ciclos míticos, primordiales y sumamente estremecedores; y, por otra parte, de suficiente influencia como para impedirle a la comunidad de exploradores que se adentren, con imprudencia y ambición, en la zona donde se alzan esas montañas de la locura. Cabría considerar una suerte aciaga que unos personajes tan desconocidos como mis colegas y yo, asociados a una pequeña universidad, apenas podamos hacernos valer en un asunto como éste, que implica elementos de suma extravagancia y susceptibles de controversia.

Además, en contra de nuestro parecer, obra también el hecho de que ninguno de nosotros somos, *sensu strictu,* especialistas en las disciplinas en que el asunto entra de lleno. Como geólogo, todas mis funciones como guía de la expedición de la Universidad de Miskatonic se reducían a conseguir muestras de roca y tierra a grandes profundidades, en diversas partes del continente antártico, con la ayuda de una magnífica perforadora cuyo diseño le debemos al profesor Frank H. Pabodie, de nuestro Departamento de Ingeniería. No era mi deseo destacar en ningún otro campo, y ansiaba que, gracias al nuevo ingenio mecánico, que había sido probado a lo largo y ancho de las zonas ya exploradas, aflorasen por primera vez materiales que los métodos tradicionales de búsqueda eran incapaces de sacar a la luz. Como la opinión pública ya sabrá por nuestros informes, la perforadora de Pabodie era única y radical gracias a su ligereza, su facilidad de transporte y su capacidad para combinar los principios de la perforación artesiana con los del taladro circular, a pequeña escala, de la piedra. Con ello buscaba abrirse paso rápidamente a través de estratos de diversa dureza. Cabeza de acero, tubería acoplable, motor de gasolina, estructura desmontable de madera, complementos de dinamita, cordaje, centrifugadora y conductos por secciones de doce centímetros de ancho y unos trescientos metros de longitud que formaban, junto con todos los accesorios necesarios, una carga no mayor de la que podían transportar tres trineos de siete perros cada uno. Cuatro grandes aeroplanos Dornier, diseñados *ex profeso* para las tremendas altitudes que se alcanzan en el vuelo sobre las mesetas antárticas, con la adición de calentador de combustible, y aparatos de arranque rápido, mejorados por Pabodie, podían transportar toda nuestra expedición desde una base instalada en el borde de la gran barrera de hielo hasta varios puntos del interior. A partir de esos tendríamos que desplazarnos en trineo.

Pensábamos abarcar tanto terreno como nos permitiese una estación en la Antártida, o más, de no haber más remedio. Operaríamos sobre todo en las alturas montañosas y en la meseta que se halla al sur del mar de Ross. Todas esas regiones habían sido exploradas, hasta cierto punto, por Shackleton, Amundsen, Scott y Byrd. Cambiábamos de campamento con frecuencia. Mediante vuelos en aeroplano cubríamos distancias lo bastante grandes como para resultar relevantes en términos geológicos. De ese modo pensábamos exhumar un montón de material sin precedentes; sobre todo, de la era Precámbrica, de la que apenas se habían conseguido unas pocas muestras en la Antártida. Confiábamos también en obtener tanta variedad como nos fuera posible de las rocas fósiles superficiales, ya que la primitiva historia orgánica de ese desolado reino de hielo y muerte tiene una importancia suprema a la hora de conocer el pasado de la Tierra. Es cosa bien sabida que el continente antártico fue en tiempos una tierra templada e incluso tropical, con abundante vida animal y vegetal de la que los líquenes, fauna marina, arácnidos y pingüinos de la costa septentrional no son más que los supervivientes; nosotros esperábamos ampliar los conocimientos existentes al respecto, tanto en variedad como en hechos y nivel de detalle. En cuanto una simple cata mostrase vestigios de fósiles, agrandaríamos la abertura mediante explosivos, con objeto de extraer especímenes de tamaño y condición aceptables.

Nuestras catas, que tendrían una profundidad variable en función del terreno o de las rocas que hubiese en la superficie, se limitarían a zonas descubiertas o casi descubiertas. Horadaríamos en laderas y bordes, pues era imposible trabajar en las zonas cubiertas por capas de hielo de uno o dos kilómetros de espesor. No nos planteamos taladrar en profundidad por aquellos vestigios de la glaciación, aunque Pabodie había diseñado unos electrodos de cobre capaces de operar en profundidad. Con ello buscaba perforar y fundir zonas concretas de aquel hielo, mediante una corriente eléctrica obtenida a partir de una dinamo de gasolina. Nuestra expedición sólo podía llevar a cabo una operación de tal calibre de una manera experimental, pero la próxima expedición Starkweather-Moore se muestra resuelta a hacerlo, aun a pesar de los avisos que les damos desde que regresamos de la Antártida.

El público sabe de la expedición Miskatonic gracias a nuestros frecuentes informes por radio al *Arkham Advertiser* y a la Associated Press, y a través de posteriores artículos escritos tanto por Pabodie como por mí mismo. Éramos cuatro profesores de la Universidad de Miskatonic —Pabodie; Lake, del Departamento de Biología; Atwood, del Departamento de Física (que desempeñaba también las labores de meteorólogo), y yo mismo, en lo relativo a la geología y con el mando nominal de la expedición—, dieciséis ayudantes, siete doctorandos y nueve mecánicos cualificados. De esos dieciséis, doce estaban cualificados para pilotar aviones y, además, al menos dos de ellos eran competentes operadores de radio. Ocho sabíamos navegar con brújula y sextante, entre ellos Pabodie, Atwood y yo. A todo eso había que sumar, por supuesto, nuestros dos buques —antiguos balleneros de madera, reforzados para navegar entre los hielos y dotados de máquinas auxiliares— con toda su tripulación. La Fundación Nathaniel Derby Pickman financiaba la expedición, con el añadido de unas pocas contribuciones particulares. De ahí que consiguiéramos equiparnos con holgura, a pesar de la escasa publicidad que se nos había dado. Los perros, trineos, maquinaria, material de acampada y porciones desmontadas de los cinco aviones fueron enviados a Boston y, una vez allí, embarcados. Estábamos maravillosamente equipados para nuestros propósitos y, en todo lo relativo a suministros, manejo, transporte y construcción de campamentos, habíamos aprendido de los excelentes ejemplos de nuestros muchos y excepcionalmente brillantes predecesores. La insólita cantidad y fama de esos predecesores hizo que nuestra expedición —pese a lo ambiciosa que resultaba— apenas tuviera repercusión entre el gran público.

Tal y como informaron los periódicos, zarpamos desde el puerto de Boston el 2 de septiembre de 1930. Tomamos un tranquilo rumbo costero, cruzamos el canal de Panamá e hicimos sendas escalas en Samoa y Hobart (Tasmania), que fue el último lugar donde nos abastecimos. Nadie de nuestro equipo de exploración había estado antes en las regiones polares, de ahí que confiásemos en nuestros capitanes —J. B. Douglas, al mando del bergantín *Arkham*, que oficiaba de comodoro de la expedición, y Georg Thorfinnssen, que mandaba el *Miskatonic*—, ambos balleneros con experiencia en aguas antárticas. Según dejábamos atrás el mundo habitado, el sol fue bajando más y más al norte. Cada día se pasaba más tiempo por encima del horizonte. Hacia los 62° de latitud sur avistamos nuestros primeros icebergs —formaciones como mesas, con caras verticales—, y justo antes de cruzar el Círculo Polar Antártico, que atravesamos el 20 de octubre con la apropiada ceremonia, tuvimos más de un problema con los hielos flotantes. Las temperaturas, cada vez más bajas, me afectaron sobremanera tras nuestro largo viaje por los trópicos, y traté de protegerme para los rigores aún más duros que estaban por llegar. Los fenómenos atmosféricos me fascinaron una y otra vez. Contemplé un espejismo de una viveza impresionante —el primero que jamás presenciara— en el que unos lejanos icebergs a la deriva se convirtieron en los parapetos de inimaginables castillos cósmicos.

Abriéndonos paso a través de los hielos, que por fortuna no eran muy extensos ni estaban demasiado cerrados, alcanzamos aguas abiertas en latitud 67° sur y longitud 175° este. En la mañana del 26 de octubre apareció una «tierra parpadeante» al sur, y antes del mediodía sentimos un escalofrío de excitación al contemplar una cadena montañosa inmensa, alta y cubierta de nieve que se desplegaba ante nuestros ojos y cubría todo el horizonte. Tales montañas eran, sin duda, la cordillera del Almirantazgo, descubierta por Ross. Nuestra ruta había de doblar el cabo Adare y navegar hacia la costa oriental de Tierra de Victoria para alcanzar lo que sería nuestra base en las playas del estrecho de McMurdo, al pie del volcán Erebus, en latitud 77 ° 9' sur.

La última etapa del viaje fue impactante y estremecedora. Los enormes picos pelados se alzaban, misteriosos, hacia el este. El sol bajo del mediodía al norte, o el sol de la medianoche al sur, aún debajo del horizonte, destilaba sus débiles rayos rojizos sobre nieve blanca, hielo azulado, canales acuosos y negras laderas graníticas. Por las desoladas cimas zumbaban intermitentes ráfagas del terrible viento antártico, con cadencias que a veces querían sugerir flautas salvajes y casi dotadas de vida. Emitían notas a unas frecuencias muy altas. Por algún motivo sin duda relacionado con la memoria latente en un plano inferior a la consciencia, me resultaban inquietantes e incluso, de una manera indefinida, terribles. En cierto modo me recordaban las extrañas y turbadoras pinturas asiáticas de Nicholas Roerich y las aún más extrañas y perturbadoras descripciones de la maligna y fabulosa meseta de Leng que se encuentran en el temido *Necronomicón* del árabe loco Abdul Alhazred. A la postre, no pude sino lamentarme por haber ojeado ese libro en la biblioteca de la universidad.

El 7 de noviembre, desvanecido ya cualquier atisbo de las cumbres occidentales, cruzamos junto a la isla de Franklin, y al día siguiente avistamos los conos humeantes de los montes Erebus y Terror, en la isla de Ross, con la larga línea de las montañas Parry detrás. Al este se extendía la baja y blanca línea de la gran barrera de hielo. Ésta se alzaba en perpendicular a una altura de sesenta metros, como los riscos rocosos de Quebec, para marcar el final de la navegación hacia el sur. Por la tarde entramos en el estrecho de McMurdo y nos detuvimos en la costa, al socaire del humeante monte Erebus. El pico volcánico se alzaba a unos 3.800 metros contra el cielo oriental, como una pintura japonesa del sagrado Fujiyama, mientras que más allá se levantaba la blanca y fantasmal altura del monte Terror, de 3.270 metros, ya extinto como volcán. Del Erebus surgían unas fumarolas de manera ocasional, y uno de los estudiantes —un joven brillante llamado Danforth— señaló lo que parecía lava en la ladera nevada. Luego añadió que esa montaña, descubierta en 1840, había sido sin duda la fuente de inspiración del poema que Poe escribiera siete años más tarde.

> Las lavas que fluyen sin freno.
> Sus sulfurosas corrientes bajando el Yaanek
> en los extremos rigores del Polo
> que gimen según descienden por el monte Yaanek
> en los dominios del Polo Boreal.

Danforth era un incansable lector de materias extravagantes y solía hablar de Poe. Éste también me interesaba, debido a la ambientación antártica que planteaba en su única novela, la turbadora y enigmática *Narración de Arthur Gordon Pym*. Una multitud de grotescos pingüinos graznaba y agitaba las aletas tanto en la playa desolada como en la alta barrera de hielo que se erigía tras ella. Asimismo, se veían algunas voluminosas focas en el agua, o bien nadando o bien tumbadas sobre grandes fragmentos de hielo que iban lentamente a la deriva.

Nos valimos de pequeños botes para arribar, no sin dificultad, a la isla de Ross, poco después de la medianoche del día 9. Llevábamos con nosotros un cable que nos unía con los buques. Nos disponíamos a descargar los abastos por medio de una boya de carga. Nuestras sensaciones al pisar por vez primera el suelo antártico fueron estremecedoras e inolvidables, aun cuando en ese sitio en concreto nos habían precedido las expediciones de Scott y Shackleton. Nuestro campamento, instalado en la playa helada bajo la ladera del volcán, era tan sólo provisional, y nuestro cuartel general quedaría dispuesto a bordo del *Arkham*. Desembarcamos taladros, perros, trineos, tiendas de campaña, provisiones, bidones de gasolina, equipo experimental destinado a fundir hielo, cámaras ordinarias y aéreas, piezas de aeroplano y otros accesorios, entre ellos tres pequeñas radios portátiles (además de las de los aviones) capaces de comunicarse, desde cualquier parte de la Antártida a la que quisiéramos viajar, con el más potente aparato del *Arkham*. La radio del barco se comunicaría con el mundo exterior, mediante los informes de prensa que remitiría a la potentísima instalación radiofónica del *Arkham Advertiser* en Kingsport Head. Así obraríamos durante el verano antártico. Pero, de resultarnos imposible seguir el plan trazado, invernaríamos en el *Arkham*, y enviaríamos al *Miskatonic* al norte antes de que se formasen los hielos, con la misión de buscar suministros con los que pasar otro verano.

No repetiré todo lo que los periódicos ya han publicado sobre nuestro primer objetivo: el ascenso al monte Erebus; las consiguientes perforaciones en busca de mineral, realizadas en ciertos puntos de la isla Ross, y la singular velocidad con la que el artefacto de Pabodie realizó su misión, aun a través de yacimientos de roca sólida; nuestra prueba provisional del pequeño equipo de fusión de hielo; nuestra peligrosa remontada de la gran barrera con trineos y suministros, y el ensamblaje final de cuatro grandes aeroplanos en el campamento situado en lo alto de la barrera. La salud de nuestra expedición terrestre —veinte hombres y cincuenta y cinco perros de trineo de Alaska— era notablemente buena. Cabe decir que, por supuesto, aún no nos habíamos topado con verdaderas dificultades en forma de temperaturas y tempestades destructivas. El termómetro oscilaba casi siempre entre los cero y los 20 o 25 grados bajo cero, y nuestras experiencias con los inviernos de Nueva Inglaterra nos habían acostumbrado a rigores similares. El campamento de la barrera era semipermanente y estaba destinado a ser almacén de gasolina, provisiones, dinamita y demás abastos. Bastaba con cuatro de los aviones para transportar todo el equipo de exploración. El quinto quedó de reserva, con un piloto y dos marineros, en el almacén, listo para llegar hasta nosotros desde el *Arkham* en caso de extraviar alguno de los otros cuatro. Más tarde, cuando no los necesitásemos para transportar material, reservaríamos uno o dos para establecer una línea entre este almacén y otra base permanente, que situaríamos en la gran llanura a seiscientos o setecientos kilómetros al sur, más allá del glaciar de Beardmore. A pesar de los casi incesantes y terribles vientos y tempestades que azotaban la meseta, decidimos prescindir de bases intermedias. Asumimos el riesgo si, a cambio, redundaba en beneficio de la economía y de la eficiencia.

Los informes por radio ya dejaron constancia del estremecedor vuelo de cuatro horas, sin escalas, que realizó nuestro grupo el 21 de noviembre sobre los altos promontorios helados. Los grandes picos se alzaban al oeste. Tan sólo el sonido de nuestros aparatos rompía el silencio insondable. El viento nos causaba molestias razonables, y gracias a nuestros aparatos de radio pudimos superar el único banco de niebla espesa que encontramos. Cuando una gran muralla se alzó ante nosotros, entre los 83 y los 84 grados de latitud, supimos que habíamos llegado al glaciar Beardmore, el mayor valle glaciar del mundo, y que el mar helado estaba dejando paso a una costa hosca y montañosa. Al cabo, penetramos por completo en el blanco y durante eones muerto mundo del sur profundo, como pudimos constatar al ver el pico del monte Nansen a oriente, alzándose a una altura de casi 4.500 metros.

Quedan para la historia el consecuente establecimiento de la base austral sobre el glaciar, en una latitud 86° 7', así como el trabajo de perforación y voladura, de una rapidez y eficacia sorprendentes, que se realizó en varios puntos a los que llegamos mediante trineos y vuelos cortos. También fue memorable el arduo y exitoso ascenso del monte Nansen, que Pabodie y dos de sus alumnos —Gedney y Carroll— realizaron entre el 13 y el 15 de diciembre. Nos hallábamos a unos 2.500 metros sobre el nivel del mar, y cuando los taladros sacaron tierra a sólo cuatro metros de profundidad, abusamos del limitado equipo de fusión, horadando y haciendo voladuras en ciertos sitios en los que ningún explorador había soñado siquiera con sacar elementos minerales. Los granitos precámbricos y las muestras de arenisca obtenidas confirmaron nuestra hipótesis de que esa meseta era igual que la gran masa continental del oeste y algo diferente de las porciones orientales que se encuentran al sur de Sudamérica. Las considerábamos un continente aparte, separado del mayor por un helado estrecho que discurría entre los mares de Ross y Weddell. Sin embargo, Byrd siempre ha discrepado de tal idea.

En ciertas areniscas, expuestas a golpe de dinamita y cincel, después de que el taladro abriese camino, encontramos algunas marcas de fósiles y fragmentos de naturaleza sumamente interesante —sobre todo, helechos, algas, trilobites, crinoides y moluscos del tipo de las lingulellas y los gasterópodos— y que resultaban sumamente significativos para estudiar la historia primitiva. Había también una marca triangular y estriada muy extraña, de unos treinta centímetros en su diámetro mayor, que Lake adjuntó a tres fragmentos de pizarra sacada de una oquedad abierta mediante una voladura profunda. Tales restos procedían de un punto situado al oeste, cerca de la cordillera de la Reina Alexandra. Como biólogo que era, Lake encontró esa pieza fascinante y provocadora en grado sumo. Conforme a mi parecer de geólogo, sin embargo, se trataba de un efecto ondulatorio común entre las rocas sedimentarias. La pizarra no es más que una formación metamórfica en la que un estrato sedimentario se ve comprimido. Esa presión produce extraños efectos distorsionadores que hacen posible cualquier marca. Por eso no consideré que mereciera la pena extrañarse por esa huella estriada.

El 6 de enero de 1931, Lake, Pabodie, Daniels, seis de los estudiantes, cuatro mecánicos y yo volamos directamente sobre el Polo Sur en dos de los grandes aviones. Nos vimos obligados a descender debido a una racha repentina de viento en altura que, por fortuna, no degeneró en la típica tormenta. Fue, como han dicho los periódicos, uno de los numerosos vuelos de observación realizados. En otro intentamos descubrir relieves topográficos en regiones no holladas por los anteriores exploradores. Nuestros primeros vuelos resultaron descorazonadores en ese sentido, aunque nos dieron algunos ejemplos de los espejismos de las regiones polares, tan engañosos como fantasiosos. Los que habíamos visto mientras surcábamos el mar apenas eran meros anticipos. Las lejanas montañas flotaban en el cielo como ciudades encantadas. A menudo, la totalidad del mundo blanco parecía disolverse, bajo el influjo de la magia del sol de medianoche, en una tierra dorada, plateada y escarlata de sueños propios de lord Dunsany y anhelos aventureros. En días nublados, teníamos no pocos problemas para volar, dada la tendencia de la tierra nevada y el cielo a mezclarse en un místico vacío opalescente. Ningún horizonte visible marcaba la separación entre ambos.

Al cabo, decidimos poner en práctica nuestro plan original de volar 500 kilómetros hacia el este con nuestros cuatro aviones de exploración y establecer una nueva base en un punto donde creíamos (de manera errónea) que se hallaba la divisoria entre los dos subcontinentes. Deseábamos obtener muestras geológicas, para compararlas con las que ya obraban en nuestro poder. Nuestra salud era óptima, complementábamos con zumo de lima la dieta de carne envasada y salada, y las temperaturas, por lo general sobre cero, nos permitían movernos sin nuestros ropajes más gruesos. Nos encontrábamos a mediados de verano, y si éramos cuidadosos y diligentes terminaríamos los trabajos en marzo, con lo que nos libraríamos de una tediosa invernada en mitad de la larga noche antártica. Se habían desatado unas cuantas tormentas de viento del oeste. Pese a su intensidad, salimos indemnes gracias a la pericia de Atwood para construir rudimentarios hangares y cortavientos mediante pesados bloques de nieve, así como para reforzar con el mismo material los principales edificios del campamento. Habíamos gozado de una eficiencia y una buena suerte casi increíbles.

El mundo exterior supo, por supuesto, de nuestro programa de trabajo. Supo asimismo de la extraña y porfiada insistencia de Lake en realizar un viaje de prospección al oeste —o, mejor dicho, al noroeste—, antes de trasladarnos a una nueva base. Parecía otorgarle una enorme importancia a la marca triangular y estriada de la pizarra. Empecinado en la alarmante osadía de sus especulaciones, encontraba en ella algunas contradicciones relativas a su naturaleza y periodo geológico. Todo ello había avivado su curiosidad. Estaba ávido de nuevas excavaciones y voladuras en el estrato que se extendía hacia el oeste, y al cual, como era evidente, pertenecían aquellos fragmentos exhumados. Sentía el extraño convencimiento de que las marcas eran las huellas de algún organismo grande, desconocido, radicalmente distinto y altamente evolucionado. Lo cierto era que la roca databa de un periodo sumamente antiguo —el Cámbrico o tal vez el Precámbrico—, dato suficiente para descartar la probable existencia no sólo de vida altamente desarrollada, sino también de cualquier organismo pluricelular o, incluso, del trilobites. Calculaba que esos restos dotados de tan extrañas marcas debían de tener al menos entre quinientos y mil millones de años de antigüedad.

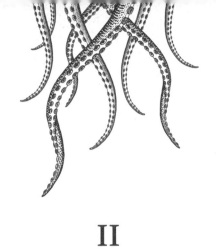

II

Supongo que la imaginación popular respondió entusiasta a nuestros boletines radiados, que informaban de la partida de Lake hacia el noroeste en busca de regiones nunca holladas por el ser humano o traspasadas siquiera por la imaginación; aunque no hicimos mención a sus estrafalarias esperanzas de revolucionar por completo la biología y la geología. Su primera travesía para hacer labores de sondeo se desarrolló del 11 al 18 de enero. Lo acompañaron Pabodie y otros cinco hombres. Aunque el viaje se vio ensombrecido por la pérdida de dos perros en un accidente mientras cruzaban una de las grandes grietas del hielo, lograron exhumar cada vez más pizarra del periodo Arcaico, e incluso yo me sentí interesado por la singular profusión de marcas claramente fósiles en un estrato de antigüedad tan increíble. Dichas huellas pertenecían a formas de vida muy primitivas, lo que no parecía de extrañar, con la salvedad de que no se conocía ningún organismo capaz de hollar rocas tan antiguas. De ahí las reticencias con que acogí las peticiones de Lake para emplear cuatro aviones, muchos hombres y todo el utillaje mecánico de la expedición. No obstante, no veté ese plan, aunque no quise acompañar a la expedición al noroeste, pese a que Lake quería mi ayuda como geólogo. En su ausencia, yo me quedaría en la base con Pabodie y cinco hombres, preparando nuestro viaje principal hacia el este. Anticipando tal travesía, uno de los aviones había ya comenzado a trasladar una buena cantidad de gasolina desde el estrecho de McMurdo;

pero eso podía aplazarse. Me reservé un trineo y nueve perros, pues no es inteligente arriesgarse a no contar con medios de transporte en un mundo completamente inhóspito y muerto desde tiempos inmemoriales.

Como se recordará, la subexpedición de Lake a lo desconocido enviaba informes mediante los transmisores de onda corta de los aviones. Nuestros aparatos de la base sur los recibían al mismo tiempo que el *Arkham*, situado en el estrecho de McMurdo, de donde se redifundían al mundo exterior mediante onda de quince metros. Partieron el 22 de enero, a las cuatro de la tarde, y el primer mensaje llegó sólo dos horas más tarde, cuando Lake informó de que descendía para hacer una pequeña escala, con objeto de fundir el hielo y perforar en un lugar a unos trescientos kilómetros de la base. Seis horas después, un segundo y entusiasta mensaje nos informó del frenético y laborioso trabajo mediante el que habían fundido y perforado una pequeña porción de terreno, para desembocar en el descubrimiento de pizarras con algunas marcas parecidas a las que habían provocado los primeros interrogantes.

Tres horas más tarde, un somero boletín anunciaba que reanudaban el vuelo en medio de una tempestad furiosa y destructiva. Cuando les advertí de que no corrieran riesgos, Lake respondió con brusquedad que las nuevas muestras lo autorizaban a emprender esa aventura. Comprendí que su excitación era casi indiscernible de un motín. Hice todo lo posible para que su manera de actuar no pusiera en riesgo toda la expedición. Daba vértigo pensar en que se sumía más y más en esa traicionera y siniestra inmensidad blanca de tempestades y de misterios insondables que se extendía a lo largo de casi 2.400 kilómetros, antes de llegar a la mitad conocida y mitad intuida línea costera de la Reina Mary y la tierra de Knox.

Luego, alrededor de hora y media más tarde, llegó ese mensaje excitado por partida doble desde el avión en vuelo. Mis sentimientos estuvieron a punto de dar un giro radical. En aquel momento, casi deseaba estar con el grupo.

10.05 de la noche. En vuelo. Tras rebasar la tormenta de nieve, hemos avistado una cadena montañosa delante de nosotros, más alta que ninguna otra que hayamos visto jamás. Quizá iguale al Himalaya, si tenemos en cuenta la altitud de la meseta. Latitud aproximada: 76º 15', longitud 113º 10' E. Se extiende hasta donde alcanza la vista, tanto a derecha como a izquierda. Creo que hay dos cráteres humeantes. Todos los picos son negros y no tienen nieve. Las tormentas que soplan sobre ellos impiden sobrevolarlos.

Acto seguido, Pabodie, los hombres y yo aguardamos impacientes al lado del receptor. Pensar en esas titánicas murallas montañosas, a 1.126 kilómetros de distancia, inflamaba nuestros más hondos anhelos de aventura. Nos enorgullecía que nuestra expedición la hubiera descubierto, aunque nosotros no pudiéramos participar. Lake llamó de nuevo al cabo de media hora.

El avión de Moulton ha tenido que hacer un aterrizaje de emergencia en la llanura, al pie de las montañas, pero no hay heridos y quizá podamos reparar el aparato. Vamos a llevarnos los útiles más esenciales a los otros tres aviones, o bien para la vuelta o bien para posteriores desplazamientos, de ser necesario, pero ya no necesitaremos hacer más largos viajes aéreos. Las montañas sobrepasan todo lo imaginable. Voy a explorar en el avión de Carroll, luego de aligerar peso. No pueden imaginarse cómo es esto. Los picos más altos bien podrían superar los 10.000 metros de altura. El Everest no puede competir con ellos. Atwood medirá su altura con el teodolito mientras Carroll y yo subimos. Acaso me equivocaba respecto a los cráteres, ya que las formaciones parecen estratos. Tal vez sean pizarras precámbricas mezcladas con otro tipo de estratos. Hay extraños efectos celestes; secciones regulares de cubos que suben por las laderas de los picos más altos. El panorama es maravilloso a la luz rojo dorada del sol bajo. Es como una tierra de misterio en un sueño, o como una puerta a un mundo prohibido de intacto prodigio. Me gustaría que estuvieseis aquí para verlo.

Aunque en teoría era la hora de dormir, ninguno de los allí presentes pensó, ni por un momento, en retirarse. Otro tanto debió de pasar en el estrecho de McMurdo, donde el almacén de abastos y el *Arkham* recibían también los mensajes, ya que el capitán Douglas mandó una felicitación generalizada por el importante descubrimiento, y Sherman, el radiotelegrafista del almacén, secundó la medida. Por supuesto, lamentábamos el aeroplano averiado, pero esperábamos poder repararlo con facilidad. Luego, a las once de la noche llegó otro mensaje de Lake.

He subido con Carroll a los contrafuertes más altos. No nos hemos atrevido a remontar los picos con el tiempo que hace ahora, pero lo intentaremos más tarde. Es duro y espantoso subir a una altura así, pero merece la pena. La cordillera forma un muro sólido y no podemos ver qué hay más allá. Las cimas más altas sobrepasan a las del Himalaya y son muy curiosas. La cordillera parece formada de pizarra precámbrica, con patentes signos de otros muchos estratos entremezclados. Me equivocaba respecto a lo de los volcanes. La cordillera se extiende en ambas direcciones hasta donde alcanza el horizonte. Está limpia de nieve por encima de los 7.000 metros. Extrañas formaciones en las laderas de las montañas más altas. Grandes bloques angulares con lados verticales y líneas rectangulares de murallas bajas y verticales, como los viejos castillos asiáticos que cuelgan de escarpadas montañas en las pinturas de Roerich. Impresionante al verlo a lo lejos. Hemos volado cerca de algunas. Carroll pensó que estaban formados por piezas más pequeñas, pero eso se debe probablemente a la erosión. La mayor parte de los bordes están desmenuzados y redondeados, como si hubieran estado expuestas a las tormentas y la intemperie durante millones de años. Algunas partes, sobre todo las superiores, parecen formadas por piedras algo más claras que cualquiera de los estratos de las laderas. De ahí su evidente origen cristalino. Un vuelo más rasante mostró numerosas bocas de cavernas, algunas con perfiles insólitamente regulares, cuadradas o semicirculares. El más alto parece tener entre 9.000 y 10.000 metros de altura. Estamos a unos 6.500 metros y hace un frío infernal. El viento sopla y silba a través de los desfiladeros y estamos cerca de las cuevas, pero no tanto como para que el vuelo resulte peligroso.

Durante media hora, Lake nos cubrió con un fuego graneado de informes y expresó su intención de escalar alguno de los picos a pie. Le repliqué que me uniría con él tan pronto como pudiera enviarme un avión, y que Pabodie y yo estudiaríamos la forma de repartir la gasolina; el cómo y dónde utilizar nuestras reservas, en vista de cómo había variado el carácter de la expedición. Las perforaciones de Lake y los vuelos de su avión debían de necesitar un gran suministro desde la nueva base que iban a establecer al pie de las montañas, y era probable que, debido a eso, no fuera posible realizar el vuelo hacia el este. Respecto a este último asunto, me puse en contacto con el capitán Douglas y le pedí que me enviase cuanto combustible fuera posible desde los buques, atravesando la barrera mediante el único tiro de perros que habíamos dejado en reserva. Se trataba de establecer una ruta directa entre Lake y el estrecho de McMurdo, cruzando una región desconocida.

Lake llamó más tarde para informar de que había decidido establecer el campamento allí donde el avión de Moulton había tenido que aterrizar y donde ya habían comenzado las reparaciones. La capa de hielo era muy delgada, con oscura tierra a la vista aquí y allá, y haría algunas perforaciones y voladuras sobre el terreno antes de emprender cualquier viaje con trineos o expedición de escalada. Informó de la inefable majestad del escenario y de sus extrañas sensaciones al socaire de las inmensas cimas silenciosas, cuyas alturas se alzaban como muros para rozar los cielos en aquel confín del mundo. Las observaciones con el teodolito de Atwood habían logrado determinar que la altura de las cinco montañas más elevadas oscilaba entre los 9.000 y los 10.000 metros. La naturaleza del terreno, batida por el viento, perturbaba de manera considerable a Lake, pues probaba que había tormentas de una violencia excepcional; superior a cualquier cosa con la que nos hubiéramos encontrado. Su campamento se alzaba a algo más de ocho kilómetros del punto en que comenzaban, de manera abrupta, los elevados contrafuertes de la cordillera. Yo podía casi notar un sentimiento de oculto temor en sus palabras —enviadas a través de un vacío glacial de más de once kilómetros— mientras nos urgía a apresurarnos en todo ese asunto y concluir los trabajos en esa extraña nueva región lo antes posible. Informó de que se iría a descansar, tras haberse pasado todo un día trabajando con incomparables esfuerzos, cansancios y resultados.

A la mañana siguiente mantuve una conversación a tres bandas, por radio, con Lake y el capitán Douglas, que estaban al habla desde sus distantes bases, y convinimos en que uno de los aviones de Lake volviera a mi campamento en busca de Pabodie, los cinco hombres y yo, así como de todo el combustible que pudiera transportar. Todo lo demás quedaría guardado mientras tomábamos alguna decisión relativa al proyectado viaje al este, pues Lake tenía suficiente como para calentar el campamento y efectuar sus perforaciones. Se podía reabastecer la vieja base sur; pero si posponíamos el viaje al este, no tendríamos que usarla hasta el siguiente verano. Mientras tanto, Lake podía enviar un avión en busca de una ruta directa entre esas nuevas montañas y el estrecho de McMurdo.

Pabodie y yo nos dispusimos a cerrar nuestra base durante un periodo que variaría según lo requiriera la situación. Si invernábamos en la Antártida, tal vez podríamos volar directamente desde la base de Lake al *Arkham* sin necesidad de hacer escala en ese lugar. Habíamos reforzado algunas de nuestras tiendas de campaña mediante bloques de nieve endurecida y nos decidimos a terminar de convertir todo aquello en un poblado esquimal permanente. Lake disponía de todo cuanto pudiera necesitar (también de tiendas), incluso después de nuestra incorporación. Llamé diciendo que Pabodie y yo estaríamos listos para viajar al noroeste después de trabajar un día y descansar una noche.

No obstante, no hicimos ningún auténtico progreso después de las cuatro de la tarde, ya que a esa hora Lake comenzó a enviarnos mensajes extraordinarios y excitados. Su día de trabajo había comenzado mal, pues un vuelo en aeroplano sobre las cercanas superficies rocosas expuestas mostró una total ausencia de esos estratos arcaicos y primordiales que buscaban y que, en buena parte, conformaban los colosales picos que se alzaban tan cerca del campamento. La mayoría de las rocas avistadas eran, al parecer, areniscas jurásicas y comanchianas, así como esquistos pérmicos y triásicos, con afloramientos dispersos que sugerían la presencia de carbón duro y pizarroso. Eso último descorazonaba a Lake, cuyos planes reposaban sobre la idea de desenterrar muestras de al menos quinientos millones de años de antigüedad. Parecía claro que, para retomar aquella veta de pizarra arcaica en la que había hallado las extrañas marcas, debía hacer un largo viaje en trineo desde los contrafuertes hasta las escarpadas laderas de aquellas inmensas montañas.

Había decidido, empero, hacer algunas perforaciones sobre el terreno, como parte del programa general de la expedición. Por eso emplazó los taladros y puso a cinco hombres a trabajar, mientras los demás terminaban de erigir el campamento y reparar el aeroplano averiado. Para las primeras pruebas eligieron las más blandas de las rocas expuestas —areniscas a unos trescientos metros del campamento—, y el taladro hizo grandes progresos sin necesitar mucha voladura de apoyo. Unas tres horas después de la primera explosión digna de consideración se escucharon los gritos de los operarios, y el joven Gedney —el jefe del equipo— se precipitó a la carrera en el campamento con noticias asombrosas.

Habían topado con una cueva. Primero la arenisca había dejado paso a una vena de caliza comanchiana llena de pequeños cefalópodos, corales, equinodermos y espiríferos fósiles, con ocasionales indicios de esponjas silíceas y huesos de vertebrados marinos. Éstos bien podrían ser teleósteros, tiburones y ganoideos. Por sí solo, este era un hallazgo de verdadera importancia, ya que eran los primeros fósiles de vertebrados que encontraba la expedición. Poco después, el taladro atravesó ese estrato hasta llegar a un aparente vacío. Entonces, una nueva e intensa ola de excitación sacudió a los excavadores. Una buena explosión dejó al descubierto el secreto subterráneo. A través de una abertura dentada de quizá metro y medio de anchura, se abrió ante los ávidos buscadores una porción de calizas excavadas hacía más de cincuenta millones de años por las inquietas aguas de un pretérito mundo tropical.

La oquedad no debía de tener más de dos metros y medio de profundidad, pero se extendía sin fin en todas direcciones. La presencia de una corriente de aire fresca y ligera sugería que formaba parte de un sistema de cuevas subterráneo. Abundaban las estalactitas y estalagmitas, algunas de las cuales se unían en columnas. Pero lo más importante era un inmenso depósito de conchas y huesos que casi bloqueaban el paso. Arrastradas desde desconocidas junglas de helechos y hongos mesozoicos, y selvas de cícadas, palmeras y primitivas angiospermas terciarias, contenían muestras de tantas especies animales del Cretáceo, el Eoceno y otras eras que hasta el mejor de los paleontólogos habría necesitado más de un año para catalogarlas y clasificarlas. Moluscos, caparazones de crustáceos, peces, anfibios, reptiles, pájaros y mamíferos primitivos; grandes y pequeños, conocidos y desconocidos. No es de extrañar que Gedney saliera corriendo hacia el campamento, ni de que todos abandonasen el trabajo y se precipitaran, a través del frío punzante, hacia el lugar donde los altos taladros marcaban un pasaje recién abierto a los secretos de las entrañas terrestres y los eones pasados.

Cuando Lake hubo satisfecho su curiosidad irrefrenable, garabateó un mensaje en su bloc de notas e hizo que el joven Moulton corriera de vuelta al campamento para enviarlo por radio. Ésa fue la primera noticia que me llegó del descubrimiento. Hablaba de la identificación de conchas primitivas, huesos de ganoideos y placodermos, restos de laberidontes y tecodontes, grandes fragmentos de cráneos de mesosaurios, vértebras y piezas de armadura de dinosaurios, dientes y huesos de alas de pterodáctilos, restos de archeopterix, dientes de tiburones miocenos, cráneos de primitivos pájaros, y cráneos, vértebras y otros huesos de mamíferos arcaicos tales como paleotheres, xiphodontes, donoceres, eohippi, oreodontes y titanoterios. No había nada reciente, como mastodontes, elefantes, camélidos, cérvidos o bovinos. Por eso Lake llegó a la conclusión de que el último depósito había tenido lugar durante el Oligoceno, y que los estratos hundidos llevaban así, secos, muertos e inaccesibles desde hacía no menos de treinta millones de años.

Por otra parte, la prevalencia de formas de vida muy tempranas era singular en grado sumo. Aunque las formaciones de caliza eran indudablemente comanchianas, tal como demostraba la presencia de fósiles tropicales de ventriculitas, entre los fragmentos hallados en la caverna había una sorprendente proporción de organismos propios de periodos más antiguos, entre ellos peces, moluscos y corales del Silúrico y el Ordovícico. La inevitable conclusión era que en esa parte del mundo había existido una singular continuidad de la vida entre los trescientos y los treinta millones de años. Tan sólo cabía especular acerca de esa continuidad después del Oligoceno, época en la que se cerró la caverna. De todas formas, la llegada de una terrible glaciación durante el Pleistoceno, hace apenas medio millón de años —ayer mismo, si lo comparamos con la antigüedad de esa caverna—, debió de poner fin a cualquier posible forma primitiva que hubiera conseguido sobrevivir a su época.

Lake no se contentó con enviar ese primer mensaje, sino que escribió un segundo boletín y lo envió con un mensajero, a través de la nieve, hasta el campamento, antes de que Moulton pudiera siquiera regresar a su lado. A partir de entonces, Moulton se quedó operando la radio de uno de los aviones para trasmitirme —y también al *Arkham*, para que se lo comunicase al mundo entero— los frecuentes informes que Lake le mandaba por mensajero. Quienes siguieran los sucesos por la prensa recordarán cómo los informes vespertinos estimularon a la comunidad científica hasta el punto de organizar esa misma expedición Starkweather-Moore a la que tanto ansío disuadir. Lo mejor es transcribir literalmente los mensajes enviados por Lake y que nuestro operador de base, McTighe, registró en taquigrafía.

Fowler ha hecho un descubrimiento de suma importancia en areniscas y calizas arrancadas mediante voladura. Varias marcas triangulares y estriadas como aquellas de la pizarra arcaica que prueban que lo que lo produjo sobrevivió durante 600 millones de años hasta los tiempos del Comanchiano sin apenas unos moderados cambios morfológicos y una disminución de tamaño. Las huellas comanchianas son, en apariencia, más primitivas y decadentes que las antiguas. Ha de remarcar la importancia de tal descubrimiento en la prensa. Esto puede significar para la biología lo que Einstein para las matemáticas y la física. Prueba mi anterior trabajo y amplía las conclusiones. Parece indicar, como sospechaba, que la Tierra ha conocido uno o varios ciclos de vida orgánica anteriores a los que conocemos y que comenzaron con las células agnostozoicas. Evolucionó y se especializó no más tarde de hace mil millones de años, cuando el planeta era joven y, hasta hacía poco tiempo, inhabitable para cualquier forma de vida o estructura proto-plásmica normal. Surge la pregunta de cuándo, dónde y cómo aconteció tal desarrollo.

* * *

Más tarde. Examinando ciertos fragmentos óseos de grandes saurios terrestres y marinos, así como los de mamíferos primitivos, encontré heridas o lesiones en la estructura ósea de lo más singulares, no achacables a ningún predador o carnívoro conocido de ningún periodo. Se presentan de dos formas: heridas rectas y penetrantes o tajos profundos. En uno o dos casos había huesos cortados limpiamente. No hay muchos especímenes afectados. He mandado gente al campamento en busca de linternas. Ampliaremos el área de búsqueda rompiendo estalactitas.

* * *

Aún más tarde. Hemos encontrado peculiares fragmentos de esteatita de unos quince centímetros de diámetro y tres de espesor, completamente distinto de ninguna otra formación local. Es verdoso, pero no hay nada que pueda fecharlo. Tiene una curiosa lisura y regularidad. La forma es la de una estrella de cinco puntas con los extremos quebrados y signos de fisura en los ángulos internos y en el centro de la superficie. Hay una pequeña y suave depresión en el centro de la superficie intacta. Demasiado regular para haber sido creada por la erosión. Quizá sea un capricho de la acción de las aguas. Carroll se valió de una lupa y cree poder distinguir marcas adicionales de importancia geológica. Hay grupos de pequeños puntos en disposiciones regulares. Los perros se muestran inquietos mientras trabajamos y parecen odiar esa esteatita. Deben de percibir algún olor particular. Informaré de nuevo cuando Mills vuelva con la luz y penetremos en la zona subterránea.

* * *

10.15 de la noche. Un importante descubrimiento. Orrendorf y Watkins, trabajando bajo tierra a las diez menos cuarto, con luz, encontraron un fósil monstruoso con forma de barril, de una naturaleza por completo desconocida; probablemente vegetal o un ser hiperdesarrollado a partir de algún espécimen desconocido de radiado marino. Las sales marinas han preservado los tejidos. Es duro como el cuero, pero conserva una asombrosa flexibilidad en algunas partes. Hay marcas de fragmentos perdidos en los extremos y los lados. Uno ochenta de alto, uno de diámetro central y treinta centímetros en los extremos. Son como barriles, con cinco bordes pulposos en lugar de duelas. Hay interrupciones laterales, como de tallos que se adelgazan de manera progresiva, en el ecuador de tales duelas. En surcos, entremedias, se aprecian curiosas protusiones. Crestas o alas que se abren y despliegan como abanicos. Todos están muy dañados menos uno, que da una anchura de más de dos metros de ala desplegada. La forma recuerda a uno de ciertos monstruos de mitos primordiales, especialmente a los fabulosos Antiguos mencionados por el *Necronomicón*. Tales alas parecen ser membranosas, extendidas entre armazones de tubos glandulares. Al parecer, hay orificios diminutos al final de esos armazones. Los extremos del cuerpo se han retraído, sin que pueda intuirse qué hay en el interior o qué había ahí y se ha roto. Lo diseccionaré cuando vuelva al campamento. No puedo determinar si es vegetal o animal. Muchos de sus rasgos son, obviamente, primitivos hasta extremos increíbles. Hemos encontrado aún más huesos, pero eso puede esperar. Tenemos problemas con los perros. No pueden soportar al nuevo espécimen y, sin duda, lo harían pedazos de no mantenerlos nosotros alejados de él.

* * *

11.30 de la noche. Atención, Dyer, Pabodie, Douglas. Un asunto de la más alta —debiera decir trascendental— importancia. El *Arkham* debe retransmitir esto a la estación de Kingsport sin demora. El ser con forma de barril es la entidad arcaica que dejó las huellas en la roca.

Mills, Boudreau y Fowler han descubierto treinta más bajo tierra, en un punto situado a unos doce metros de la abertura. Mezcladas con las esteatitas curiosamente redondeadas y configuradas, se han encontrado fragmentos más pequeños aún. [...] Tienen forma de estrella, pero sin roturas por lo general. De los especímenes orgánicos, ocho parecen intactos y conservan todos sus apéndices. Los hemos sacado a la superficie, alejados de los perros. No pueden soportar a los seres. Presten atención a la descripción y repítanla después para asegurarnos de que la han entendido. Los periódicos deben conocer la verdad.

Los seres tienen más de dos metros de longitud. Hay un torso con forma de barril, provisto de cinco apéndices de uno ochenta centímetros de longitud. El torso mide cerca de un metro en el centro y treinta centímetros en los extremos. Es gris oscuro, flexible y muy recio. Hay alas membranosas de dos metros de longitud e igual color, replegadas, entre los apéndices. El armazón de las alas es tubular o glandular, gris claro, con orificios en los extremos. Las alas desplegadas tienen bordes dentados. En el ecuador del torso, en cada uno de los ápex centrales de las cinco crestas verticales como duelas, hay cinco brazos flexibles o tentáculos gris claro que están apretados contra el torso, pero capaces de expandirse a una longitud de noventa centímetros. Son como brazos de crinoideos primitivos. Tienen unos ocho centímetros de diámetro y, al cabo de unos quince centímetros, se dividen en cinco ramificaciones, y éstas, a su vez, lo hacen a los veinte centímetros en otras cinco aún más pequeñas, lo que da un total de veinticinco tentáculos por cada brazo.

Al extremo del torso se encuentra un cuello bulboso de color gris claro que sugiere la existencia de branquias y sustenta lo que al parecer es una cabeza con forma de estrella de mar de cinco puntas y amarillenta, cubierta de cilios de ocho centímetros y diversos colores prismáticos. La cabeza es gruesa e inflada, y mide unos sesenta centímetros de punta a punta, con tubos flexibles, y ocho centímetros que se proyectan en cada extremo. Hay un orificio en el centro que tal vez oficie de abertura respiratoria. Al final del tubo existe una expansión esférica, y allí una membrana amarillenta y retráctil, un globo cristalino con iris rojo. Es evidente que se trata de un ojo. Cuatro tubos rojizos, ligeramente más largos, arrancan de los ángulos interiores de esa cabeza con forma de estrella de mar y acaban en bulbosidades como sacos del mismo color que, al ser presionadas, muestran orificios en forma de campana, de cinco centímetros de diámetro máximo y con filas de proyecciones dentales blancas y afiladas. Tal vez se trate de bocas. Todos esos tubos, cilios y proyecciones de estrella de mar se encuentran prietamente replegados, con tubos y puntos colgando de la garganta bulbosa y el torso. Sorprende su flexibilidad, pese a la dureza.

En el extremo contrario del torso hay contrapartidas funcionales, bastas pero claras, de la cabeza. Un seudocuello bulboso gris claro, sin branquias, sustenta una estrella de mar de cinco puntas verdosas. Brazos musculares de un metro veinte, largos y afilados, con dieciocho centímetros de diámetro en base y seis en punta. A cada extremo se encuentra un pequeño remate triangular verdoso, de membrana recorrida por venas, con veinte centímetros de largo y quince de ancho. Ésas son las palas, aletas o seudópodos que dejaron huellas en las rocas, en una época que abarca desde un millar a cincuenta o sesenta millones de años. De los ángulos interiores de la cabeza de estrella se proyectan tubos rojizos de sesenta centímetros de longitud y que se afilan, desde los ocho centímetros de la base a dos y medio en la punta. Hay orificios en esas puntas. Todo eso es infinitamente correoso y duro, y no por eso menos flexible. Los brazos, de un metro veinte y con remos, servían, sin duda, para la locomoción de algún tipo, fuera marina o no. Tal como se han encontrado, todos esos apéndices están prietamente replegados sobre el seudocuello al extremo del torso, y corresponden a las proyecciones del otro extremo.

Aún no sé si clasificarlos dentro del reino animal o el vegetal, aunque nos inclinamos más por la idea del animal. Tal vez represente una evolución, increíblemente avanzada, de los radiados, sin haber perdido por eso ciertas características primitivas. Muestran inconfundibles semejanzas con los equinodermos, pero algunas evidencias menores resultan contradictorias. La estructura de las alas nos desconcierta,

33

dado su probable hábitat marino, pero bien podrían haberse empleado para nadar. La simetría es, curiosamente, de tipo vegetal, y sugiere una estructura de desarrollo vertical, más típica de ese reino que del animal, más dado al desarrollo horizontal. Lo fabulosamente temprano de su época, anterior incluso a los más simples protozoos del Arcaico hasta ahora conocidos, echa por tierra cualquier conjetura que se pudiera hacer sobre su origen.

Los especímenes completos muestran un parecido tan increíble con ciertas criaturas de mitos primitivos que el insinuar que han existido en otros lugares, aparte de la Antártida, resulta inevitable. Dyer y Pabodie han leído el *Necronomicón* y visto las pinturas de pesadilla de Clark Ashton Smith, basadas en tal texto, y sabrán entender cuando menciono a los Antiguos, de los que se dice que crearon toda la vida terrestre, bien fuera por diversión o por error. Los estudiosos siempre han creído que ese mito se concibió partiendo de un tratamiento imaginativo y morboso de los radiados sumamente antiguos de los trópicos. También recuerda a los seres prehistóricos del folclore, sobre los que tanto habla Wilmarth... Los apéndices del culto de Cthulhu y todo eso.

Esto abre un campo inmenso de estudio. Los depósitos proceden tal vez del Cretáceo tardío y del primer Eoceno, a juzgar por el resto de ejemplares. Unas estalagmitas enormes se han depositado sobre ellos. Ha sido una ardua tarea extraerlos, aunque su propia dureza ha impedido que sufran daño alguno. El estado de conservación es milagroso, sin duda por acción de la caliza. No hemos encontrado más, pero reanudaremos la búsqueda más tarde. Nos ocuparemos ahora de trasladar catorce grandes ejemplares al campamento sin la ayuda de los perros, que aúllan furiosos y no los podemos dejar cerca. Con nueve hombres —tres se van a quedar vigilando a los perros— nos las arreglaremos para arrastrar tres trineos, aunque el viento sopla con fuerza. Estableceremos comunicación aérea con el estrecho de McMurdo y embarcaremos el material. Pero antes de sacar más, diseccionaré a uno de estos seres. Me gustaría contar con un laboratorio de verdad. Bien puede Dyer arrepentirse de haber tratado de impedir este viaje hacia el oeste. Primero las montañas más elevadas del mundo, y ahora esto. Si éste no es el logro más importante que puede conseguir esta expedición, no sé cuál será. Lo haremos todo con arreglo al método científico. Felicidades, Pabodie, por el taladro que abrió la cueva. ¿Puede el *Arkham*, por favor, retransmitir este mensaje?

El sentimiento que experimentamos tanto Pabodie como yo al recibir este mensaje está más allá de cualquier descripción. El entusiasmo de nuestros compañeros no le fue a la zaga. McTighe, que transcribía a toda prisa algunos pasajes significativos según salían por el receptor, transcribió el mensaje completo tan pronto como el operador de Lake dio por concluida la comunicación. Todos comprendimos la importancia de aquel descubrimiento y le enviamos nuestras felicitaciones a Lake tan pronto como el radiotelegrafista del *Arkham* repitió el mensaje, tal como se le había pedido. Sherman siguió mi ejemplo desde su radio, en el almacén situado en el estrecho de McMurdo. El capitán Douglas hizo lo propio en el *Arkham*. Más tarde, como jefe de la expedición, añadí algunos apuntes que debían enviarse desde el *Arkham* al mundo exterior. Ni que decir tiene que era absurdo plantearse descansar en medio de tanta excitación. Mi único deseo era acudir al campamento de Lake tan pronto como fuera posible. Me disgustó recibir la noticia de que una tormenta formada en la montaña, y cada vez más virulenta, imposibilitaba los vuelos aéreos; al menos, de momento.

Pero el interés reapareció al cabo de una hora y media. Mi enfado desapareció. En sus nuevos mensajes, Lake refería cómo habían transportado los catorce grandes especímenes al campamento. Había sido un trabajo duro, ya que los seres eran sorprendentemente pesados, aunque sin contratiempos. Necesitaron nueve hombres. Estaban construyendo a toda prisa un cercado de nieve, a una distancia segura del campamento, para llevar allí a los perros y tenerlos alimentados. Los especímenes estaban en la nieve helada, cerca del campamento. Tan sólo faltaba aquél a quien Lake trataba de diseccionar con suma tosquedad.

Esta tarea resultó mucho más difícil de lo esperado, ya que, pese al calor que suministraba una estufa de petróleo en la recién erigida tienda laboratorio, la resistente flexibilidad de los tejidos del ejemplar elegido —uno grande e intacto— no perdió nada de su dureza correosa. Lake no sabía cómo practicar las incisiones, necesarias para sacar al aire todas las complejidades internas que deseaba estudiar, sin ejercer una violencia destructiva. Cierto es que disponía de otros siete especímenes perfectos, pero eran demasiado pocos como para usarlos sin medida, a no ser que más tarde se demostrase que la cueva ofrecía un suministro ilimitado. Así pues, retiró el espécimen y se centró en otro. Tenía éste restos de los apéndices en forma de estrella de mar en ambos extremos, y estaba maltratado y parcialmente hendido a lo largo de uno de los grandes surcos del torso.

Los resultados, radiados al punto, no pudieron ser más desconcertantes ni intrigantes. Nada delicado o preciso se pudo hacer con instrumentos que eran apenas capaces de cortar aquellos tejidos anómalos; pero los escasos logros obtenidos bastaron para espantarnos y asombrarnos. Habría que replantearse toda la biología vigente en la actualidad, ya que aquel ser no era producto de ningún proceso celular conocido por la ciencia. Apenas se había producido sustitución mineral y, pese a datar de hacía unos catorce millones de años, los órganos internos estaban completamente intactos. La resistencia correosa, inalterable y casi indestructible era un atributo inherente a la forma de organización de aquel ser perteneciente a algún ciclo paleógeno de evolución invertebrada totalmente ajena a nuestra imaginación. Al principio, todo lo que Lake encontró era seco, pero según el calor de la tienda producía su efecto, apareció una mixtura orgánica de olor fétido y punzante en el costado intacto del ser. No se trataba de sangre, sino de un fluido verde oscuro y espeso que, al parecer, desempeñaba estas funciones. Cuando Lake descubrió eso, los treinta y siete perros estallaron en salvajes aullidos pese a la distancia que los separaba del campamento, y se mostraron inquietos por el acre y difusivo hedor.

En vez de ayudar a clasificar al extraño ser, esa disección no hizo sino agrandar su misterio. Todas las suposiciones acerca de sus miembros externos habían sido correctas. Por ello había motivos para dudar si catalogar a aquel ser como animal. Sin embargo, la inspección interna puso de manifiesto tantas características vegetales que Lake se quedó sin habla. Había tenido sistema digestivo y circulatorio, y eliminaba excrementos a través de los tubos rojizos situados en la base con forma de estrella marina. Curiosamente, cabía suponer que su aparato respiratorio expulsaba oxígeno en vez de dióxido de carbono, y había extrañas evidencias de vesículas destinadas a almacenar el aire, así como de respiración a través de unos orificios externos que tal vez pertenecieran a otros dos sistemas respiratorios completamente desarrollados: branquias y poros. Sin duda, el ser era anfibio y probablemente adaptado a largos periodos de hibernación sin aire. Los aparatos vocales parecían estar conectados al sistema respiratorio principal, pero presentaban anomalías que de momento no podían evaluarse. El habla articulada, si por tal se entiende la pronunciación de sílabas, parecía apenas esbozado; pero debían utilizar el silbido musical de notas en un amplio espectro. El sistema muscular estaba casi preternaturalmente desarrollado.

El sistema nervioso era tan complejo, y su desarrollo tan elevado, que dejó boquiabierto a Lake. Pese a ser excesivamente primitivo y arcaico en algunos aspectos, el ser tenía una red de centros ganglionares y conexiones que probaban lo alto que había llegado en su desarrollo especializado. Su cerebro, de cinco lóbulos, estaba sorprendentemente desarrollado, y había indicios de la existencia de un equipo sensorial servido a través de los cordones ciliares de la cabeza, lo que no tenía parangón en ningún otro organismo terrestre. Probablemente había más de cinco sentidos, por lo que no se podían extrapolar sus hábitos a partir de ninguna analogía existente. Según creía Lake, debía de haber sido una criatura de gran sensibilidad y funciones delicadamente diferenciadas en aquel mundo primitivo; al igual que sucede con las hormigas y las abejas de nuestros días. Se reproducía como las criptógamas, en concreto como las pteridofitas, albergando sacos de esporas en el extremo de las alas y desarrollando, evidentemente, un tallo o prototallo.

Pero tratar de darle un nombre era sin duda un despropósito. Tenía aspecto de radiado, pero era sin duda algo más. Era parcialmente vegetal, pero tenía tres cuartas partes de lo que se define como estructura animal. Era marítimo en su origen, tal y como indicaban los contornos simétricos y algunos otros atributos, aunque no se podía determinar con exactitud su adaptación tardía. Al fin y al cabo, las alas hacían sospechar una relación con el medio aéreo. Cómo se podía haber desarrollado aquella evolución, tremendamente compleja, en una Tierra nueva, a tiempo de dejar huellas en las rocas arcaicas, era algo que estaba tan lejos de cualquier entendimiento como para que Lake recordase, de manera caprichosa, los primitivos mitos acerca de los Antiguos que bajaron de las estrellas y crearon la vida terrestre o bien por diversión o bien por error, así como los extraños cuentos, acerca de cósmicos seres que se ocultan en las colinas, que le había referido un colega, experto en folclore, del Departamento de Inglés de la Universidad Miskatonic.

Por supuesto, tuvo en cuenta la posibilidad de que las huellas precámbricas hubieran sido obra de antecesores menos evolucionados de esos especímenes. Pero no tardó en descartar esta explicación, fácil en su opinión, luego de considerar las avanzadas cualidades estructurales de los fósiles más antiguos. Se mirase por donde se mirase, las formas tardías mostraban más decadencia que evolución. El tamaño de los pseudópodos había menguado, y la morfología entera parecía más basta y simplificada. Además, los nervios y órganos examinados ofrecían singulares pistas de una regresión a partir de formas aún más complejas. Había una sorprendente prevalencia de partes atrofiadas y vestigiales. Poca cosa podía deducirse de todo ello, y Lake echó mano de la mitología para darles un nombre provisional, tildando jocosamente a su descubrimiento con el mote de los «Antiguos».

Sobre las dos y media de la madrugada, decidió aplazar posteriores trabajos para tomarse un pequeño descanso, cubrió el organismo sujeto de disección con un hule, salió de la tienda-laboratorio y estudió los especímenes intactos con renovado interés. El incansable sol antártico había comenzado a entibiar algo los tejidos, de forma que las puntas y los tentáculos de dos o tres parecían desplegarse. Pero Lake no consideraba que hubiese peligro inmediato de descomposición en aquel aire que estaba bajo cero. No obstante, agrupó a los seres sin diseccionar y les colocó encima una lona para protegerlos de la luz solar directa. También quería alejar su olor de los perros, cuya hostilidad amenazaba con convertirse en un verdadero problema, a pesar de la distancia y de los cada vez más altos muros de nieve que los hombres erigían a toda prisa alrededor de su alojamiento. Tuvo que anclar las esquinas de la cobertura con pesados bloques de nieve, con objeto de afirmarla frente a la tormenta, que iba cobrando fuerza, ya que las titánicas montañas parecían reservarse una tempestad de fuerza tremenda. De nuevo sentían aprensión por los repentinos vientos antárticos. Bajo la supervisión de Atwood, se tomaron medidas para afianzar las tiendas, el nuevo corral de los perros y los toscos abrigos de los aviones, que se reforzaron con nieve por el lado que miraba a las montañas. Estos últimos abrigos, comenzados con bloques de nieve a toda prisa, carecían de la altura necesaria. Lake dispensó de sus tareas a todos los hombres disponibles y los puso a trabajar en ellos.

Lake se despidió pasadas las cuatro. Nos avisó de que descansarían durante el resto de aquel periodo, en cuanto los muros fueran un poco más altos. Mantuvo una amistosa conversación radiofónica con Pabodie y volvió a ensalzar el maravilloso taladro que le había permitido efectuar aquel descubrimiento. Atwood también mandó agradecimientos y parabienes. Por mi parte, le envié una cálida palabra de felicitación a Lake. Reconocí que había obrado bien al pedir aquel viaje al oeste. Entre todos, convinimos en contactar por radio a las diez de la mañana. Si la tormenta amainaba, Lake enviaría un avión para recoger al grupo de mi base. Justo antes de retirarme, mandé un mensaje final al *Arkham* en el que daba instrucciones de atenuar las noticias que enviase al mundo exterior, ya que el asunto, con todos sus detalles, resultaba lo bastante radical como para suscitar un escepticismo generalizado, al menos hasta que se aportasen pruebas consistentes.

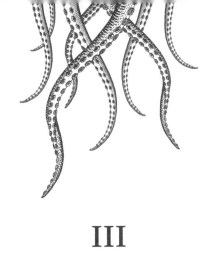

III

Supongo que ninguno de nosotros durmió mucho aquella madrugada, pues la acción combinada del descubrimiento de Lake y la furia creciente del viento lo impedía. La tormenta era tan desaforada, incluso en nuestra ubicación, que cabía preguntarse qué intensidad tendría en el campamento de Lake, justo al pie de las inmensas y desconocidas montañas que la creaban y liberaban. McTighe se levantó a las diez de la mañana y trató de contactar por radio con Lake, tal como convinimos, pero alguna interferencia eléctrica en la perturbada atmósfera del oeste parecía impedir la comunicación. No obstante, conseguimos hablar con el *Arkham.* Douglas informó de que ellos también habían tratado, en vano, de contactar con Lake. No sabía nada de aquel viento, ya que soplaba muy leve en el estrecho de McMurdo, pese a la insistente furia con que lo hacía donde nos hallábamos.

Nos mantuvimos todo el día a la escucha y tratamos de contactar con Lake a intervalos regulares, sin ningún resultado. Hacia el mediodía, el viento del oeste arreció hasta el punto de que temimos por la seguridad de nuestro campamento, aunque enseguida aminoró, hasta que regresó por sus fueros hacia las dos de la tarde. Pasadas las tres, todo quedó en calma y redoblamos nuestros esfuerzos para contactar con Lake. Habida cuenta de que tenía cuatro aviones, cada uno provisto de un excelente aparato de onda corta, no podíamos imaginar ningún accidente normal que pudiera estropear todo su equipo de transmisiones. Sin embargo, sólo captábamos un silencio total. ¿Qué efectos habría ocasionado la delirante fuerza del viento en su campamento? Nos resultaba inevitable ponernos en lo peor.

A las seis, nuestros miedos ya eran algo tangible, casi sólido. Tras una consulta por radio con Douglas y Thorfinnssen, decidí investigar. El quinto aeroplano, que habíamos dejado en el almacén del estrecho de McMurdo, con Sherman y dos marineros, se hallaba en buen estado y listo para su uso. Todo parecía indicar que lo habíamos reservado para emergencias como aquélla. Contacté con Sherman por radio y lo convoqué, con el avión y los dos marineros, a la base del sur tan pronto como le fuera posible, ya que las condiciones atmosféricas parecían muy favorables. Luego hablé con todo el mundo acerca de la expedición que íbamos a hacer, y decidimos que tenía que incluir a todos los hombres, además del trineo y los perros de reserva. Esa carga era asumible por nuestro inmenso avión, que se había construido bajo nuestras indicaciones especiales, con objeto de transportar maquinaria pesada. Mientras tanto, seguía empeñado en contactar por radio con Lake, sin lograr resultado alguno.

Sherman, con los marineros Gunnarsson y Larsen, partió a las siete y media de la tarde e informó de un vuelo sin incidencias desde distintas posiciones aéreas. Llegaron a nuestra base a medianoche, y se dispusieron para partir. Era algo arriesgado sobrevolar la Antártida con un solo aeroplano, sin línea de bases, pero nadie cejó en un empeño que parecía más que necesario. Volvimos a las dos para efectuar un breve descanso, tras una carga preliminar del avión; pero a las cuatro horas estábamos de nuevo manos a la obra, dispuestos a finalizar carga y equipaje.

A las siete y cuarto de la mañana del 25 de enero levantamos vuelo con rumbo noroeste. McTighe pilotaba el avión. Llevaba consigo diez hombres, siete perros, un trineo, petróleo, alimentos y otros abastos que incluían el equipo de transmisiones del avión. El cielo era claro, sereno y relativamente templado. Preveíamos muy pocos problemas para llegar a la latitud y longitud que Lake nos había indicado: su campamento. Temíamos más bien lo que pudiéramos encontrar, o dejar de encontrar, al término de nuestro viaje, pues nuestras llamadas al campamento sólo tenían una respuesta: el silencio.

Todos los incidentes ocurridos durante esas cuatro horas y media de vuelo están grabados a fuego en mi memoria, pues todo aquello marcó un antes y un después en mi vida. Marcó para mí la pérdida, a la edad de cuarenta y cuatro años, de la paz y el equilibrio que una mente normal posee gracias a sus ya asentadas ideas de la naturaleza y sus leyes. A partir de aquel día, los diez —y, sobre todo, el estudiante Danforth y yo— hubimos de encarar la verdad de un mundo mucho más inabarcable de lo que creíamos, hasta extremos odiosos. Un mundo lleno de horrores acechantes. Nada puede borrar eso de nuestras emociones, y tenemos que impedir que la humanidad los sufra también, si es que podemos evitarlo. Los periódicos han impreso ya las noticias que enviamos desde el avión en marcha: el vuelo sin escalas, los dos combates con las traicioneras tormentas desatadas en las alturas, el avistamiento de la rota superficie donde tres días antes Lake había hecho prospecciones durante media jornada, y la visión de aquellos extraños cilindros de nieve mullida, que ya vieran Amundsen y Byrd y que ruedan, a impulsos del viento, a través de las interminables leguas de la meseta helada. Creo que llegó un momento en que dejaron de existir las palabras indicadas para describir nuestras sensaciones. Poco después nos impusimos la regla de guardar un estricto silencio.

El marinero Larsen fue el primero en divisar la dentada línea de embrujados conos y pináculos que se alzaba delante de nosotros. Al oírlo gritar nos precipitamos a la ventana de la cabina del gran avión. A pesar de nuestra velocidad, ganaban altura con suma lentitud, por lo que concluimos que se hallaban a una distancia increíble y que sólo podíamos verlos debido a su altura anormal. Poco a poco, no obstante, remontaron de forma espantosa contra el cielo de occidente, y nos permitieron distinguir varias cimas desnudas, peladas y ennegrecidas. Así fue como captamos ese curioso sentimiento fantástico que inspiraban al verlas bajo la rojiza luz antártica, contra el sugerente telón de fondo que formaban las iridiscentes nubes de polvo de hielo. En todo aquel espectáculo latía la persistente y penetrante insinuación de un secreto inescrutable y una posible revelación; como si esos pináculos agudos y de pesadilla marcasen los pilones de algún espantoso pórtico que franqueara el acceso a prohibidas esferas de sueño

43

y a complejas simas de tiempo, espacio y ultradimensionalidad remotas. Era inevitable sentir que eran algo maligno, las montañas de la locura cuyas laderas más alejadas se asomaban a abismos supremos y malditos. Ese bullente y medio luminoso telón níveo nos sugería una vaga y etérea trascendencia aún mayor que el espacio concebible por el ser humano, y ofrecía apabullantes reminiscencias de suprema lejanía, distancia, desolación y de una muerte que ha reinado durante eones en ese mundo austral intacto e ignoto.

Fue el joven Danforth quien nos hizo reparar en la curiosa regularidad de la línea formada por las más altas montañas. Semejaba unos cubos fragmentados que subiesen por las laderas, tal como había mencionado Lake en sus mensajes y que, de hecho, justificaban la comparación con las sugestiones ensoñadas acerca de las ruinas de templos primordiales en nubosas cimas asiáticas que Roerich pintara de manera tan sutil como extraña. En efecto, había cierta y embrujada semejanza de la obra del artista con el ultraterreno continente de montañas misteriosas. Así me pareció en octubre, cuando avisté por primera vez la tierra Victoria, y volvió a parecérmelo en esa ocasión. Sentí, también, otra oleada de incómoda reminiscencia respecto a lo que cuentan ciertos mitos arcaicos; de la manera tan perturbadora en que aquel mundo letal se correspondía con la meseta de Leng que mencionan los antiguos escritos. La mitología ha situado Leng en Asia Central, pero la memoria racial del hombre —o la de sus ancestros— es larga, y bien podría ser que ciertos cuentos nos hayan llegado de tierras, montañas y templos de horror más antiguos que Asia o que ningún mundo humano que podamos conocer. Unos pocos y osados místicos han insinuado que los fragmentarios Manuscritos Pnakóticos datan de antes del Pleistoceno, y han sugerido que los adoradores de Tsathoggua son tan ajenos a la humanidad como Tsathoggua mismo. Leng, se hallase donde se hallase tanto en el espacio como en el tiempo, no era una región en la que me hubiera gustado vivir o tener siquiera cerca. Tampoco disfrutaba con la proximidad de un mundo que hubiera albergado unas monstruosidades tan ambiguas y arcaicas como las mencionadas por Lake. En ese momento, lamenté haber leído el horrendo *Necronomicón* o hablado tanto con ese folclorista de inquietante erudición que es Wilmarth.

Sin duda, tales impresiones sirvieron para acentuar mi reacción ante los extravagantes espejismos que se desataban sobre nuestras cabezas, desde un cenit cada vez más opalescente. Mientras tanto, alcanzábamos las montañas al sobrevolar las ondulaciones que se acumulaban en los contrafuertes. Ya había presenciado docenas de espejismos polares, algunos de ellos bastante increíbles y tan fantásticamente vívidos como aquél. Pero el que se alzaba ante nosotros parecía dotado de una novedad absoluta y de una cualidad oscura de amenazador simbolismo. No pude por menos que estremecerme ante el hirviente laberinto de muros y torres y minaretes fabulosos que surgían de los alborotados vapores de hielo sobre nuestras cabezas.

El efecto era el de una ciudad ciclópea de arquitectura desconocida para el hombre o la imaginación humana. Tenía unas inmensas construcciones de sillería, negra como la noche, que implicaban monstruosas perversiones de las leyes de la geometría, y alcanzaban los extremos más grotescos de siniestra extravagancia. Había conos truncados, algunas veces escalonados o acanalados, rematados por altos torreones cilíndricos, a veces con forma de bulbo y, a menudo, culminados con discos ondulados de tamaño menguante. Asimismo, había extrañas construcciones con formas esquivas, como de mesa, que sugerían pilas donde se amontonaban lajas rectangulares o discos, o estrellas de cinco puntas superpuestas. Había conos compuestos y pirámides, aisladas o sobre cilindros o cubos, o sobre conos y pirámides más planos y truncados. Había ocasionales chapiteles afilados en curiosas agrupaciones de cinco. Todas esas febriles estructuras parecían estar unidas mediante puentes tubulares que iban de una a otra, en varias y vertiginosas alturas, y la escala de la escena resultaba terrorífica y opresiva debida a su tremenda inmensidad. El tipo general del espejismo concordaba con las estrafalarias formas que observó y pintó el ballenero ártico Scoresby en 1820. Pero unos oscuros y desconocidos picos montañosos se cernían imponentes ante nosotros. Además, nos rondaba la mente ese anómalo descubrimiento de un tiempo primordial, y la más que probable catástrofe pendía sobre nosotros.

No obstante, el espejismo parecía tener un regusto de latente malignidad y portento infinitamente aciago.

Me alegré de que el espejismo comenzara a difuminarse, aunque las torretas y conos de pesadilla asumieron mientras tanto unas distorsionadas formas temporales de apariencia aún más espantosa. Cuando toda aquella ilusión se disolvió en una agitada opalescencia, observamos el suelo de nuevo y constatamos que el viaje llegaba a su fin. Las montañas desconocidas se alzaban a proa, aterradoras, como una espantosa muralla de gigantes, su curiosa regularidad visible con terrible claridad, aun sin ayuda de los prismáticos. Volábamos sobre las estribaciones más bajas y podíamos ver, entre la nieve, el hielo y las zonas desnudas de la meseta principal, un par de puntos oscuros; supusimos que eran el campamento y la perforación de Lake. Los contrafuertes más altos se hallaban a unos cinco o seis kilómetros, y formaban un nivel casi diferenciado respecto a la terrorífica línea de montañas más altas que el Himalaya que había tras ellas. Al cabo, Ropes —el estudiante que había relevado a McTighe en los mandos— comenzó a enfilar hacia el punto oscuro situado más a la izquierda y al que su tamaño señalaba como el campamento. Mientras, McTighe lanzó el último mensaje sin censurar que el mundo iba a recibir de nuestra expedición.

Todo el mundo ha leído el somero e insatisfactorio boletín que informa del resto de nuestro periplo antártico. A las pocas horas de aterrizar, enviamos un modesto informe de la tragedia descubierta y, a regañadientes, anunciamos la pérdida completa de todo el grupo de Lake, destruido por el espantoso viento del día y la noche anteriores. Once muertos seguros y Gedney desaparecido. La gente nos disculpó por nuestra negligente falta de detalles, que achacaron al mazazo que aquellos tristes sucesos debían de haber supuesto para nosotros. Todos creyeron nuestras explicaciones, con arreglo a las cuales la avasalladora fuerza del viento había dejado los once cuerpos en un estado tal que resultaba imposible transportarlos de vuelta. La verdad es que me enorgullezco de que incluso en medio de la angustia y el espanto total, y ese horror que nos sacudió hasta lo más profundo del alma, apenas dejamos traslucir en ningún momento la verdad. Porque la verdad de todo lo que sucedió se encuentra en lo que no nos atrevimos a decir, lo que aun hoy no contaría de no ser por la necesidad de alertar a los demás de la existencia de terrores indescriptibles.

Es cierto que el viento había causado daños espantosos. Ellos solos explicarían que nadie hubiera sobrevivido a sus efectos. La tormenta, con su furia de enloquecidas partículas arrastradas de hielo, debió de ser peor que ningún otro obstáculo con el que nuestra expedición se hubiera encontrado. Uno de los hangares improvisados de los aviones —por lo general, deteriorados y poco aptos para su uso— había quedado casi pulverizado, y la torre de perforación, a lo lejos, estaba hecha pedazos. Los metales desnudos de los aviones y la maquinaria de excavación estaban bruñidos, y dos de las tiendas pequeñas habían quedado aplastadas contra sus quitavientos de nieve. Las superficies de madera aparecían picoteadas y limpias de pintura, y cualquier huella en la nieve había sido borrada. Es también cierto que no encontramos a ninguno de los seres arcaicos en condiciones de ser transportados al mundo exterior. Sacamos algunos minerales de una gran pila derrumbada, entre ellos algunos de los verdosos fragmentos de esteatita cuyas extrañas de cinco puntas y tenues dibujos de puntos agrupados habían provocado tantas y tan controvertidas comparaciones. También vimos unos huesos fósiles, los más significativos de los cuales correspondían a especímenes curiosamente dañados.

Ninguno de los perros había sobrevivido. Su corral de nieve, edificado a toda prisa cerca del campamento, había desaparecido. Parecía obra del viento, aunque los estragos causados en la cara más cercana al campamento, que no estaba expuesta al viento, sugerían o bien un ataque exterior o bien un producto del ataque de las propias y frenéticas bestias. Habían desaparecido tres trineos. Tratamos de justificarlo recurriendo al viento, y cómo éste debió de arrastrarlos hacia lo desconocido. El taladro y la máquina de fundir hielo estaban demasiado dañados como para tratar de repararlos, de forma que lo usamos para bloquear ese sutilmente perturbador billete al pasado que Lake había abierto a golpe de explosivos. Asimismo, dejamos en el campamento los dos aviones más dañados, ya que sólo había cuatro pilotos —Sherman, Danforth, McTighe y Rope—, y Danforth se hallaba demasiado alterado como para pilotar. Recuperamos todos los libros,

47

equipo científico y otro material que pudimos encontrar, aunque la mayoría había desaparecido. Las tiendas y pieles de repuesto o bien se habían perdido o bien estaban en tal estado que no servían para nada.

Fue alrededor de las cuatro de la tarde, tras un amplio vuelo de reconocimiento en el que nos vimos obligados a dar a Gedney por perdido, cuando enviamos un comunicado, muy comedido, al *Arkham*. Creo que hicimos bien en mantener la calma y no sugerir demasiados detalles. Lo más que informamos fue acerca de la agitación de nuestros perros, cuyo frenético desasosiego al olfatear los especímenes biológicos era el que cabía de esperar después de los informes emitidos al respecto por el pobre Lake. No mencionamos, creo, que sentían la misma inquietud al olisquear las estrellas de esteatita verdosa y algunos otros objetos en el desordenado campamento. Entre ellos había instrumentos científicos, aeroplanos y maquinaria, tanto del campamento como de la perforadora. Las piezas de ésta estaban sueltas, desplazadas o incluso dañadas por acción de unos vientos que más bien parecían dotados de una singular curiosidad o ganas de investigar.

Debe disculpársenos que nos mostrásemos vagos acerca de los catorce ejemplares biológicos. Dijimos que los únicos que habíamos descubierto estaban dañados, aunque quedase de ellos lo bastante como para probar las aseveraciones más radicales e impresionantes de Lake. Fue duro refrenar nuestras emociones personales y no mencionar cuántos o cómo los habíamos encontrado exactamente. En aquellos momentos habían acordado no transmitir nada que sugiriera locura por parte de los hombres de Lake. Y seguro que consideraban locura el hecho de encontrar a seis monstruosidades mutiladas y enterradas con sumo cuidado bajo tres metros de nieve, en tumbas dispuestas exactamente igual que aquellas piezas de esteatita verdosa, con los extraños puntos verdosos, originarias del Mesozoico o el Terciario. Los ocho ejemplares en buen estado, mencionados por Lake, parecían haberse esfumado por completo.

Fuimos muy cuidadosos, también, a la hora de no alterar la paz mental del público en general. De ahí las reservas mía y de Danforth al hablar del espantoso viaje que realizamos al día siguiente sobre las montañas. El hecho de que sólo un avión aligerado de manera drástica pudiera cruzar una cordillera de tal altura fue lo que, misericordiosamente, hizo limitar el viaje a dos exploradores. A nuestra vuelta, a la una de la madrugada, Danforth estaba al borde de la histeria, pero se contuvo de forma admirable. No tuve que insistir para sacarle la promesa de no mostrar los esbozos y otros objetos que llevábamos en los bolsillos, y de no revelar a los demás nada de lo que habíamos convenido, así como de ocultar los rollos de fotos para revelarlos en privado más tarde. Así pues, esta parte de la historia será tan nueva para Pabodie, McTighe, Ropes, Sherman y el resto como para el mundo en general. De hecho, Danforth es más hermético aún que yo, ya que vio o creyó ver algo de lo que no quiso hablar ni siquiera conmigo.

Como todos saben, nuestro informe incluye la historia de un arduo ascenso. También confirma la opinión de Lake con arreglo a la que los grandes picos son de pizarra arcaica y otros estratos, muy primarios, plegados y sin cambios desde, al menos, los tiempos del Comanchiano medio. Cabe hablar de los cubos y las formaciones en muralla de las laderas. Ello refuerza la convicción de que las bocas de las cuevas mostraban vetas calcáreas disueltas, la conjetura de que ciertas laderas y pasos podían permitir la escalada y el cruce de la cordillera por montañeros avezados, y la información de que el misterioso otro lado albergaba una alta e inmensa meseta tan antigua e intacta como las montañas mismas. Esa meseta debía de hallarse a unos seis mil metros de altitud. Tendría grotescas formaciones rocosas que sobresalen de una delgada capa glaciar, y unas estribaciones bajas y graduales interpuestas entre la gran meseta y los abruptos precipicios de los picos.

La mayor parte de nuestro informe es completamente cierto en todos sus extremos, y satisfizo por completo a los hombres que quedaron en el campamento. Atribuimos nuestra ausencia de dieciséis horas —más de lo que el vuelo previsto, aterrizaje, inspección y recolección de piedras requería— a una racha de condiciones adversas por completo ficticias. Fuimos veraces al hablar de nuestro aterrizaje en los contrafuertes más alejados. Por suerte, nuestro relato fue lo bastante realista y prosaico como para no tentar a nadie más a repetir el vuelo. De haberlo intentado cualquiera, yo habría empleado hasta el último átomo de mi capacidad de persuasión para impedirlo... y no quiero ni pensar qué habría hecho Danforth. En nuestra ausencia, Pabodie, Sherman, Ropes, McTighe y Williamson habían trabajado como esclavos con los dos aviones de Lake en mejor estado. Trataron de hacerlos operativos, a pesar del indecible revoltijo al que estaban reducidos sus mecanismos de vuelo.

Decidimos cargarlo todo en los aviones a la mañana siguiente y regresar a nuestra vieja base en cuanto nos fuera posible. Aun siendo indirecto, era el camino más seguro para volver al estrecho de McMurdo, ya que un vuelo directo a través de las extensiones, por completo desconocidas, del continente muerto desde hacía eones podía sumar multitud de riesgos adicionales. Sería muy difícil efectuar más exploraciones en vista de la trágica merma de hombres y la ruina de la maquinaria taladradora. Las dudas y horrores que nos atenazaban —y que no revelamos al mundo exterior— eran tales que sólo deseábamos escapar en cuanto nos fuera posible de ese mundo austral de desolación y acechante locura.

Como el público ya sabe, ningún otro desastre acompañó nuestro regreso al mundo. Todos los aviones alcanzaron la vieja base la tarde del día siguiente —27 de enero—, tras un rápido vuelo sin escalas, y el 28 llegamos al estrecho de McMurdo en dos etapas. Una de las pausas fue muy breve y estaba motivada por un problema en un timón debido al viento furioso que soplaba sobre el manto helado después de que abandonásemos la gran meseta. Cinco días después, el *Arkham* y el *Miskatonic*, con todos los hombres y equipos a bordo, se libraron de la cada vez más gruesa costra de hielo y avanzaron por el mar de Ross con las burlonas montañas de la Tierra de la Reina Victoria alzándose, al este, contra un alborotado cielo antártico, y entre los aullidos de un viento que silbaba de forma aguda y hacía que mi alma estremecida desease apurar aún más la partida. Apenas dos semanas después habíamos dejado atrás la última señal de tierra y dábamos gracias a los cielos por habernos librado de ese embrujado y maldito territorio donde la vida y la muerte, el espacio y el tiempo habían hecho negras y blasfemas alianzas en ignotas épocas desde el tiempo en que la materia se retorció y flotó sobre la superficie apenas enfriada del planeta.

Desde entonces hemos luchado sin descanso para desanimar la exploración antártica y nos hemos guardado, para nosotros mismos, ciertas dudas y suposiciones con espléndida unidad de acción y honor. Incluso el joven Danforth, pese a su colapso nervioso, no ha flaqueado ni dejado entrever nada a sus médicos... De hecho, como ya he dicho, hay algo que cree haber visto sólo él y que no me contó ni siquiera a mí, aunque creo que ayudaría mucho a su estado psicológico el que lo hiciera. Puede explicar y aliviarle mucho, ya que quizá todo aquello no fue más que el primer espejismo obra de un incipiente ataque de nervios. Ésa fue la conclusión a la que llegué tras esos momentos de pérdida de control, cuando acertó a susurrarme ideas inconexas de las que se desdijo con vehemencia en cuanto recuperó el control.

Será difícil impedir que otros se lancen sobre el gran sur blanco, y algunos de nuestros esfuerzos pueden ser contraproducentes y suscitar mayor interés. Debiéramos haber contado con la proverbial curiosidad humana, y con que los resultados que anunciamos bastarían para lanzar a otros investigadores a la misma e inmemorial búsqueda de lo desconocido. Los informes de Lake sobre aquellas monstruosidades biológicas habían provocado el mayor interés entre naturalistas y paleontólogos, aunque fuimos lo bastante sensatos como para no mostrar ni los trozos que sacamos de los ejemplares enterrados ni las fotos de los especímenes encontrados. También nos guardamos de mostrar los huesos dañados más asombrosos y las esteatitas verdosas. Danforth y yo hemos guardado celosamente las imágenes que tomamos o dibujamos en la gran meseta, más allá de la cordillera, y los papeles arrugados que alisamos, estudiamos aterrorizados y acabamos guardando en nuestros bolsillos. Pero ahora se está organizando la expedición Starkweather-Moore y con una dotación de medios que supera con mucho nuestro anterior intento. Si no se los disuade, llegarán al más profundo núcleo de la Antártida y fundirán y perforarán hasta sacar a la luz algo que puede poner fin al mundo tal y como lo conocemos. Así que debemos dejar de lado cualquier reticencia, incluso en lo que toca a ese ser totalmente indescriptible de más allá de las montañas de la locura.

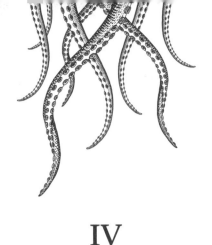

IV

Sólo con muchas dudas y con la mayor de las repugnancias me permito regresar, con la imaginación, al campamento de Lake y a lo que realmente encontramos allí... y a lo que descubrimos más allá del espantoso muro montañoso. Me siento tentado en todo momento de obviar detalles y dejar que las alusiones sustituyan a los hechos ciertos y las deducciones irrefutables. Espero haber dicho bastante como para que se me permita eludir el resto. Con ello me refiero al resto del horror que albergaba el campamento. He hablado del terreno arrasado por la furia del viento, los cobertizos dañados, la maquinaria revuelta, la inquietud de nuestros perros, los trineos y demás artefactos perdidos, la muerte de hombres y canes, la desaparición de Gedney, y los seis ejemplares biológicos, procedentes de un mundo desaparecido hace cuarenta millones de años y extrañamente firmes a pesar de todos sus daños estructurales, enterrados de una forma malsana. No recuerdo si mencioné que, al examinar los cuerpos caninos, descubrimos que había desaparecido un perro. No pensamos en ello hasta más tarde. De hecho, sólo Danforth y yo le dimos, más tarde, vueltas al asunto.

Lo más destacable de la información que me guardo tiene que ver con el estado de los cuerpos y con ciertos aspectos que podrían sugerir una especie de racionalidad, odiosa e increíble, que explicase aquel aparente caos. En tiempos traté de preservar de aquellos hechos la mente de los hombres, ya que era mucho más fácil —o mucho más normal— achacarlo todo a un estallido de locura por parte de algunos hombres del grupo de Lake. A la vista de lo sucedido, el demoníaco viento de las montañas podría haber bastado para enloquecer a cualquier hombre en ese territorio, centro de todo misterio y desolación.

Ni que decir tiene que la suprema anormalidad afectaba al estado en que se hallaban los cuerpos, tanto de hombres como de perros. Habían mantenido algún tipo de lucha terrible, y estaban lacerados y destrozados en formas diabólicas y por completo inexplicables. La muerte, hasta donde pudimos ver, se había producido en todos los casos por estrangulación o desgarramiento. Los perros lo habrían desatado todo, ya que el estado de su mal construido encierro daba fe de que las paredes debían de haberse roto desde el interior. El encierro había sido emplazado a cierta distancia del campamento, debido al odio que los animales sentían hacia los infernales organismos arcaicos, pero parece que las precauciones fueron tomadas en vano. Cuando los dejaron solos, en mitad de ese viento monstruoso, tras endebles muros de altura insuficiente, los perros debieron de salir de estampida... Si ello se debió al viento o a algún sutil y creciente olor propio de aquellos ejemplares de pesadilla, nunca lo sabremos. Los especímenes, por supuesto, estaban cubiertos con la lona de una tienda, pero el bajo sol antártico debió de calentarlos bastante, y Lake había mencionado que el calor solar tendía a hacer que esos tejidos recios y extrañamente sanos se relajaran y expandieran. Quizá el viento había arrebatado la funda y había hecho que sus más ásperas cualidades olorosas se manifestasen a pesar de su increíble antigüedad.

Lo sucedido fue, en todo caso, algo repugnante y odioso. Quizá lo mejor sería dejar de lado cualquier reparo y contar lo peor de todo... Creo, más allá de cualquier duda, basándome en las observaciones de primera mano y en deducciones irrefutables propias y de Danforth, que el desaparecido Gedney no fue ni por asomo el responsable de los espantosos horrores que encontramos. He dicho que los cuerpos sufrían unos espantosos desgarros. Pues ahora debo añadir que algunos habían sido cortados y mutilados en una forma de lo más curiosa, deliberada e inhumana. Aquello afectaba tanto a hombres como a perros. A los cuerpos más sanos y gordos, ya fuera de bípedos como de cuadrúpedos, les habían seccionado y extraído sólidas masas de tejidos, como si todo fuera obra de un meticuloso carnicero. En torno a los cuerpos se había derramado sal —tomada de las rotas cajas de provisión de los aviones—, lo que provocaba las más horribles asociaciones. Tal acto se había realizado en uno de los toscos hangares para aeroplanos, después de sacar el avión. Los vientos que soplaron después habían borrado toda huella susceptible de apoyar teorías plausibles. Los rasgados jirones de ropas, rudamente arrancados a las víctimas de las mutilaciones, no ofrecían pista alguna. No tiene sentido mencionar aquí las impresiones medio borradas de las débiles pisadas en la nieve, en una esquina abrigada del arruinado cobertizo. Dichas impresiones no tienen nada que ver con pisadas humanas, sino con las huellas fósiles a las que el pobre Lake se había referido en las semanas anteriores. Hay que ser cuidadoso con la imaginación en todo lo relativo a las abrumadoras montañas de locura.

Como ya he indicado, Gedney y uno de los perros habían desaparecido. Antes de entrar en ese terrible hangar, faltaban dos perros y dos hombres; pero la tienda de disección, apenas dañada, en la que entramos después de investigar las monstruosas tumbas nos deparaba una sorpresa. No estaba tal y como Lake la había dejado, ya que las partes de la monstruosidad primordial habían sido retiradas de la improvisada mesa. De hecho, ya habíamos supuesto que, de los seis seres incompletos que habíamos encontrado en aquellas malsanas tumbas, uno —el que tenía restos de un olor particularmente odioso— debía de estar formado por los trozos reunidos de la entidad que Lake había tratado de disecar. Dentro y alrededor del laboratorio había otras cosas dispersas. No entraré en detalles, excepto para decir que eran partes de un hombre y un perro, disecadas de una manera tan cuidadosa como extraña e inexperta. Me ahorraré también explicar los sentimientos de los supervivientes y omitiré decir quién era aquel hombre. Había desaparecido el instrumental quirúrgico de Lake, aunque existían evidencias de que lo habían limpiado a conciencia. La estufa de gasolina también faltaba, aunque por allí encontramos un curioso depósito de fósforos. Enterramos las partes humanas junto con los otros diez hombres, y las partes caninas con los otros treinta y cinco perros. Respecto a las extrañas manchas halladas en la mesa del laboratorio y el montón de libros ilustrados, torpemente abiertos y rasgados que había cerca, no nos detuvimos entonces a pensar en ellos, pues estábamos demasiado estupefactos.

Ése fue el súmmum del horror que encontramos en el campamento, aunque había cosas igual de intrigantes. La desaparición de Gedney, de un perro, de los ocho ejemplares biológicos indemnes, tres trineos, material de escritura, linternas y pilas, comida y combustible, aparatos calefactores, tiendas de reserva, pieles y otros útiles se hallaba más allá de cualquier especulación lógica. También lo estaban las manchas de tinta que emborronaban ciertos papeles y las evidencias de que alguien había experimentado y hecho pruebas en los aviones y demás aparatos, tanto del campamento como de la zona de perforación. Los perros también parecían odiar esa maquinaria extrañamente desordenada. Además, cabe hablar del desorden en la despensa, la desaparición de alimentos y los cómicos y chocantes montones de latas de conserva abiertas en las formas más extrañas y en los lugares más peregrinos. Había cerillas por todos lados, intactas, rotas o gastadas, lo que constituía otro enigma menor, al igual que las dos o tres lonas de tienda y abrigos de pieles que encontramos tirados, con rasgaduras peculiares y extrañas que se debían, quizá, a torpes esfuerzos para adaptarlos a algo inimaginable. El maltrato de cuerpos humanos y caninos, unido al demente entierro de los arcaicos especímenes dañados, mostraba en conjunto una aparente locura desintegradora. En previsión de circunstancias como aquella a la que nos enfrentamos, fotografiamos cuidadosamente las principales evidencias del loco desorden del campamento. Las usaré para apoyar mis protestas en contra de la expedición proyectada.

Lo primero que hicimos, tras encontrar los cuerpos en el cobertizo, fue fotografiarlos y abrir la fila de locas tumbas, con sus túmulos de nieve en forma de estrellas de cinco puntas. No pudimos por menos que reparar en la semejanza de tales túmulos monstruosos, con sus grupos de puntos arracimados, con las descripciones que había hecho el pobre Lake sobre las esteatitas. Debo decir que la forma completa se parecía a la abominable cabeza, con forma de estrella de mar, de las entidades arcaicas. Convinimos en que dicha asociación debía de haber influido en gran medida sobre las mentes predispuestas del grupo de Lake. La primera visión que tuvimos de las entidades enterradas fue un trago horrible, y bastó para que Pabodie y yo recordásemos ciertos mitos primordiales y estremecedores sobre los que habíamos leído y oído. Convinimos todos en que la visión y la continua presencia de aquellos seres debían de estar relacionados con la opresiva soledad polar y el demoníaco viento de montaña. Todo ello habría hecho enloquecer al grupo de Lake.

Centramos las sospechas en Gedney, que era el único superviviente posible. La locura fue la explicación que adoptamos de manera espontánea, al menos de puertas afuera, aunque no seré yo el que niegue que todos debimos de acariciar extrañas suposiciones que la cordura prohibía formular en voz alta. Sherman, Pabodie y McTighe realizaron un vuelo exhaustivo aquella tarde sobre el territorio circundante. Otearon el horizonte con gemelos, en busca de Gedney y el equipo desaparecido; pero no encontraron nada. El grupo informó de que la titánica barrera montañosa se extendía sin fin, de derecha a izquierda, sin disminución de altura ni brecha alguna. En algunas de las cimas, empero, se distinguían mejor los cubos y las murallas, cada vez más parecidas a las ruinas de las colinas asiáticas pintadas por Roerich. Las crípticas bocas cavernosas en los picos negros y desnudos de nieve parecían, *grosso modo*, estar presentes en toda la cadena montañosa, hasta donde alcanzaba la vista.

Pese a los horrores sufridos, nos quedaban celo científico y ganas de aventura; los suficientes, al menos, como para preguntarnos qué territorios desconocidos se ocultarían tras las misteriosas montañas. Tal y como informamos en nuestros mensajes censurados, descansamos a medianoche, después de una jornada de terror y aturdimiento. Antes habíamos esbozado un plan para realizar a la mañana siguiente uno o más vuelos a una altura capaz de rebasar la cordillera, con un avión aligerado y provisto de cámara aérea y equipo de geología. Se decidió que Danforth y yo probásemos fortuna primero, así que nos despertamos a las siete de la mañana para realizar un vuelo de primera hora; pero los fuertes vientos —mencionados en nuestro breve comunicado al mundo exterior— retrasaron nuestra partida hasta cerca de las nueve.

Ya he repetido la historia que contamos a los que se quedaron en el campamento —y que remitimos al mundo exterior— tras volver dieciséis horas más tarde. Pero ahora me siento en el terrible deber de extenderme sobre tal informe y llenar las misericordiosas lagunas con atisbos de lo que realmente vimos en ese oculto mundo tramontano; retazos de lo que, en último término, provocó el colapso nervioso de Danforth. Me gustaría que él pudiera aportar un informe sincero sobre aquello que cree haber visto —aunque yo lo atribuya a un espejismo provocado por su estado— y que lo sumió en la tensión previa a ese estado, pero él lo niega con vehemencia. Tan sólo puedo repetir sus últimos y deslavazados susurros acerca del ser que lo hizo gritar, susurros oídos mientras el avión regresaba a través del paso torturado por el viento, tras los hechos reales y tangibles que yo vi. De eso hablaré en último lugar. Declino toda responsabilidad si los daños indescriptibles y acaso inconmensurables que referiré a continuación (y que pueden propiciar los palmarios signos de horrores antiguos y todavía vivos) no bastasen para disuadir a los demás de adentrarse en las profundidades antárticas, o al menos de no hurgar en profundidad bajo la superficie de ese supremo baldío de ocultos secretos y desolación inhumana maldito durante eones.

Danforth y yo estudiamos las notas tomadas por Pabodie en su vuelo vespertino. Valiéndonos de un sextante, calculamos que el paso más accesible de la cordillera se hallaba algo a la derecha de nuestra posición, invisible desde el campamento y a unos siete mil o siete mil quinientos metros sobre el nivel del mar. Por allí, pues, tendría lugar nuestra primera aproximación con el avión adaptado para el vuelo. El campamento mismo, situado en los contrafuertes que se alzaban desde una alta meseta continental, se hallaba ya a casi cuatro mil metros de altura. Por eso la subida no sería tan elevada como parecía. Eso no quita para que tuviéramos bien presente lo enrarecido del aire y el intenso frío que habríamos que atravesar, ya que para contar con buena visibilidad debíamos dejar abiertas las ventanas de la cabina. Nos habíamos vestido, por descontado, con nuestras pieles más pesadas.

Nos encaminamos hacia los picos prohibidos que se alzaban negros y siniestros por encima del nivel de la nieve y las grietas glaciales. Cada vez nos llamaban más la atención las formaciones curiosamente regulares que remontaban las laderas. De nuevo, nos remitían a las extrañas pinturas asiáticas de Nicholas Roerich. Los estratos rocosos, antiguos y erosionados por el viento, confirmaban de pleno los informes de Lake: esos acechantes pináculos se habían alzado allí, imperturbables, desde una edad sorprendentemente antigua, quizá unos cincuenta millones de años. ¿Cuánto más altos fueron algún día? Era ocioso especular, pero todo lo relacionado con esa extraña región apuntaba a la existencia de una climatología desfavorable al cambio y capaz de retrasar el proceso de desintegración rocosa debida a la erosión.

Pero lo que más nos fascinaba y perturbaba era la red de cubos regulares, murallas y bocas de cuevas en las laderas de las montañas. Los estudié con prismáticos y tomé fotografías aéreas mientras Danforth pilotaba. Lo relevaba a intervalos —aunque mis habilidades como aviador eran las propias de un aficionado— para permitirle usar también los gemelos. No cabía duda de que gran parte del material que los formaba era una cuarcita ligera arcaica, en absoluto parecida a ninguna formación visible. Su regularidad era extrema y sorprendente hasta un grado que el pobre Lake apenas habría intuido.

Tal como había dicho, los bordes estaban roídos y redondeados por incontables eones de salvaje erosión; pero su preternatural solidez y reciedumbre habían evitado la destrucción. Muchas de ellas, sobre todo las más cercanas a las laderas, parecían idénticas en sustancia a las superficies pétreas circundantes. La disposición recordaba a las ruinas de Machu Picchu en los Andes o a los primitivos muros base de Kish, tal y como los excavó la expedición del museo Oxford Field en 1929. Tanto a Danforth como a mí nos pareció que todo aquello eran los dispersos bloques ciclópeos que Lake le había atribuido a Carroll, su compañero de vuelo. ¿Cómo cuadraba eso en un lugar así? Se me escapaba por completo. Como geólogo, me sentí extrañamente humillado. Las formaciones ígneas suelen presentar extrañas regularidades —como sucede con la famosa Calzada de los Gigantes de Irlanda—, pero esa formidable cordillera, a pesar de la sospecha inicial de Lake, acerca de conos humeantes, no mostraba evidencias de un origen volcánico.

Las curiosas bocas de caverna, que cerca de las extrañas formaciones parecían más abundantes, no eran menos desconcertantes, dadas su regularidad de distribución y sus formas. Eran, como rezaba el informe de Lake, más o menos cuadradas o semicirculares, como si una mano mágica hubiera modificado los orificios naturales para dotarlos de mayor simetría. Su abundancia y distribución eran notables, y sugería que toda aquella región era un panal con túneles abiertos en los estratos calizos. No pudimos atisbar en el interior de las cavernas, pero al parecer no había allí estalactitas o estalagmitas. En el exterior, aquellas partes de las laderas montañosas inmediatas a las aberturas parecían invariablemente suaves y regulares. Danforth pensó que las pequeñas fracturas y erosiones se distribuían de forma insólita. Abrumado por los horrores y los enigmas encontrados en el campamento, llegó a insinuar que aquella erosión respondía a esos inquietantes grupos de puntos de las esteatitas verdosas, tan odiosamente duplicados en los enloquecidos túmulos de nieve que sepultaban a las seis monstruosidades muertas.

Nuestro vuelo había remontado de manera progresiva sobre las estribaciones más altas, hasta dirigirse al paso, relativamente bajo, que habíamos elegido. Mientras avanzábamos, lanzábamos ocasionales miradas abajo, a la nieve y el hielo, y nos preguntamos si podríamos habernos lanzado a ese viaje con el sencillo equipo de los primeros exploradores. Para sorpresa nuestra, comprobamos que el terreno no era en absoluto agreste, y que no habría sido capaz de detener a los trineos de un Scott, un Shackleton o un Amundsen. Algunos de los glaciales parecían guiar hacia los pasos batidos por el viento con insólita continuidad. Llegados al desfiladero elegido, vimos que éste no era la excepción.

Apenas puedo plasmar sobre papel la tensa expectación que sentíamos a medida que nos disponíamos a rebasar los picos y atisbar sobre un mundo ignoto. No teníamos motivo alguno para pensar que hubiese diferencias sustanciales entre las zonas de más allá de la cordillera y las que ya habíamos visto y atravesado. El toque de maligno misterio de esas barreras montañosas y del parpadeante océano de opalescente cielo que habíamos atisbado entre las cimas era demasiado sutil e inaprensible como para expresarlo en palabras. Todo parecía impregnado de un vago simbolismo psicológico y de una asociación estética, mezclado con exótica poesía y pintura, así como con arcaicos mitos que acechan en volúmenes prohibidos y evitados. Incluso el viento llevaba consigo una peculiar hebra de consciente malignidad. Por un instante nos pareció que su sonido incluía estrafalarios silbidos y toques de flauta sumamente agudos, producidos por las ráfagas al soplar en las omnipresentes y resonantes bocas de cuevas. Había una nebulosa nota de repulsión arcana en tal sonido, una sensación tan compleja e inaprensible como el resto de oscuras impresiones.

Nos encontramos, tras un lento ascenso, a más de siete mil metros de altitud, según el aneroide. Habíamos dejado la región de las nieves por debajo de nosotros. Allí arriba no había sino laderas de roca negra y desnuda, y el comienzo de los glaciales... pero con aquellos llamativos cubos, murallas y resonantes bocas de cueva, todo lo cual añadía un toque portentoso y antinatural de fantasía y ensoñación. Al mirar en conjunto esa línea de altas montañas, creí divisar la cima mencionada por el pobre Lake, y aquella muralla situada justo en lo más alto. Parecía medio perdida en mitad de la extraña neblina antártica. Una bruma así bien podría haber sido la responsable de que Lake pensase que se trataba de volcanes. El paso se hallaba justo delante de nosotros, pulido y barrido por el viento, entre pilones acuñados y dentados por algún maligno albur. Más allá había un cielo de vapores que remolineaban, iluminado por el bajo sol polar; el cielo de esos territorios misteriosos, situados más allá y que ningún ojo humano había contemplado.

Si ascendíamos unos cuantos metros más, podríamos contemplar esos territorios. Danforth y yo, incapaces de cambiar otra cosa que palabras sueltas en mitad de ese viento, aullante y silbante, que soplaba a través del paso y se sumaba al rugido de los motores sin sordina, cambiamos elocuentes miradas. Y luego, ganados ya esos pocos metros, cruzamos las crestas y pudimos contemplar los desconocidos secretos de una Tierra más antigua y extraña que la nuestra.

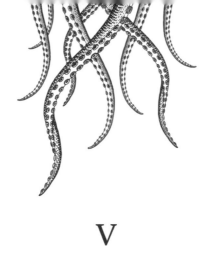

V

Cruzamos por fin el paso y vimos qué había más allá. Creo que gritamos a la vez, presas de una mezcla de espanto, asombro, terror e incredulidad. Por supuesto, debimos de haber recurrido a alguna teoría que explicase el origen natural de todo, ahí, en el fondo de nuestras cabezas, para afrontar ese momento. Tal vez pensamos en cosas tales como las rocas grotescamente talladas por la erosión del Jardín de los Dioses, en Colorado, o las piedras, de fantástica simetría, cinceladas por el desierto de Arizona. Quizá incluso nos planteamos si todo aquello no sería un espejismo como el de la mañana anterior, cuando nos acercábamos a esas montañas de la locura. Tendríamos que haber tenido a mano todas esas teorías, listas para vendarnos los ojos cuando éstos se posaron en esa meseta infinita y azotada por los vientos y contemplamos boquiabiertos el casi ilimitado laberinto de masas pétreas colosales, regulares y geométricamente perfectas, que alzaban sus erosionadas y picoteadas cimas sobre una sábana glaciar de no más de diez o quince metros de espesor en algunos puntos y aún menos gruesa en otros.

El impacto de tal monstruosa visión fue indescriptible, pues parecía como si se hubiese producido alguna diabólica violación de las leyes de la naturaleza. Allí, en una tierra infernalmente antigua y llana, situada a unos seis mil metros de altura, sometida a un clima mortífero desde tiempos prehumanos (al menos, medio millón de años), se extendía, casi hasta donde alcanzaba la vista, una maraña de piedra que sólo un desesperado mecanismo mental de autodefensa podría atribuir a otra causa artificial que no fuera la inteligencia. Ya habíamos descartado, hasta donde podía llegar una reflexión seria, cualquier teoría de que los cubos y las murallas de las laderas montañosas tuvieran un origen distinto del natural. ¿De qué otro modo podría ser cuando el hombre mismo apenas debía de diferenciarse de los grandes monos cuando esa región sucumbía ya al actual yugo de la muerte glaciar?

Pero nuestra razón se veía sacudida de manera irrefutable por los acontecimientos, ya que aquel laberinto de bloques angulares, cúbicos y curvos mostraba formas que ahuyentaban todo tipo de especulación acomodaticia. Se trataba, sin el menor asomo de duda, de la blasfema ciudad del espejismo en toda su aguda, objetiva e innegable realidad. A fin de cuentas, aquel condenable portento tenía una base material. Debió de ser obra de algún estrato horizontal, de polvo de hielo, situado en las capas superiores de la atmósfera. Aquel estremecedor superviviente pétreo debía de haber proyectado su imagen, más allá de las montañas, siguiendo las sencillas leyes de la reflexión. Por supuesto, el espejismo había sido distorsionado y exagerado, y contenía cosas que no se hallaban en su fuente original. Pero, en aquellos momentos, viendo el origen de todo, nos resultó aún más odioso y amenazador que su lejana imagen.

Sólo el increíble e inhumano megalitismo de esas inmensas torres y murallas de piedra había salvado a esa espantosa ciudad de la completa aniquilación durante los cientos de miles —quizá millones— de años que llevaba allí, en esa meseta barrida por los vientos. «*Corona Mundi... El Techo del Mundo...*» Toda clase de frases fantásticas acudía a nuestros labios mientras contemplábamos atónitos el increíble espectáculo. Me resultó inevitable pensar de nuevo en los fantasmales mitos primarios que de manera tan persistente me habían acosado desde que vi por vez primera ese muerto mundo antártico: la demoníaca meseta de Leng, el Mi-Go o Abominable Hombre de las Nieves del Himalaya, los Manuscritos Pnakóticos con sus implicaciones prehumanas, el culto de Cthulhu, el *Necronomicón* y las leyendas hiperbóreas acerca de Tsathoggua y la progenie estelar asociada con esa semientidad.

Durante kilómetros y kilómetros, en todas direcciones, la ciudad se extendía sin fin. De hecho, a medida que la barríamos con la mirada, de derecha a izquierda, a lo largo de los contrafuertes bajos y escalonados que la separaban del borde montañoso, decidimos que no podíamos ver límite alguno, excepto una interrupción a la izquierda del paso por el que habíamos llegado. Habíamos dado, al azar, con una limitada porción de algo de extensión incalculable. Los contrafuertes estaban cubiertos de grotescas construcciones pétreas que emparentaban aquella terrible ciudad con los ya familiares cubos y murallas, que debían de ser, evidentemente, los arrabales montañosos. Estos últimos, al igual que las extrañas bocas de cavernas, eran igual de abundantes en las laderas internas como en las externas.

El indescriptible laberinto de piedra estaba formado, en su mayor parte, por muros de entre tres y cincuenta metros de altura, limpios de hielo y de un espesor que iba del metro y medio a los tres metros. Casi todo estaba formado por prodigiosos bloques de oscuras y primordiales pizarras, esquistos y esteatitas —bloques que, en muchos casos, llegaban a medir uno por dos por tres metros—, aunque en algunos lugares parecían estar tallados en un sólido e ininterrumpido estrato de pizarra precámbrica. Las construcciones variaban mucho en tamaño, y había un sinnúmero de colmenas de enorme extensión, así como estructuras separadas y más pequeñas. La forma general de los edificios tendía a ser cónica, piramidal o escalonada, aunque había muchos cilindros y cubos perfectos, agrupamientos de cubos y otras formas rectangulares, así como no pocos edificios con forma de estrella de cinco puntas cuya planta sugería, *grosso modo*, modernas fortificaciones. Los constructores de la ciudad habían hecho un uso constante y experto del arco, y tal vez hubiese habido cúpulas en la época de apogeo urbano.

Todo aquel dédalo estaba monstruosamente erosionado, y la superficie glacial de la que brotaban las torres estaba repleta de bloques caídos y escombros inmemoriales. Allí donde el hielo era transparente podíamos ver las partes más bajas de los gigantescos edificios y observar los puentes de piedra, conservados por la congelación, que conectaban las distintas torres a diferentes alturas. En los muros expuestos podíamos detectar vestigios de la existencia de otros puentes a mayor altura. Una inspección más cercana reveló la presencia de ventanas enormes e incontables. Algunas de ellas estaban cerradas con contraventanas de un material petrificado, en su origen madera, aunque la mayoría mostraban su oquedad de forma siniestra y amenazadora. Por supuesto, muchas de las ruinas carecían de techo y mostraban bordes superiores redondeados por el viento, en tanto que otras, cuyas formas cónicas o piramidales eran más pronunciadas, o estaban mejor protegidas por edificios colindantes más altos, conservaban sus perfiles intactos, a pesar de la omnipresente demolición y picoteo, fruto de la erosión. A través del hielo pudimos constatar, a duras penas, la existencia de decoraciones escultóricas dispuestas en bandas horizontales. Esas decoraciones incluían unos curiosos agrupamientos de punteados cuya presencia en las viejas esteatitas adoptaba ahora un significado mucho mayor.

En multitud de lugares, los edificios se habían derrumbado por completo y la sábana de hielo mostraba profundas grietas causadas por varios fenómenos geológicos. En otros lugares, las construcciones de piedra habían quedado enrasadas a nivel de la glaciación. Había una gran zona libre de edificación que se extendía desde la llanura interior hasta un risco de las estribaciones, como a un kilómetro a la izquierda del paso. Llegamos a la conclusión de que se trataba de algún gran río del Terciario —apenas hace un millón de años— que tal vez fluyera a través de la ciudad y luego se desplomase en algún prodigioso abismo subterráneo de la gran cordillera. Desde luego, debía de haber toda una región de cuevas, simas y secretos subterráneos allí, más allá del alcance humano.

Transcurrido todo este tiempo, y mientras calibro nuestras sensaciones y recuerdo el estupor que experimentamos al encontrarnos ante ese monstruoso superviviente de unos eones que habíamos creído prehumanos, no puedo sino maravillarme de que conservamos, como fue el caso, un asomo de cordura. Por supuesto, éramos conscientes de que algo —la cronología, las teorías científicas o nuestra propia mente— era víctima de una espantosa confusión. Pero conservamos el suficiente temple como para pilotar el avión, observar multitud de cosas con bastante detenimiento y realizar una cuidadosa serie de fotografías que nos fueran de utilidad tanto a nosotros como al mundo en general. En mi caso, el arraigado hábito científico debió de serme de ayuda, ya que, por encima de mi estupor y miedo, ardía el supremo deseo de penetrar ese secreto inmemorial, descubrir qué clase de seres había construido y habitado ese lugar, incalculablemente gigantesco, y qué relación con el hábitat de este u otro tiempo podía haber tenido esa concentración única de vida.

Porque aquélla no era una ciudad ordinaria. Debió de ser el núcleo primario y el centro de algún arcaico e increíble capítulo de la historia terrestre cuyas ramificaciones finales, recordadas sólo de forma brumosa en los más oscuros y distorsionados mitos, se habían desvanecido por completo en el caos de convulsiones telúricas, mucho antes de que la especie humana divergiera de la simiesca. Allí se alzaba una megalópolis paleógena, comparada con la cual las fabulosas Atlántida y Lemuria, Comoria, Uzuldaroun y Olatöe, en la tierra de Lomar eran cosas de hoy en día, ni siquiera de ayer; una megalópolis que sólo podíamos conectar con blasfemias prehumanas apenas susurradas, como Valusia, R'lyeh, Eb de la tierra de Mnar, y la indescriptible ciudad sin nombre del desierto Arábigo. Mientras volábamos sobre ese laberinto de sólidas torres titánicas, mi imaginación escapaba a veces a cualquier atadura y caía inerme en reinos de asociaciones fantásticas. Establecía entonces lazos incluso entre ese mundo perdido y algunas de las quimeras más extrañas que había forjado respecto al extraño horror del campamento.

Para asegurar que el avión volase más liviano, sólo habíamos rellenado en parte el depósito de combustible. De ahí que tuviéramos que dosificar nuestra exploración. Aun así, cubrimos una enorme extensión de terreno —o, mejor dicho, aire— una vez descendimos a un nivel en el que el viento era meramente testimonial. La cordillera parecía no tener fin, igual que la espantosa ciudad de piedra que limitaba con los contrafuertes interiores. Cincuenta kilómetros de vuelo en cada dirección apenas mostraron grandes cambios en el dédalo de piedra y albañilería que yacía como un cadáver en el hielo eterno. Había, no obstante, algunas divergencias sumamente llamativas, como las tallas en el cañón, allá donde el ancho río había quebrado las estribaciones rocosas para acercarse a su sumidero en la gran cordillera. La boca a la entrada de la corriente había sido cincelada en audaces pilones ciclópeos, y algo en los diseños tocados con crestas y con forma de barril desató, tanto en Danforth como en mí, recuerdos vagos, odiosos y confusos.

También sobrevolamos algunos espacios abiertos con forma de estrella, a todas luces plazas públicas, y advertimos diversas ondulaciones en el terreno. Donde se alzaba alguna aguda colina, solía estar ahuecada para formar algún tipo de edificio de piedra laberíntica. Hallamos dos excepciones. Una de ellas estaba demasiado erosionada como para aventurar qué había ocupado la prominencia, en tanto que la otra aún mostraba un fantástico monumento cónico, tallado en roca viva, y que recordaba vagamente a monumentos como la archifamosa Tumba de la Serpiente del antiguo valle de Petra.

Volando tierra adentro, desde las montañas, descubrimos que la ciudad no se extendía de forma infinita, aun cuando su longitud, a lo largo de los contrafuertes, la hiciera parecer interminable. Al cabo de casi cincuenta kilómetros, las grotescas construcciones de piedra comenzaban a espaciarse. Diez minutos después, llegamos a un yermo abierto, en el que ya apenas había trazas de edificios artificiales. Más allá de la ciudad, el curso del río parecía marcado por una amplia línea hundida, en tanto que el terreno se volvía algo más irregular y parecía empinarse ligeramente al frente a medida que se internaba en el oeste velado de brumas.

Hasta entonces no habíamos aterrizado, pero nos habría resultado inconcebible dejar la meseta sin aventurarnos en alguna de las monstruosas estructuras. Con esa idea en la mente, decidimos encontrar algún lugar liso en las estribaciones, cerca del paso, y aterrizar y hacer alguna exploración a pie. Aunque las laderas estaban parcialmente cubiertas por un caos de ruinas, un vuelo rasante pronto desveló un gran número de posibles puntos de aterrizaje. Seleccionamos el más cercano al paso, desde el que un nuevo vuelo pudiera hacernos cruzar la gran cordillera y regresar al campamento. Tomamos tierra a eso de las doce y media de la noche en un campo de hielo liso y duro, completamente libre de obstáculos y propicio para un rápido y fácil despegue posterior.

No nos pareció necesario proteger el avión con una barrera de nieve, en vista del poco tiempo que íbamos a estar y la ausencia de grandes vientos a ese nivel; de ahí que nos limitásemos a comprobar que las cuchillas del tren de aterrizaje quedaran afirmadas y que las partes vitales de la maquinaria estuvieran resguardadas del frío. Para nuestro viaje a pie, descargamos nuestros abrigos de piel más pesados y nos equipamos con brújula, cámara, algo de provisión, cuadernos de papel, martillo y cincel de geólogo, sacos para muestras, rollos de cuerda y potentes linternas eléctricas con baterías de repuesto; todo lo cual llevábamos en el avión ante la eventualidad de realizar un aterrizaje, tomar fotos terrestres, hacer dibujos y bocetos topográficos y sacar muestras de roca de alguna ladera desnuda, un afloramiento o una caverna. Por suerte disponíamos de un suministro de papel extra que podíamos rasgar, colocar en una bolsa para muestras y usar con arreglo al viejo principio de las miguitas de pan, para marcar el camino en cualquier laberinto interior que invadiésemos. Lo llevábamos por si acometíamos algún sistema cavernoso con aire lo bastante inmóvil como para permitirnos ese artificio fácil y rápido, en lugar del habitual método de cincelar marcas en la roca.

Bajamos con cuidado por la nieve crujiente, hacia el inmenso laberinto de piedra que se alzaba contra el opalescente oeste. Una vez allí, experimentamos, incluso con más fuerza, una sensación de inminente maravilla, tal y como habíamos sentido al acercarnos al inexplorado paso montañoso cuatro horas antes. A decir verdad, ya nos habíamos familiarizado con el increíble secreto oculto tras la barrera montañosa. La idea de invadir aquellos muros primordiales, levantados por seres conscientes quizá millones de años atrás —antes de que existiera ninguna especie humana—, no resultaba baladí por todas las implicaciones, espantosas y potencialmente terribles, que tenía para nosotros de cósmica anormalidad. El aire enrarecido hacía el desplazamiento más arduo de lo normal, debido a la prodigiosa altura. No obstante, tanto Danforth como yo lo sobrellevábamos bien, y nos vimos capaces de realizar casi cualquier tarea que fuera necesaria. Apenas tardamos unos pocos pasos en alcanzar unas ruinas informes a ras de nieve. A unos veinte o treinta metros había un muro inmenso, sin tejado, aún completo en su gigantesco perfil de estrella de cinco puntas y con una altura de unos tres metros y medio. Una vez allí, tocamos esos erosionados bloques ciclópeos, y sentimos que habíamos establecido un lazo sin precedentes y casi blasfemo con eones olvidados, por lo general prohibidos a nuestra especie.

Este muro, conformado como una estrella y quizá con cien metros de punta a punta, estaba construido con bloques de arenisca jurásica de tamaño irregular, de unos dos por tres metros. Había una fila de troneras o ventanas de arco, de un metro veinte de ancho y metro y medio de alto, espaciados de manera bastante simétrica a lo largo de la estrella y en sus ángulos internos, como a un metro veinte de la superficie helada. Al mirar en su interior vimos que la sillería tenía su buen metro y medio de espesor y que no quedaban particiones dentro; además, había restos de bandas talladas y bajorrelieves en los muros interiores, como ya habíamos supuesto mientras sobrevolábamos muros como ése. Aunque en origen debían de haber existido partes más bajas, la profunda capa de hielo y nieve debía de haber devorado todo vestigio de ellas.

Nos deslizamos a través de una de las ventanas y tratamos, en vano, de descifrar los murales casi borrados. No intentamos pisar el suelo helado. Nuestros vuelos de exploración nos habían mostrado que muchos edificios de la ciudad apenas habían sufrido el castigo del hielo. Tal vez encontrásemos, dentro de alguno, interiores libres que llevasen a nivel del suelo, sobre todo en aquellos que aún conservaban el tejado. Antes de abandonar la muralla, la fotografiamos con cuidado y estudiamos su inmortal sillería ciclópea con tremendo estupor. Nos habría gustado que Pabodie hubiera estado presente, pues sus conocimientos de ingeniería nos habrían ayudado a especular acerca de los medios empleados para transportar unos bloques tan titánicos en esa edad, increíblemente remota, en que se habían construido la ciudad y sus arrabales.

El paseo de medio kilómetro, cuesta abajo, hasta la ciudad, con el viento aullando fútil y salvajemente a través de los enormes picos situados a nuestra espalda, fue algo cuyos más pequeños detalles permanecerán para siempre en mi mente. Sólo en mitad de fantásticas pesadillas podría un ser humano, fuera de Danforth y yo mismo, concebir tales efectos ópticos. Entre nosotros y los agitados vapores del oeste yacía esa monstruosa maraña de oscuras torres de piedra. Su aspecto extraño y sus formas increíbles nos impresionaban una y otra vez, a cada nuevo ángulo de visión. Era un espejismo de piedra sólida, y, de no mediar las fotografías, ahora dudaría de que todo aquello hubiera sido real. El tipo de piedra empleada en la construcción era igual que la que habíamos examinado, pero las extravagantes formas que adoptaban sus manifestaciones urbanas están más allá de cualquier descripción.

Incluso las fotos ilustran sólo una o dos fases de su infinita extravagancia, interminable variedad, inmensidad preternatural y exotismo completamente ajeno a todo lo conocido. Había formas a las que un Euclides apenas podría dar un nombre: conos de todas clases, irregulares y truncados en todas las formas posibles, terrazas con todo tipo de provocativas desproporciones, torres con extrañas protrusiones bulbosas, columnas rotas en grupos curiosos y disposiciones, de cinco puntas y cinco lados, locas y grotescas. Al acercarnos pudimos ver lo que había bajo ciertas partes transparentes de la corteza helada y percibir algunos de los puntos tubulares de piedra que conectaban, a varias alturas, aquellos edificios dispuestos de manera tan enloquecida. No parecía haber traza alguna de calles ordenadas, y la única avenida ancha se hallaba como a un kilómetro a la derecha, allí donde el viejo río había sin duda fluido a través de la ciudad rumbo a las montañas.

Nuestros prismáticos mostraban las bandas externas horizontales de esculturas casi destruidas y grupos de puntos. Tan sólo podíamos especular con el aspecto más probable de esa ciudad, aun cuando la mayoría de techos y remates habían desaparecido. En conjunto, debió de ser una total maraña de torcidos pasajes y callejones, como profundos cañones y túneles, debido a la sillería sobresaliente y a los altos puentes. Ahora, desplegada a nuestros pies, nos acechaba como una fantasía onírica contra la bruma occidental, a través de la cual el bajo y rojizo sol antártico de primera hora de la tarde trataba de brillar. Cuando, por un momento, el sol encontró una oposición aún más densa y sumió toda la escena en sombra temporal, el efecto resultó sutilmente amenazador en una forma que jamás osaré describir. Incluso el débil aullar y silbar del viento en los grandes pasos montañosos, a nuestra espalda, se tiñó con una extraña nota de malignidad consciente. El último estadio del descenso a la ciudad fue sumamente empinado y abrupto. Una roca que afloraba al borde, allí donde la inclinación cambiaba, nos hizo pensar que en ese punto había habido una terraza artificial. Creíamos que bajo la capa glacial había un tramo de escalones o su equivalente.

Cuando al final entramos en la propia ciudad laberíntica, trepando sobre sillería derrumbada y encogiéndonos ante la opresiva cercanía y abrumadora altura de los omnipresentes, desmoronados y erosionados muros, nuestras sensaciones llegaron de nuevo a un punto en que me maravillo de que consiguiéramos mantener el control. Danforth se hallaba claramente alterado y comenzó a hacer algunas especulaciones, de una irrelevancia ofensiva, sobre el horror que se había desatado en el campamento. Me tomé muy a mal aquellos comentarios, dado que tampoco yo podía por menos que llegar a ciertas conclusiones, a la vista de ese morboso superviviente de aterradora antigüedad. Las especulaciones inflamaban su imaginación, ya que en cierto lugar —allí donde un pasaje bloqueado por escombros giraba en un ángulo agudo— insistió en que había visto débiles trazas de huellas que le desagradaban, y aquí y allá se detenía a escuchar algún débil sonido imaginario que provenía de algún punto indeterminado. Un amortiguado sonido aflautado, dijo, no muy distinto del que produce el viento en las cuevas montañosas, pero, de alguna manera, turbadoramente diferente. La perenne forma en cinco puntas de la arquitectura circundante y los escasos arabescos murales que aún se podían distinguir apenas comportaban una sugerencia a la que no podíamos sustraernos, y despertaba en nosotros una terrible certeza subconsciente respecto a las entidades primitivas que habían construido y morado en ese impío lugar.

No obstante, nuestro espíritu científico y aventurero no se había apagado por completo. De manera mecánica, llevábamos adelante nuestro plan de arrancar fragmentos de los distintos tipos de roca que estaban representados en la sillería. Buscábamos obtener un buen muestrario para así extraer las conclusiones más ajustadas respecto a la edad del lugar. Nada en los grandes muros exteriores parecía datable más tarde del Jurásico y Comanchiano, y no había en todo el lugar ni una pieza de piedra posterior al Plioceno. Con toda probabilidad, vagabundeábamos por un reino en el que había imperado la muerte al menos durante medio millón de años, por no decir que más.

Mientras nos desplazábamos a través de ese laberinto crepuscular oscurecido por la piedra nos deteníamos en todas las aberturas posibles a estudiar interiores e investigar posibles accesos. Algunas estaban más allá de nuestro alcance y otras llevaban sólo a ruinas arrasadas por el hielo, como el murallón sin techo y baldío de la colina. Una, aunque espaciosa e incitante, se abría a un abismo, al parecer sin fondo, en el que no se veían medios de descenso. Aquí y allá se nos presentaba la oportunidad de estudiar la madera petrificada de alguna contraventana superviviente. Nos impresionaba la fabulosa antigüedad implícita en el granulado aún visible. Tales restos procedían de las gimnospermas y coníferas mesozoicas —sobre todo, de cícadas cretácicas— y de palmeras y primitivas angiospermas de naturaleza claramente terciaria. No pudimos encontrar nada que procediera de una época más tardía que el Plioceno. Debió de haber varias formas de colocar tales contraventanas —cuyos bordes mostraban la primitiva presencia de bisagras extrañas y hacía mucho tiempo desaparecidas—; unas se colocaban en el exterior y otras en el interior de las profundas sujeciones. Parecían haber sido encajadas allí, y por eso habían sobrevivido a la oxidación de sus primitivas fijaciones y asideros.

Al cabo, llegamos a una hilera de ventanas —situadas en las protuberancias de un cono de cinco puntas y ápice intacto— que daban a una estancia inmensa y muy bien conservada, con suelo de piedra. No obstante, se hallaban a demasiada altura sobre éste como para poder bajar sin ayuda de cuerdas. Llevábamos una, pero no deseábamos descolgarnos esos seis metros si no era necesario; sobre todo en ese enrarecido aire de la meseta, donde cualquier esfuerzo afecta al ritmo cardiaco. Aquella enorme estancia debía de ser un vestíbulo o sala de algún tipo, y nuestras linternas mostraban esculturas pesadas, extrañas y potencialmente inquietantes, dispuestas en los muros, formando bandas anchas y horizontales, separadas por tiras, igualmente anchas, de arabescos convencionales. Tomamos cuidadosos esbozos de ese lugar, y planeamos cómo entrar por allí en caso de no encontrar otro sitio más accesible.

Por fin nos encontramos justo con la abertura que estábamos buscando. Era una arcada, de unos dos metros de ancho y tres de alto. Indicaba la boca de un puente que había salvado un callejón, metro y medio por encima del actual nivel de glaciación. Por supuesto, aquellas arcadas estaban cobijadas por plantas superiores, y en aquel caso concreto aún existía un piso superior. El edificio al que así podía accederse estaba formado por una serie de terrazas rectangulares a nuestra izquierda mirando al oeste. Al cruzar el pasadizo y otra arcada, se hallaba un decrépito cilindro sin ventanas y con una curiosa protuberancia, a unos tres metros sobre la abertura. Estaba totalmente a oscuras ahí dentro, y la arcada parecía abrirse a un pozo sin fondo.

Los escombros amontonados a la entrada del edificio de la izquierda lo hacían doblemente accesible, aunque, por unos instantes, dudamos antes de acercarnos a ese paso tan buscado. Aunque habíamos penetrado en esa maraña de arcaico misterio, necesitábamos ánimos renovados para adentrarnos en una construcción completa y aún en pie, perteneciente a un fabuloso mundo primario cuya naturaleza se nos hacía cada vez más odiosamente patente. Al final, sin embargo, nos sumimos en la aventura y trepamos sobre los escombros, hasta llegar a la bostezante abertura. El suelo de más allá estaba formado por grandes losas de pizarra y parecía constituir el arranque de un largo y alto corredor con los muros esculpidos.

Observamos la multitud de arcadas interiores que salían de allí, conscientes de la complejidad del sistema interior. En ese momento decidimos usar nuestro particular sistema de migas de pan. Hasta entonces nos había bastado con las brújulas, acompañadas de frecuentes ojeadas a la inmensa cordillera, que resultaba visible entre las torres a nuestra espalda. De ahí en adelante íbamos a necesitar un sustituto artificial. Por tanto, redujimos el papel sobrante a trozos de tamaño apropiado y lo pusimos en una bolsa, que llevaba Danforth. Estaba listo para usarse de la manera más económica posible, sin menoscabo de la seguridad. Ese método nos salvaría de extraviarnos, pues no parecía haber grandes corrientes de aire dentro de aquella construcción primordial. Si de repente se levantaba el viento o se nos agotaba el papel, podíamos recurrir al método más seguro, aunque también más tedioso y tardo, de hacer marcas en la roca.

Era imposible determinar *a priori* cuánto terreno podríamos explorar. Al estar interconectados los diferentes edificios podríamos, sin duda, cruzar de uno a otro a través de los puentes situados bajo el hielo. Sólo podían impedírnoslo las fallas locales y grietas geológicas, ya que parecía haberse producido muy poco hielo en el interior de las enormes construcciones. Casi todas las áreas de hielo transparente habían mostrado que las ventanas estaban cerradas a cal y canto, como si se hubiese abandonado la ciudad en ese estado cuando la sábana glacial llegó para cristalizar las partes inferiores por los siglos de los siglos. De hecho, daba la curiosa impresión de que ese lugar había sido cerrado y abandonado de forma planificada, en alguna era brumosa y pretérita, antes de permitir que lo sacudiesen alguna repentina calamidad o una paulatina decadencia. ¿Se había previsto la llegada del hielo y su indescriptible población había emigrado en masa en busca de un lugar menos amenazado? Habría que acudir a estudios fisiográficos precisos antes de resolver el misterio. No había habido, desde luego, una cristalización paulatina. Quizá la presión de la nieve acumulada había sido la responsable de la sábana helada, o puede que alguna inundación del río o el avance de algún antiguo glaciar de la gran cordillera hubieran ayudado a crear aquel estado especial de cosas. La imaginación podía concebir casi cualquier cosa que guardase relación con aquel lugar.

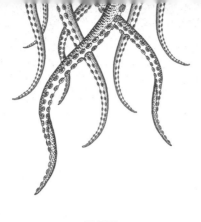

VI

Sería demasiado dar un informe detallado y exhaustivo de todos nuestros vagabundeos por esa colmena cavernosa, hecha de sillería primigenia y muerta desde muchos eones antes. Esa monstruosa madriguera de arcaicos secretos en la que, tras incontables eras, unos pasos humanos levantaban ecos por primera vez. No podíamos escapar a aquella certidumbre, pues la memoria de lo sucedido se nos revelaba, de forma terrible, a través de la observación de las omnipresentes tallas murales. Las fotografías de esas tallas estaban hechas con *flash*. Con ellas probaremos la veracidad de nuestras teorías. Fue una lástima que no dispusiéramos de mayor suministro de película. Aun así, hicimos rudos esbozos, sobre papel, de ciertos caracteres sobresalientes, una vez que hubimos agotado la película fotográfica.

La construcción en la que habíamos entrado era enorme y muy elaborada, y nos ofreció una formidable perspectiva de cómo era la arquitectura de ese indescriptible pasado geológico. Los tabiques interiores eran menos enormes que los muros exteriores, pero los niveles más bajos se hallaban en un excelente estado de conservación. Toda la estructura se caracterizaba por una complejidad laberíntica, que incluía diferencias curiosamente irregulares entre los niveles del suelo. Nos habríamos perdido de no haber dejado trozos de papel. Decidimos comenzar explorando las partes superiores, más deterioradas. Por eso trepamos por el laberinto hasta llegar a una altura de más de treinta metros, donde las estancias superiores se abrían, ruinosas y nevadas, al cielo polar. Ascendimos por rampas empinadas y acanaladas de manera transversal o formando planos inclinados de piedra; supusimos que hacían las veces de escaleras. Las estancias eran de todas las formas y proporciones imaginables, desde estrellas de cinco puntas a triángulos y cubos perfectos. Puedo afirmar que su tamaño más habitual era de diez por diez metros de planta, con unos siete de altura, aunque las había mucho más grandes. Tras examinar en profundidad las zonas superiores al nivel de los hielos, descendimos planta a planta por el pasado sumergido. No tardamos en vernos en un laberinto continuo de salas conectadas y pasajes que tal vez condujesen a unos espacios inabarcables en el exterior de ese edificio en concreto. Las construcciones ciclópeas y el gigantismo de todo cuanto nos rodeaba resultaban curiosamente opresivos. Había algo vago pero profundamente inhumano en los contornos, dimensiones, proporciones, decoración y, en general, en todos los matices arquitectónicos de aquella sillería arcaica hasta extremos blasfemos. El estudio de las tallas nos hizo comprender que aquella ciudad monstruosa tenía millones de años de antigüedad.

Aun ahora no podemos explicar los principios de ingeniería usados en la colocación y encaje de aquellas inmensas masas pétreas, si bien la función de los arcos tenía claramente algo que ver. Las estancias visitadas estaban por completo desnudas de contenidos muebles, una circunstancia que reforzaba nuestra idea del abandono deliberado de la ciudad. La decoración más extendida era el sistema de escultura mural, casi omnipresente, que tendía a correr en bandas horizontales de un metro de ancho, del suelo al techo, y alternaba con bandas de igual anchura en forma de arabescos geométricos. A menudo aparecían incrustaciones de los suaves cartuchos que contenían grupos de puntos extrañamente dispuestos; se extendían a lo largo de alguna de las bandas de arabescos.

No tardamos en constatar que la técnica empleada era madura y compleja, e implicaba la culminación estética de la maestría civilizada, aunque era completamente ajena a cualquier tradición artística que jamás hubiese conocido la especie humana. No sé de ninguna escultura que se acerque a aquélla en cuanto a la delicadeza de la ejecución. Los detalles más minuciosos relativos a la vegetación o la vida animal estaban representados con un realismo alucinante, pese a la inmensa escala de las tallas. Además, los diseños convencionales eran maravillas de intrincada habilidad. Los arabescos mostraban un profundo empleo de los principios matemáticos y estaban realizados sobre curvas y ángulos dotados de una oscura simetría basada en el número cinco. Las bandas figurativas seguían una tradición muy formal y tenían un peculiar tratamiento de la perspectiva; pero mostraban una fuerza artística que nos conmovía profundamente, pese a la brecha de los inmensos periodos geológicos que nos separaban. El método de diseño reposaba sobre una singular yuxtaposición de planos con siluetas bidimensionales e implicaba una psicología analítica situada más allá de los límites concebibles en cualquier raza antigua conocida. No tendría sentido tratar de comparar ese arte con ningún otro que pueda encontrarse en nuestros museos. Quienes vean nuestras fotos tal vez encuentren una clara analogía con las grotescas concepciones de los más atrevidos futurismos.

La tracería de arabescos estaba formada por líneas inscritas cuya profundidad oscilaba entre los dos y los cuatro centímetros. Cuando aparecían cartuchos con agrupamientos de puntos —a todas luces, inscripciones realizadas en algún lenguaje o alfabeto desconocido y primordial—, los surcos de las suaves superficies eran quizá de tres centímetros, y los puntos tal vez de un centímetro más. Las bandas pictóricas estaban formadas por altorrelieves, con el fondo hundido unos cinco centímetros respecto a la superficie del muro. En algunas partes se detectaban restos de una antigua coloración, aunque el paso de incontables eones había desintegrado y desvanecido casi todos los pigmentos que pudieran haberle aplicado. Cuanto más estudiaba la maravillosa técnica, más admiración me causaba. Las estrictas convenciones no impedían admirar la minuciosa y precisa observación, así como la habilidad gráfica de los artistas. De hecho, servían también para simbolizar y acentuar la esencia real o la diferencia vital de cada objeto representado. Sentíamos, además, que al lado de esas excelencias reconocibles había otras ocultas que nos insinuaban la existencia de símbolos y estímulos latentes que debían de tener un significado más profundo y relevante que el que le veíamos. Por supuesto, si lo analizábamos con otro esquema mental y emocional, o con un equipo sensorial más completo y diferente.

Huelga decir que las esculturas se inspiraban en la vida propia de la ya desvanecida época en que fueron creadas, y contenían un considerable caudal de datos históricos. Ese anómalo registro histórico de la primitiva raza —una azarosa circunstancia que, gracias a la casualidad, operaba a nuestro favor de una manera casi milagrosa— convertía las tallas en algo espantosamente informativo para todos nosotros. Ello nos llevaba a anteponer su fotografía o dibujo por encima de ningún otro objetivo. En ciertas estancias, la disposición dominante variaba por la presencia de mapas, cartas astronómicas y otros diseños científicos trazados a gran escala. Todo ello corroboraba, no sin una terrible ingenuidad, todo cuanto habíamos supuesto a partir de los frisos y cartuchos escultóricos. Al insinuar tan sólo lo que revelaban, espero que mi informe no provoque más curiosidad que cuerda precaución en aquellos que decidan creerme. Sería trágico que alguien se viera empujado hacia ese territorio de muerte y horror por culpa del mismo aviso que trata de disuadirlos.

Unas altas ventanas y enormes portales de cuatro metros de altura rompían los muros esculpidos, algunos de los cuales conservaban unos paneles de madera petrificada —profusamente tallados y pulidos— que hacían las veces de contraventanas y de puertas. Las fijaciones metálicas habían desaparecido mucho tiempo atrás, pero algunas de las puertas se mantenían en su sitio y teníamos que forzarlas al avanzar de habitación en habitación. Aún restaban algunos marcos de ventana, aquí y allá, con extraños paneles transparentes —más o menos elípticos—, aunque en muy poca cantidad. Había también numerosos nichos de gran tamaño. Por lo común estaban vacíos, pero a veces contenían extraños objetos, tallados en esteatita, que estaban rotos o eran quizá de tan escaso valor que no merecía la pena llevárselos. Sin duda, había otras aberturas que tenían que ver con ahora desaparecidos ingenios mecánicos —dadores de calor, luz y cosas por el estilo—, tal como sugerían muchas de las tallas. Los techos tendían a ser planos, pero unas veces estaban incrustados de esteatitas verdes o azules, la mayor parte de ellos ahora caídos. Los suelos presentaban también tales azulejos, aunque predominaban los de piedra sencilla.

Tal como he dicho, todos los muebles y demás enseres habían desaparecido, pero las esculturas daban una idea muy clara de los artefactos que otrora habían colmado esas estancias, resonantes como tumbas. Sobre el nivel de glaciación, los suelos estaban, por lo general, colmados de detritus, basura y escombros, pero por debajo todo aquello iba menguando. En algunas de las estancias y corredores inferiores no había más que polvo arenoso o antiguas incrustaciones, mientras que otras áreas tenían un extraño aire de limpieza, como recién barridas. Por supuesto, allí donde había grietas o derrumbes, los niveles inferiores estaban tan llenos de escombros como los superiores. Un patio central —igual al de otras estructuras que habíamos visto desde el aire— salvaba a las zonas interiores de la total oscuridad, por lo que apenas tuvimos que usar nuestras lámparas en las estancias de arriba, excepto cuando estudiábamos los detalles esculpidos. Bajo la capa de hielo, no obstante, el crepúsculo se acentuaba y, en muchas partes del laberíntico nivel del suelo imperaba una negrura casi absoluta.

Quien quiera hacerse una mínima idea de los pensamientos y sentimientos que albergábamos a medida que descendíamos por aquel laberinto de inhumana albañilería, silencioso durante eones, deberá mezclar un desesperado y desconcertante caos de humores esquivos, memorias e impresiones. La antigüedad terriblemente apabullante y la desolación del lugar bastaban para desbordar a cualquier persona sensible. A ello cabía unir el reciente e inexplicable horror del campamento y las revelaciones recién extraídas de las terribles esculturas murales. Cuando divisamos unas tallas, en perfecto estado de conservación y carentes de la menor ambigüedad respecto a su significado, nos bastó una mirada somera para encontrarnos frente a la espantosa verdad; una verdad de la que sería estúpido no admitir que tanto Danforth como yo habíamos intuido por separado, aunque nos habíamos guardado de compartir. Ya no cabía duda alguna de la naturaleza de los seres que habían construido y habitado esa monstruosa ciudad, millones de años atrás, cuando los antepasados del hombre eran mamíferos arcaicos y los inmensos dinosaurios vagaban por las estepas tropicales de Asia y Europa.

Previamente habíamos recurrido a una alternativa desesperada y habíamos insistido —cada uno en su fuero interno— en que la omnipresencia del motivo de las cinco puntas tenía algo que ver con alguna exaltación cultural o religiosa de objetos arcaicos naturales, algo relacionado con la cualidad de las cinco puntas, tal y como los motivos decorativos de la Creta minoica exaltaban al toro sagrado, o los egipcios al escarabajo, o Roma al lobo y el águila, o los tótems animales de varias tribus salvajes. Pero pronto perdimos ese solitario subterfugio y nos vimos obligados a enfrentarnos, de una vez por todas, con la comprensión que estremecía nuestro intelecto; aunque el lector de estas páginas, sin duda, lo anticipa desde hace tiempo. Apenas puedo soportar la idea de ponerlo por escrito, aunque quizá no sea necesario.

Los seres que un día se criaron y moraron entre esa espantosa sillería, en la edad de los dinosaurios, no eran desde luego dinosaurios, sino algo mucho peor. Los dinosaurios no eran más que seres nuevos y sin apenas cerebro. Pero los constructores de esa ciudad eran sabios y antiguos, y habían dejado ciertas huellas en las rocas, huellas que seguían allí después de unos mil millones de años; rocas que estaban antes de que la vida terrestre hubiera evolucionado más allá de unos grupos indiferenciados de células; rocas impresas antes de que la verdadera vida de la Tierra existiese siquiera. Eran los forjadores y los esclavizadores de la vida y, más allá de cualquier duda, el origen de los mitos, diabólicamente antiguos, a los que registros como los Manuscritos Pnakóticos y el *Necronomicón* aluden de forma espantosa. Eran los Grandes Antiguos, que habían descendido de las estrellas cuando la Tierra era joven; los seres cuya sustancia había sido conformada por una evolución ajena y cuyos poderes eran de un calibre como nunca este planeta había conocido. ¡Y pensar que, sólo el día antes, Danforth y yo habíamos contemplado restos de su milenaria sustancia fosilizada! ¡Y que el pobre Lake y su grupo los habían visto en su forma completa!

Por supuesto, me resulta imposible relatar, en su verdadero orden, las etapas de las que colegimos nuestros conocimientos sobre ese monstruoso capítulo de la vida prehumana. Tras el primer impacto de la revelación, hubimos de detenernos un instante para recuperarnos. Retomamos nuestra búsqueda sistemática pasadas las tres. Las esculturas del edificio en el que habíamos entrado eran de fecha relativamente tardía —quizá de hace dos millones de años—, tal y como pudimos comprobar por las representaciones geológicas, biológicas y astronómicas, y pertenecían a un arte que podríamos llamar decadente, en comparación con lo que encontramos en edificios más antiguos, luego de cruzar puentes bajo la sábana glaciar. Un edificio, tallado en roca viva, parecía remontarse quizá a cincuenta millones de años de antigüedad —al Eoceno Superior o al Cretácico Superior— y contenía bajorrelieves cuyo arte superaba todo lo que, salvo una tremenda excepción, pudimos encontrar. Fue, como he dicho, la más vieja de las estructuras domésticas que atravesamos.

De no contar con el respaldo de esas instantáneas que pronto se harán públicas, me resultaría imposible revelar nada de lo que encontré e intuí, por miedo a ser recluido como los locos. Por supuesto, podemos descartar sin demora las partes más tempranas de la historia relatada en los murales —las que representaban la vida preterrestre de los seres de cabeza de estrella en otros planetas, otras galaxias y otros universos—, pues se trata de las fantasías mitológicas de aquellos seres. Sin embargo, estas pinturas solían incluir dibujos y diagramas tan extraordinariamente cercanos a los últimos descubrimientos de los matemáticos y astrofísicos que apenas sé qué pensar. Que cada cual juzgue cuando vea las fotos que daré a conocer a la opinión pública.

Por supuesto, el conjunto de las tallas que vimos apenas nos hizo entender una fracción de la historia, y esta se nos presentaba desordenada. Algunas de las inmensas estancias eran unidades independientes, mientras que otras mostraban una sucesión presente en habitaciones y pasillos. Los mapas y diagramas más satisfactorios se hallaban en los muros de un espantoso abismo situado por debajo incluso del antiguo nivel del suelo, en una caverna de unos sesenta metros cuadrados y seis metros de alto que, sin duda, habría sido algún tipo de escuela. Había muchas y provocadoras repeticiones del mismo material, en diferentes estancias y edificios,

83

y algunos capítulos señeros, así como ciertos resúmenes y fases de la historia racial: sin duda eran los predilectos de los habitantes o decoradores. A veces, sin embargo, varias versiones de un mismo tema resultaban de lo más útiles, al aclarar puntos discutibles o llenar lagunas.

Aún me maravillo de lo mucho que logramos deducir en el corto tiempo del que dispusimos. Por supuesto, incluso ahora sólo tenemos los más toscos esquemas, y mucho de lo deducido salió más tarde del estudio de las fotografías y bocetos. El colapso que sufre Danforth debe considerarse un efecto colateral de ese estudio posterior, de las memorias revividas y las vagas impresiones que actúan en conjunto con su gran sensibilidad y con ese vistazo final y supuesto de un horror cuya esencia no me reveló ni siquiera a mí mismo. Pero en cierto modo era nuestra obligación, ya que no podíamos por menos que acompañar nuestros avisos con la información más completa posible. Ese desconocido mundo antártico de tiempo desordenado y extrañas leyes naturales tiene unas implicaciones que hacen imperativo el abandono de futuras exploraciones.

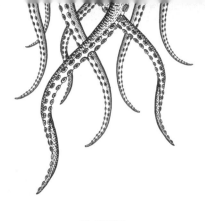

VII

La historia completa, hasta donde pudimos descifrarla, aparecerá en breve en el boletín oficial de la Universidad de Miskatonic. Aquí sólo plantearemos los aspectos más destacados, si bien de forma fragmentaria e incoherente. Mitos o no, las esculturas narraban la llegada de los seres con cabeza de estrella a la Tierra recién formada y aún carente de vida, procedentes del espacio cósmico; ellos y otros muchos entes extraterrestres que, en ciertas eras, se embarcaron en la exploración espacial. Parecían capaces de atravesar el éter interestelar con sus inmensas alas membranosas, lo que confirmaba, dicho esto a modo de curiosidad, algunos pintorescos cuentos populares de las colinas sobre los que, hacía tiempo, me había hablado un erudito colega de la universidad. Habían vivido bajo el mar, donde habían construido fantásticas ciudades y librado terribles batallas contra indescriptibles adversarios, mediante complejos aparatos que usaban fuentes de energía inimaginables. Como es evidente, su saber científico y mecánico superaba de largo al del hombre actual, aunque sólo se valían de su tecnología más avanzada en caso de extrema necesidad. Algunas de las esculturas sugerían que habían pasado por una etapa de vida mecanizada en otros planetas, pero que la habían abandonado al no mostrarse satisfechos con sus efectos. Su preternatural robustez orgánica y la simplicidad de sus necesidades los hacía peculiarmente aptos para vivir en forma elevada sin necesidad de recurrir a los frutos más especializados de la manufactura artificial, e incluso sin prendas de abrigo, excepto para protegerse de manera ocasional contra los elementos.

Fue bajo el mar, al principio para alimentarse y luego con otros propósitos, donde crearon la primera vida terrestre, utilizando sustancias disponibles con arreglo a métodos ancestrales. Los experimentos más elaborados se realizaron después de aniquilar a varios enemigos cósmicos. Debían de haber hecho lo mismo en otros planetas, fabricando no sólo los alimentos necesarios, sino también unas masas protoplásmicas multicelulares capaces de moldear, bajo influencia hipnótica, sus tejidos en toda clase de órganos temporales, y a partir de ellos habían formado los esclavos ideales con destino a los trabajos más pesados de la comunidad. Tales masas viscosas eran, sin duda, lo que Abdul Alhazred llamaba *shoggoths* en su espantoso *Necronomicón*, aunque ni siquiera aquel árabe loco insinuó que hubiera seres así sobre la faz de la Tierra, salvo en los sueños de aquellos que han mascado cierta hierba alcaloide. Cuando los Antiguos de cabeza de estrella hubieron sintetizado su sencillo alimento y creado una nutrida reserva de *shoggoths,* permitieron que otros grupos de células desarrollaran distintas formas de vida animal y vegetal para diversos propósitos. Eso sí, exterminaron a cualquiera que se revelara problemática.

Con la ayuda de los *shoggoths*, cuyos tentáculos podían mover pesos prodigiosos, las ciudades pequeñas y bajas del fondo del mar se convirtieron en enormes e imponentes laberintos que no desmerecían ante aquellas que, más tarde, se alzaron en tierra. De hecho, los Antiguos eran altamente adaptables, habían vivido con frecuencia sobre la tierra en otras partes del universo y tal vez conservasen multitud de tradiciones acerca de la construcción al aire libre. Mientras estudiábamos las arquitecturas de aquellas esculpidas ciudades del Paleógeno, y nos aventurábamos en los pasillos que atravesábamos, muertos desde hacía eones, nos impresionó una curiosa casualidad que, a fecha de hoy, aún no hemos tratado de explicar ni a nosotros mismos. Ni que decir tiene que los remates de los edificios habían sufrido la erosión hasta convertirse en ruinas informes, varios evos atrás. Pero los bajorrelieves mostraban con claridad que habían sido inmensos chapiteles de agujas, delicadas puntas en el vértice de conos y pirámides, e hileras de discos delgados y horizontales que remataban torretas cilíndricas. Eso fue exactamente lo que vimos en aquel espejismo portentoso y monstruoso que surcaba los cielos y adoptaba la forma de una ciudad muerta, tal y como había sido hacía miles y miles de años. Así fue como apareció ante nuestros ignorantes ojos por encima de las inexploradas montañas de la locura mientras nos acercábamos al maldito campamento del pobre Lake.

Se podrían escribir volúmenes y más volúmenes acerca de la vida de los Antiguos, tanto de los que se quedaron bajo el mar como de los que emigraron a tierra firme. Los de aguas someras habían mantenido el uso completo de los ojos, situados al final de los cinco tentáculos principales de la cabeza, y habían practicado las artes de la escultura y la escritura con asiduidad, trazando sus escritos mediante punzón en cera resistente al agua. Aquellos que se habían sumido en las profundidades oceánicas se valían de un curioso organismo fosforescente para conseguir luz, pero complementaron la visión con unos extraños sentidos especiales situados en los cilios prismáticos de la cabeza. Estos sentidos hacían que, en caso de emergencia, los Antiguos pudieran prescindir de la luz. Su manera de esculpir y escribir había cambiado durante el descenso, empleando ciertos procesos, al parecer químicos, de baño —probablemente para asegurar la fosforescencia— sobre los que los bajorrelieves no daban gran detalle. Los seres se desplazaban por el mar nadando en parte —mediante los brazos crinoideos laterales— y en parte usando el bajo rimero de tentáculos que contenían los seudópodos. En ocasiones acompañaban las zambullidas profundas con el uso auxiliar de dos o más grupos de alas retráctiles. En tierra solían usar los seudópodos, pero de vez en cuando volaban a grandes alturas o largas distancias con las alas. Los muchos tentáculos delgados en que se ramificaban los brazos crinoides eran de lo más delicados, flexibles, fuertes y precisos en su coordinación neuromuscular, y aseguraban la mayor de las habilidades y destreza en todas las operaciones artísticas y en todo tipo de manualidades.

La fortaleza de aquellos seres era increíble. Incluso las aterradoras presiones de las mayores profundidades marinas eran incapaces de dañarlos. Muy pocos parecían morir por otra causa que no fuera la violencia, y sus cementerios eran muy pequeños. El hecho de que inhumaran a sus muertos en túmulos verticales de cinco puntas nos dio mucho que pensar tanto a Danforth como a mí, y nos obligó a efectuar una nueva pausa para recuperarnos de las revelaciones que mostraban las tallas. Los seres se multiplicaban por medio de esporas —como las pteridofitas vegetales, tal y como había sospechado Lake—, pero dadas sus prodigiosas fortaleza y longevidad, y por tanto el poco recambio necesario, tan sólo se reproducían a gran escala cuando había que colonizar nuevas regiones. Los jóvenes maduraban con rapidez y recibían una educación que, huelga decirlo, se hallaba más allá de cuanto podamos imaginar. La vida intelectual y estética estaba altamente evolucionada y produjo un grupo duradero de costumbres e instituciones sobre las que hablaré en detalle en mi próxima monografía. Había ligeras variaciones, dependiendo de si residían en tierra o en el mar, pero los fundamentos eran similares en esencia.

Aunque, como vegetales que eran, podían alimentarse a partir de sustancias inorgánicas, preferían de largo la materia orgánica; sobre todo, la de origen animal. Comían alimentos marinos crudos cuando estaban bajo el mar, pero los cocinaban cuando estaban en tierra. Cazaban y pastoreaban rebaños, que desangraban con armas agudas cuyas extrañas marcas había detectado nuestra expedición en ciertos huesos fósiles. Mostraban una resistencia maravillosa a las temperaturas ordinarias y, en su estado natural, podían vivir en agua bajo el nivel de congelación. No obstante, cuando llegó la gran glaciación del Pleistoceno —hace algo así como un millón de años—, los que moraban en tierra tuvieron que tomar medidas especiales, que incluían la calefacción artificial, hasta que, al parecer, el mortífero frío los hizo emigrar al mar. Las leyendas aseguran que, para realizar sus vuelos prehistóricos a través del espacio cósmico, habían absorbido ciertas sustancias químicas, con lo que casi habían eliminado la necesidad de comer, respirar o calentarse. Para cuando llegó el gran frío, ya habían perdido la técnica. En cualquier caso, no podían prolongar de manera indefinida ese estado artificial sin arriesgarse a sufrir daños.

Al ser asexuados y de estructura semivegetal, los Antiguos carecían de bases biológicas para formar familias, tal como se entienden éstas entre los mamíferos; pero parecían organizados en grandes hogares sobre los principios de uso de espacio confortable y asociaciones mentales, tal como dedujimos de la representación de las ocupaciones y diversiones de los co-moradores. Amueblaban sus hogares acumulándolo todo en el centro de las grandes estancias y reservando el espacio de muro para la decoración. El alumbrado, en el caso de los habitantes terrestres, se realizaba mediante un artefacto de naturaleza probablemente electroquímica. Tanto los seres terrestres como los marinos empleaban curiosas mesas, sillas y divanes parecidos a cilindros —en los que descansaban y dormían sujetos mediante sus tentáculos arracimados—, mientras que hileras de grupos de las superficies punteadas formaban sus libros.

El gobierno era, evidentemente, complejo y tal vez socialista, aunque no pudimos deducir nada de cierto a partir de las esculturas que vimos. Había comercio a gran escala, tanto local como entre las distintas ciudades. Ciertas piezas pequeñas y planas, de cinco puntas e inscritas, servían de moneda. Es probable que las esteatitas verdosas más pequeñas que habíamos encontrado en el curso de nuestra expedición sirvieran para tal fin. Aunque la cultura era sobre todo urbana, existía algo de agricultura y bastante ganadería. También había minería y manufactura. Viajaban con frecuencia, aunque las migraciones permanentes eran bastante raras, más allá de los amplios movimientos colonizadores mediante los que se expandía la raza. No conocían medios mecánicos de locomoción, aunque disponían de una enorme capacidad de movimiento por tierra, mar y aire. Los pesos, sin embargo, se transportaban mediante bestias de carga *shoggoths* bajo el mar y por una curiosa variedad de primitivos vertebrados en los últimos tiempos de las colonias terrestres.

Tales vertebrados, así como una infinidad de formas de vida —animal y vegetal, marina, terrestre y aérea— eran productos de una ciega evolución, a partir de las células madre sembradas por los Antiguos y que habían escapado a su atención. Se habían desarrollado con entera libertad, pues no entraban en conflicto con los seres dominantes. Planificaban al detalle la extinción de las formas que se revelaban fastidiosas. Fue interesante ver, en algunas esculturas muy tardías y decadentes, un primitivo mamífero bípedo, usado unas veces como alimento y otras como bufón por los seres terrestres, cuyo aspecto vagamente simiesco y humano resultaba inconfundible. En cuanto a la construcción de las ciudades terrestres, solían transportar los inmensos bloques de piedras de las altas torres mediante pterodáctilos de grandes alas, de una especie aún desconocida por los paleontólogos.

La tenacidad con que los Antiguos habían sobrevivido a los distintos cambios geológicos y a las convulsiones de la corteza terrestre era poco menos que milagrosa. Aunque pocas, por no decir ninguna, de sus primeras ciudades parecen haber sobrevivido más allá de la edad arcaica, su civilización y la transmisión de sus registros se desarrollan de manera ininterrumpida. Su lugar de aterrizaje en nuestro planeta fue el océano Antártico, y parece que llegaron poco después de que la Luna se formase a partir de una masa desgajada del Pacífico Sur. Según uno de los mapas esculpidos, todo estaba bajo el mar, con ciudades de piedra que se extendían más y más, a partir de la Antártida, a medida que transcurrían los eones. Otro mapa mostraba una gran masa de tierra seca cerca del sur, donde era evidente que algunos de los seres montaron establecimientos experimentales, si bien sus centros principales se trasladaron al cercano fondo marino. Unos mapas posteriores, que mostraban cómo esa masa terrestre se partía e iba a la deriva, con algunas de las partes desgajadas desligándose hacia el norte, respaldaban de forma irrefutable las teorías de la deriva continental propuestas por Taylor, Wegener y Joly.

Al levantarse nuevas tierras en el Pacífico Sur se produjeron nuevos acontecimientos. Algunas de las ciudades marinas fueron arrasadas por completo, aunque aún habrían de sobrevenir desgracias peores. Otra raza —una especie terrestre de seres con forma de pulpo y que tal vez fuera la fabulosa progenie prehumana de Cthulhu— comenzó a descender del cosmos infinito y desencadenó una monstruosa guerra que, durante una época, obligó a todos los asentamientos terrestres a regresar al mar. Al final se firmó una paz y las nuevas tierras quedaron en poder de la progenie de Cthulhu, en tanto que los Antiguos conservaban los mares y las viejas tierras. Se fundaron nuevas ciudades terrestres; las mayores de ellas situadas en la Antártida, región que consideraban sagrada, al haber pisado allí la Tierra por primera vez. De ahí en adelante, como ya había ocurrido, el Polo se convirtió en el centro de la civilización de los Antiguos, y todas las ciudades construidas allí por la progenie de Cthulhu fueron evacuadas. Luego, de repente, las tierras del Pacífico se hundieron de nuevo, arrastrando a las profundidades a la espantosa ciudad de piedra de R'lyeh y a todos los octópodos cósmicos, por lo que los Antiguos se convirtieron otra vez en los amos supremos del planeta, con excepción de un oscuro miedo del que no querían hablar. En una edad bastante posterior, sus ciudades cubrieron todas las tierras y áreas acuáticas del globo. De ahí la recomendación que haré en mi próxima monografía para que algunos arqueólogos hagan perforaciones sistemáticas, con aparatos del tipo diseñado por Pabodie, en ciertas regiones del globo muy distantes entre sí.

Con el paso de las edades, la tendencia migratoria fue del agua a la tierra. Este movimiento fue alentado por el surgimiento de nuevas masas terrestres, aunque nunca llegaron a evacuar del todo el océano. Otra causa del movimiento hacia tierra fueron las nuevas dificultades para alimentarse y dominar a los *shoggoths*, de los que dependían las ciudades acuáticas. Con el paso del tiempo, y tal como las tallas confesaban con tristeza, se perdió el arte de crear nueva vida a partir de materia orgánica. Si querían modelar, los Antiguos dependían por completo de formas ya existentes. En tierra, los grandes reptiles se mostraron sumamente útiles; pero los *shoggoths* del mar, que se reproducían por gemación y habían adquirido, de manera accidental, un peligroso nivel de inteligencia, acabaron por convertirse en un problema formidable.

Habían estado siempre bajo el control hipnótico de los Antiguos y modelaban su robusta plasticidad para obtener varios y útiles miembros, así como órganos temporales; pero, por aquella época, comenzaron a ejercer sus poderes de automodelado por su cuenta, adoptando diversas formas miméticas que se les habían implantado mediante pasadas sugestiones. Al parecer, habían desarrollado un cerebro semiestable cuya voluntad, propia, ocasional y testaruda, acataba la voluntad de los Antiguos sin que ello implicase que obedecieran en todos los casos. Las imágenes esculpidas de esos *shoggoths* nos colmaban a Danforth y a mí de espanto y horror. Eran entidades por lo general informes, compuestas de una jalea viscosa que parecía una acumulación de burbujas y con un tamaño, cuando adoptaban la forma esférica, de alrededor de cinco metros. Sin embargo, no dejaban de cambiar de forma y volumen, y desarrollaban en todo momento falsos y temporales órganos de vista, oído y habla con los que imitar los de sus amos, tanto de manera espontánea como respondiendo a la sugestión.

Parecían haberse vuelto peculiarmente intratables hacia mediados del Pérmico, hace quizá unos ciento cincuenta millones de años, cuando los Antiguos marinos tuvieron que declararles una verdadera guerra para sojuzgarlos de nuevo. Las imágenes de esa guerra y de la forma descabezada en que los *shoggoths* dejaban a sus víctimas asesinadas tenían una cualidad maravillosamente espantosa, pese a mediar el abismo de indecibles edades. Los Antiguos habían utilizado curiosas armas de perturbación molecular contra las entidades rebeldes y, al cabo, alcanzaron una victoria total. De ahí en adelante, las tallas mostraban un periodo en que los *shoggoths* eran domados y reducidos por Antiguos armados, tal y como los vaqueros amansaron los caballos salvajes del Oeste. Aunque durante la rebelión los *shoggoths* habían mostrado su capacidad de vivir fuera del agua, esa transición no fue alentada, ya que su uso en tierra apenas podía compensar el problema que suponía manejarlos.

Durante el Jurásico, los Antiguos encontraron nuevas dificultades, en forma de una nueva invasión procedente del espacio exterior; esta vez se trataba de las criaturas mitad fungoides, mitad crustáceos, de un planeta que debía de ser el remoto y recién descubierto Plutón; criaturas que, sin duda, son las mismas que aquellas que aparecen en ciertas leyendas montañesas del norte, y recordadas en el Himalaya como Mi-Go o Abominable Hombre de las Nieves. Para combatir a tales seres, los Antiguos intentaron, por primera vez desde su llegada a la Tierra, volar de nuevo a través del éter interplanetario; pero, pese a todos sus preparativos tradicionales, descubrieron que ya no les era posible abandonar la atmósfera terrestre. Cualesquiera que hubieran sido los secretos del viaje interestelar, se habían perdido definitivamente para la raza. Al final, los Mi-Go expulsaron a los Antiguos de todas las tierras del norte, aunque fueron incapaces de desalojarlos del mar.

Poco a poco, comenzaba el retroceso de la antigua raza hacia su hábitat antártico original.

Fue curioso ver, a partir de las batallas representadas tanto contra la progenie de Cthulhu como contra los Mi-Go, que éstos debían de estar compuestos por una materia sumamente diferente de la que reconocemos como la sustancia de los Antiguos. Su capacidad de regeneración no estaba al alcance de sus adversarios, y debían, en origen, haber llegado de simas aún más remotas del espacio cósmico. Los Antiguos, pese a su anormal robustez y sus peculiares propiedades vitales, eran estrictamente materiales, y su cuna debía de hallarse en el continuo espacio-tiempo conocido. En cuanto a las fuentes de los demás seres, sólo cabe especular con aliento contenido. Por supuesto, todo lo dicho parte de la premisa de que el origen no terrestre y las anomalías adscritas a sus enemigos no son mera mitología. Los Antiguos bien podrían haber inventado un marco cósmico para justificar sus ocasionales derrotas, ya que el interés histórico y el orgullo formaban su elemento psicológico principal. Es significativo que sus anales no mencionen muchas razas avanzadas y poderosas de otros seres, cuyas potentes culturas y ciudades prominentes figuran de forma persistente en ciertas oscuras leyendas.

El cambiante estado del mundo a través de largas edades geológicas aparece con estremecedor realismo en muchos de los mapas y escenas esculpidos. En ciertos casos habrá que revisar la ciencia actual, mientras que, en otros, sus audaces deducciones se confirman punto por punto. Como he dicho, la hipótesis de Taylor, Wegener y Joly con arreglo a la cual todos los continentes son fragmentos de una masa continental antártica que se quebró, debido a fuerzas centrífugas, para desplazarse y apartarse sobre una superficie virtual, viscosa e inferior —una hipótesis inspirada por detalles tales como los perfiles complementarios de África y Sudamérica y la forma en que las grandes cadenas montañosas se elevan y desplazan— recibe así la confirmación de esa fuente extraordinaria.

Los mapas que describen, sin duda, el mundo Carbonífero de hace unos cien millones de años muestran significativas fallas y simas, destinadas a separar más tarde África del una vez continuo territorio de Europa (de ahí la

Valusia de la infernal leyenda primitiva), Asia, las Américas y el continente antártico. Otro mapa —más relacionado con la fundación, hace cincuenta millones de años, de la inmensa ciudad en la que nos hallábamos— mostraba un mundo muy parecido al de hoy en día, a pesar de la unión de Alaska con Siberia, de Norteamérica con Europa a través de Groenlandia y de Sudamérica con la Antártida a través de la Tierra de Graham. En los mapas carboníferos, todo el globo —suelo oceánico y quebrada masa continental— mostraba símbolos de las inmensas ciudades de piedra de los Antiguos. Pero, en las últimas cartas, el retroceso gradual hacia la Antártida queda patente. Los mapas del Plioceno Superior no muestran ciudades terrestres salvo en el continente antártico y en el Cono Sur, ni ciudades oceánicas al norte del paralelo 50° S. El conocimiento y el interés por el mundo norteño ya era nulo entre los Antiguos. La única excepción fue un estudio de las líneas costeras, realizado tal vez gracias a largos vuelos de exploración en los que se valieron de aquellas alas de abanico membranosas.

La destrucción de las ciudades durante los movimientos orogénicos, la separación centrífuga de continentes, las convulsiones sísmicas de la tierra o el fondo del mar y otros fenómenos naturales eran habituales en los frisos. Era curioso observar cómo disminuían las reconstrucciones conforme transcurrían las eras. La inmensa megalópolis muerta en la que nos hallábamos parecía ser el último gran centro de la raza, construido a principios del Cretácico tras un titánico cataclismo que arrasó a su predecesora, de mayor tamaño y situada a no mucha distancia. Al parecer, todo aquello era el territorio más sagrado de la raza, allá donde se suponía que los primeros Antiguos habían emplazado una primitiva ciudad marina. En la nueva ciudad —muchos de cuyos perfiles pudimos reconocer en los relieves, aunque se extendía durante un buen centenar de kilómetros, a lo largo de la cordillera en cada dirección, más allá de los límites de nuestra inspección aérea— se suponía que se conservaban ciertas piedras sagradas que formaban parte de la primera ciudad submarina, y que habían emergido tras largas épocas en el curso de las diversas orogenias.

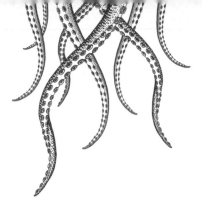

VIII

Por supuesto, tanto Danforth como yo estudiamos, con especial interés y peculiar sentimiento de espanto, todo lo tocante a las inmediaciones del lugar en que nos hallábamos. Las muestras locales abundaban, y en el enmarañado nivel cero de la ciudad fuimos lo bastante afortunados como para encontrar una edificación de fecha tardía cuyos muros, aunque algo dañados por una falla próxima, contenían tallas de artesanía decadente que mostraban la historia posterior al mapa del Plioceno a partir del que habíamos deducido la historia del mundo prehumano. Ése fue el último lugar que examinamos en detalle, ya que nuestros descubrimientos nos proporcionaron un objetivo nuevo e inmediato.

Lo cierto es que estábamos en uno de los lugares más extraños, extravagantes y terribles del globo terráqueo. De todas las tierras existentes era, de lejos, la más antigua, y tanto Danforth como yo estábamos cada vez más convencidos de que esa odiosa meseta sólo podía ser la fabulosa llanura de pesadilla de Leng que incluso el loco autor del *Necronomicón* era reacio a mencionar. La gran cadena montañosa era tremendamente larga. Comenzaba con unas lomas en la Tierra de Luitpold, en la costa del mar de Weddell, y, de hecho, cruzaba todo el continente. La cordillera formaba un gran arco desde, aproximadamente, la latitud 82° S y longitud 60° E hasta la latitud 70° S y longitud 115° E, con su lado cóncavo mirando hacia nuestro campamento y su final marítimo en la región de esa costa larga y cubierta de hielo cuyas colinas entrevieron Wilkes y Mawson desde el Círculo Polar Antártico.

Sin embargo, otras exageraciones monstruosas de la naturaleza parecían estar alarmantemente próximas. He dicho que esos picos eran más altos que los del Himalaya, pero lo que vi en las esculturas me prohíbe afirmar que sean los más altos de la Tierra. Ese terrible honor está, sin duda, reservado a algo que la mitad de los frisos dudaban en registrar, en tanto que otros lo hacían con obvia repugnancia y estremecimiento. Al parecer, existía una parte de la antigua Tierra —la primera en surgir de las aguas, luego de que la Tierra vomitara a la Luna y los Antiguos bajasen de las estrellas— que se había rehuido por considerarse vaga e indescriptiblemente maligna. Las ciudades construidas allí se habían desmoronado antes de tiempo y habían quedado desiertas de improviso. Entonces, cuando el primer cataclismo había convulsionado la región, en la era Comanchiana, una espantosa línea de cimas se había alzado de golpe, entre el más estremecedor estruendo y caos... y la Tierra había alumbrado sus más altas y terribles montañas.

Si la escala de las tallas era correcta, aquellas horrendas alturas habían sobrepasado los doce mil metros de altura; mucho más grandes, incluso, que las montañas de la locura que habíamos atravesado. Se extendían, al parecer, desde los 77° S y 70° E hasta los 70° S y 100° E; a menos de quinientos kilómetros de la ciudad muerta, por lo que habríamos podido ver sus temidas cimas en la brumosa distancia occidental de no mediar la tenue neblina opalescente. Su límite norte, sin embargo, debía ser visible desde la larga línea costera del Círculo Antártico, en la tierra de la Reina Mary.

Algunos de los Antiguos, en los días de decadencia, habían dirigido extrañas plegarias a esas montañas; pero nadie se acercó ni osó especular sobre qué había más allá. Ningún ojo humano las había visto, y, mientras estudiábamos las emociones consignadas en las tallas, recé para que nadie las vea jamás. Hay colinas protectoras a lo largo de la costa, más allá de ellas —en las tierras de la Reina Mary y el Emperador Guillermo—, y doy gracias al cielo de que nadie haya sido capaz de pisar y escalar tales colinas. No soy tan escéptico sobre los viejos cuentos y temores como antes, y no me resulta ridícula la idea plasmada por esos escultores prehumanos sobre cómo el rayo se demoraba sobre aquellas cimas tenebrosas y cómo un inexplicable resplandor brillaba en uno de esos terribles pináculos durante la larga noche polar. Debe de haber un significado muy real y monstruoso en los rumores que se encuentran en los viejos Manuscritos Pnakóticos sobre Kadath, en el Yermo Frío.

Pero el terreno inmediato era apenas menos extraño o incluso poco menos indescriptible y maldito. Al poco de la fundación de la ciudad, la gran cadena montañosa se convirtió en el solar de los templos principales, y muchas tallas mostraban qué grotescas y fantásticas torres habían desafiado al cielo donde ahora sólo veíamos los curiosos cubos y murallas ascendentes. Con el curso de las edades habían aparecido las cuevas, y éstas habían sido conformadas con anejos a los templos. Al llegar épocas aún más tardías, las aguas subterráneas corroyeron todas las calizas de la región, por lo que las montañas, los contrafuertes y los estratos inferiores se convirtieron en una verdadera red de cuevas y galerías conectadas. Muchas tallas hablaban de expediciones a las profundidades y del descubrimiento final de aquel mar estigio y carente de luz que se agazapaba en las entrañas de la tierra.

Esa sima inmensa y en sombras había sido, sin duda, excavada por el gran río que fluía desde las indescriptibles y espantosas montañas occidentales y que, en tiempos primitivos, giraba en la base de la cordillera de los Antiguos para correr, pegada a la cadena, hasta desembocar en el océano Índico, entre las tierras de Budd y Totten, en la costa de Wilkes. Poco a poco, había ido devorando la caliza junto a la curva, hasta que al final sus corrosivas corrientes alcanzaron las cavernas abiertas por las aguas subterráneas y se unieron a ellas para excavar un abismo aún más profundo. Al cabo, toda aquella masa se vació en las colinas huecas, y dejó seco el viejo lecho que corría hacia el océano. Gran parte de la última ciudad, tal y como la habíamos encontrado, se hallaba sobre ese cauce primitivo. Los Antiguos, entendiendo lo sucedido y ejerciendo su aún agudo sentido artístico, habían tallado pilones ornados en aquella bocana de las estribaciones por las que las grandes corrientes comenzaban su descenso a una eterna oscuridad.

Ese río, que una vez cruzaron nobles puentes de piedra, era sin duda aquél cuyo curso seco habíamos visto en nuestra inspección aérea. Su representación en diferentes frisos de la ciudad nos ayudaba a orientarnos en la escena, tal y como ésta había sido en varios estadios de la historia, muerta desde hacía eones, de la región. De ese modo pudimos esbozar un mapa, apresurado pero cuidadoso, con todos los detalles sobresalientes —plazas, edificios principales y cosas por el estilo— que pudieran servir como guía a posteriores expediciones. No tardamos en construir, valiéndonos de la imaginación, todo aquel tremendo escenario, tal y como fue hace un millón de años, o diez, o cincuenta incluso: las tallas eran muy precisas en sus comentarios acerca de los edificios, montañas, plazas, suburbios, paisaje y vegetación lujuriosa del Terciario. Debió de ser una ciudad de maravillosa y mística belleza. Al pensar en ello, casi olvidé el pegajoso sentimiento de siniestra opresión que habían causado en mi espíritu la inhumana edad, el tamaño, la muerte, lo extraño y el glaciar crepúsculo de esa urbe. Pero, a juzgar por ciertas tallas, los propios moradores de esa ciudad habían conocido el acoso del terror opresivo, ya que había una escena, sombría y recurrente, en la que los Antiguos se nos mostraban en el acto de retroceder atemorizados ante algo —que nunca se mostraba en los relieves— que hallaban en el gran río y que las aguas parecían haber arrastrado a través de los bosques de cícadas, ondulantes y cubiertos de lianas, desde aquellas horribles montañas occidentales.

Tan sólo en uno de los edificios de construcción tardía, cubierto de tallas decadentes, obtuvimos algún indicio del cataclismo final que condujo al abandono de la urbe. Sin duda debieron de existir muchas tallas de la misma época, incluso teniendo en cuenta las atenuadas energías y aspiraciones de aquel tenso e incierto periodo. De hecho, la existencia de ellos nos llegó con brusquedad. Pero ése fue el primer edificio que encontramos. Pensamos estudiarlo en detalle más tarde; pero, como he dicho, las condiciones inmediatas nos marcaron otro objetivo. Empero, debió de existir un límite, ya que, pese a que toda aspiración de habitar allí de manera continuada había desaparecido entre los Antiguos, no habían perdido por completo el gusto por la decoración mural. El golpe de gracia, por supuesto, fue la llegada del gran frío que sojuzgó a la mayor parte de la Tierra y que nunca se apartó ya de los malhadados polos. El gran frío que, en la otra punta del mundo, puso fin a las fabulosas tierras de Lomar e Hiperbórea.

Sería difícil precisar la fecha exacta en que todo aquello comenzó en la Antártida. Las dataciones más recientes de los grandes periodos glaciares nos hablan de medio millón de años; pero, en los polos, el terrible azote debió de comenzar mucho antes. Toda estimación cuantitativa será un mero esbozo, pero es bastante probable que las tallas decadentes se esculpieran hace un millón de años y que el abandono final de la ciudad tuviera lugar bastante antes del supuesto comienzo del Pleistoceno —quinientos mil años—, aplicado a la Tierra en su conjunto.

En los frisos de este periodo de decadencia hay signos omnipresentes de que la vegetación era más rala y la vida local de los Antiguos se atenuaba. Se veían artefactos caloríficos en las casas, y a los viajeros invernales se los representa envueltos en ropas protectoras. Luego vimos una serie de cartuchos (la disposición continua de las bandas en esas tallas tardías solía interrumpirse) que mostraba una migración constante y creciente hacia refugios más cálidos. Unos huían a ciudades submarinas, lejos de la costa, y otros descendían a las cuevas de caliza situadas bajo los montes, rumbo al vecino abismo negro de aguas subterráneas.

Al cabo, parece que fue ese abismo el que recibió el grueso de la mudanza. Eso se debió, en parte y sin duda, al tradicional carácter sagrado de esa región en concreto, pero debió de verse favorecido por las oportunidades que daba de seguir usando los grandes templos y las montañas laberínticas, y de conservar la gran urbe terrestre como lugar de residencia veraniega y base de comunicaciones con varias minas. La unión entre viejas y nuevas moradas se hizo efectiva mediante el establecimiento de niveles y mejoras a lo largo de las rutas de enlace, lo que incluía la apertura de numerosos túneles directos que iban de la antigua metrópolis al abismo negro; túneles que salvaban grandes desniveles y cuyas entradas anotamos con cuidado, según las más precisas estimaciones, en los mapas guía que estábamos reuniendo. Era obvio que al menos dos de esos túneles se hallaban a una distancia razonable del punto en que nos hallábamos, situados ambos en el borde montañoso de la ciudad; uno a menos de doscientos cincuenta metros en dirección al antiguo lecho del río, y el otro quizá al doble de esa distancia en dirección contraria.

Al parecer, el abismo tenía playas de tierra seca en ciertos puntos, pero los Antiguos prefirieron construir su nueva ciudad bajo las aguas, sin duda para proveerse de un calor más uniforme. La profundidad de ese mar oculto parece que era muy grande, por lo que el calor telúrico aseguraba su habitabilidad durante un tiempo indefinido. No parece que aquellos seres tuvieran problema alguno en adaptarse a su parcial —y, en algunos casos, total— residencia bajo las aguas, ya que nunca permitieron que sus agallas se atrofiasen. Muchas esculturas mostraban cómo solían visitar a su parentela submarina y cómo solían bañarse en las profundidades del gran río. La oscuridad de las entrañas de la tierra no había desanimado tampoco a una raza acostumbrada a las largas noches antárticas.

Aunque su estilo decadente resultaba innegable, aquellas tallas tardías tenían una cualidad verdaderamente épica al hablar de la construcción de la nueva ciudad en el mar subterráneo. Los Antiguos habían obrado con arreglo al método científico, transportando rocas insolubles, procedentes del corazón de las horadadas montañas, y empleando expertos artesanos, de la ciudad submarina más cercana, para emprender la construcción valiéndose de los mejores métodos. Tales artesanos llevaban con ellos todo lo necesario para acometer la nueva aventura; tejidos celulares de *shoggoths* para proveer porteadores de piedras y bestias de carga para la ciudad cavernosa, así como otras materias protoplásmicas capaces de engendrar organismos fosforescentes que suministrasen luz.

Al cabo, una poderosa ciudad se alzó en el fondo de ese mar estigio, con una arquitectura muy parecida a la de la ciudad superior y con un artesanía que no dejaba entrever decadencia alguna, ya que se emplearon elementos matemáticos muy precisos, inherentes a las operaciones de construcción. La nueva raza de *shoggoths* creció hasta un tamaño prodigioso y una inteligencia singular, y estaban representados mientras recibían y ejecutaban órdenes con maravillosa rapidez. Parecían hablar con los Antiguos mimetizando las voces de estos últimos —una especie de silbido musical de alta frecuencia, si es que la disección del pobre Lake había sido acertada— y obedeciendo más las órdenes verbales que las sugestiones hipnóticas de los viejos tiempos. Habían sido mantenidos, no obstante, bajo admirable control. Los organismos fosforescentes suministraban luz con gran efectividad y sin duda paliaban la pérdida de las familiares auroras polares de la noche del mundo exterior.

Aún se cultivaban el arte y la decoración, si bien parecían haber entrado en decadencia. Los Antiguos parecían comprender su propia degeneración y, en muchos casos, anticipaban la política de Constantino el Grande al trasladar bloques de antigua talla, especialmente exquisitos, desde la ciudad terrestre a la marina; tal y como el emperador, en una era similar de declive, expolió a Grecia y Asia de su arte más fino para llevarlo a su nueva capital, en Bizancio, dotándola de mayor esplendor de lo que su propia gente podía crear. El que aquella transferencia de bloques esculpidos no alcanzase una mayor envergadura se debió, sin duda, al hecho de que la ciudad terrestre no estaba del todo abandonada en los primeros tiempos. En la época del despoblamiento total —que seguramente se produjo antes de que el Pleistoceno polar hubiera avanzado mucho— los Antiguos bien podrían haberse dado por satisfechos de su arte decadente, o tal vez ya no supieran reconocer los méritos incuestionables de las tallas más viejas. En todo caso, las ruinas circundantes, silenciosas durante eones, habían sufrido sin duda un saqueo sólo parcial de tallas, aunque las mejores estatuas y aditamentos habían sido retirados.

Las bandas y cartuchos decadentes que contaban tal historia eran, como he dicho, los últimos que pudimos encontrar en nuestra limitada búsqueda. Nos dejaron con una imagen de los Antiguos trashumantes entre la ciudad terrestre, en verano, y la de la cueva marina, en invierno, y comerciando de manera esporádica con las ciudades submarinas de la costa antártica. Tuvieron que admitir la condena final de la ciudad terrestre, ya que las inscripciones mostraban muchos signos de cómo iba sucumbiendo a la maligna cobertura del hielo. La vegetación desaparecía y las terribles nevadas invernales ya no se fundían del todo en verano. Los saurios estaban a punto de extinguirse, y a los mamíferos no les iba mejor. Para lidiar con el mundo superior se había convertido en prioritario adaptar a algunos de los amorfos y peculiarmente resistente *shoggoths* a la vida terrestre. Los Antiguos habían sido reacios en un primer momento. El gran río carecía de vida y el mar superior había perdido la mayor parte de su fauna, excepción hecha de focas y ballenas. Todos los pájaros habían emigrado ya, salvo los grandes y grotescos pingüinos.

Sólo cabe suponer lo que sucedió después. ¿Cuánto tiempo había sobrevivido la ciudad en el mar subterráneo? ¿Se encontraba aún ahí abajo; un cadáver de piedra sumido en una eterna negrura? ¿Se habrían congelado ya las aguas subterráneas? ¿Qué destino habrían sufrido las ciudades submarinas del mundo exterior? ¿Habrían emigrado los Antiguos hacia el norte, empujados por el avance de los hielos? La geología no mostraba indicios de su presencia. ¿Eran los espantosos Mi-Go aún una amenaza en el mundo exterior, al norte? ¿Cómo estar seguro de lo que había o no sobrevivido hasta nuestros días en los abismos ciegos e insondables de las más profundas aguas terrestres? Aquellos seres habían sido, al parecer, capaces de soportar las mayores presiones... y los hombres de mar pescaban a veces cosas curiosas. ¿La teoría de la ballena asesina explicaba de veras las extrañas y misteriosas heridas de las focas antárticas, vistas hacía una generación por Borchgrevingk?

Los especímenes que encontró el pobre Lake no entraban en tales suposiciones, ya que el estrato en que se hallaron demostraba que habían vivido en un estadio sumamente temprano de la historia de la ciudad terrestre. A juzgar por la manera en que se encontraron, tenían no menos de treinta millones de años de antigüedad. Llegamos a la conclusión de que, por aquel entonces, no debían de existir ni la ciudad subterránea ni la caverna. Debían de recordar una escena más arcaica, con exuberante vegetación terciaria por todos lados, una ciudad terrestre más joven, con artes florecientes y un gran río que fluía desde el norte, a lo largo de la línea de las poderosas montañas, para desaguar en un lejano océano tropical.

Pero, con todo, no podíamos dejar de pensar en tales especímenes, sobre todo en los ocho, hallados en perfecto estado, que habían desaparecido del campamento de Lake, espantosamente arrasado. Había algo anómalo en todo aquel asunto... Los extraños sucesos que nos habíamos esforzado por achacar a la locura de alguien... Aquellas terribles tumbas... La cantidad y naturaleza del material desaparecido... Gedney... La ultraterrena fortaleza de aquellas arcaicas monstruosidades y la extraña y monstruosa vitalidad que, según las tallas, poseía la raza... Danforth y yo habíamos visto no pocas muestras en las últimas horas y estábamos ya dispuestos a creer y guardar para nosotros muchos e increíbles secretos de primigenia naturaleza.

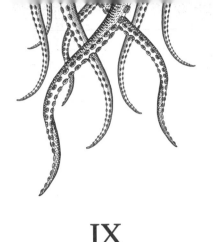

IX

He dicho que nuestro estudio de las decadentes tallas nos hizo cambiar de objetivo inmediato. Éste, por supuesto, tuvo que ver con las cinceladas avenidas que descendían al negro mundo interior, de cuya existencia no habíamos sabido antes y que ahora estábamos deseosos de encontrar y explorar. A juzgar por la escala que mostraban los relieves dedujimos que un empinado paseo de descenso, de alrededor de un kilómetro, a través de los túneles vecinos nos llevaría a las inmediaciones de simas espantosamente oscuras, situadas sobre el gran abismo. Si bajábamos por esos mismos caminos, habilitados por los Antiguos, llegaríamos a la orilla rocosa del océano oculto y oscuro. Contemplar ese fabuloso abismo de terrible realidad era un acicate imposible de resistir, una vez conocida su existencia. Aunque comprendíamos la necesidad de comenzar su busca sin demora, pensábamos encontrarlo en ese viaje.

Eran ya las ocho de la tarde y no teníamos suficientes pilas de repuesto. Buena parte de nuestro estudio y labor de copia se había realizado bajo el nivel de la glaciación, por lo que habíamos usado las baterías durante cinco horas seguidas. Pese a tratarse de un material especial, no podían durar más de otras cuatro horas. No obstante, guardábamos una de reserva, pero no pensábamos usarla excepto en lugares especialmente difíciles o interesantes, y podíamos ingeniárnoslas para avanzar aún un poco más que eso. Pero no era posible hacer nada sin luz en esas catacumbas ciclópeas. De ahí que, si queríamos realizar el viaje al abismo, debíamos abandonar el estudio de los murales. Por supuesto que trataríamos de volver a aquel lugar para consagrarle días o semanas de intenso estudio y fotografía —la curiosidad se había impuesto al horror—, pero ahora debíamos apresurarnos. Nuestra reserva de papel troceado tampoco era ilimitada, y nos sentíamos reacios a sacrificar tacos de notas o papel para aumentarla. Sin embargo, destinamos a tal efecto un gran bloc. Si la cosa se ponía muy difícil, podíamos cincelar marcas en la roca y, por supuesto, en caso de desorientarnos, podíamos salir a la luz del día por un camino u otro, si disponíamos de tiempo suficiente de ir probando. Así pues, nos lanzamos ansiosos en la dirección del más cercano de los túneles.

Según las tallas a partir de las cuales habíamos trazado el mapa, la ansiada boca del túnel no podía estar a mucho más de doscientos cincuenta metros del punto donde nos hallábamos, y el espacio entre medias mostraba edificios de aspecto lo bastante sólido como para ahondar bajo el nivel subglaciar. La abertura misma había de estar en los sótanos —en el ángulo más cercano a los contrafuertes— de una inmensa estructura de cinco puntas, de naturaleza evidentemente pública y quizá ceremonial, que tratamos de recordar a partir de nuestro vuelo de reconocimiento sobre las ruinas. Pero ninguna estructura así nos vino a la cabeza, por más que recreásemos el vuelo, de ahí que llegáramos a la conclusión de que sus partes superiores o bien habían sido dañadas en su mayor parte, o bien habían desaparecido por completo en una brecha de hielo que habíamos visto. En tal caso, podría ser que el túnel estuviera bloqueado, por lo que deberíamos probar en los más cercanos. Había uno a menos de un kilómetro hacia el norte. El cauce interpuesto del río nos disuadía de dirigirnos a los túneles meridionales. De hecho, si ésos estuvieran cerrados, era dudoso que nuestras baterías durasen lo suficiente como para aventurarse en el túnel septentrional más próximo, que se hallaba como a un kilómetro más allá del segundo.

Según avanzábamos a través del neblinoso laberinto, con ayuda de mapa y brújula —atravesando cuartos y pasillos en todos los estados posibles de ruina o conservación, trepando por rampas, cruzando plantas superiores y puentes, y luego descendiendo de nuevo, encontrando pasajes bloqueados y pilas de escombros, apurándonos aquí y allá a lo largo de pasajes bien preservados y extraordinariamente inmaculados, tomando conductos falsos y volviendo atrás (recogiendo, en tales casos, el papel que habíamos ido dejando) y encontrando, en ocasiones, aberturas por las que la luz del día se filtraba—, nos espantó lo que aparecía representado en los muros esculpidos a lo largo de nuestro camino. Muchos debían de narrar relatos de enorme importancia histórica, y sólo la idea de las posteriores visitas nos hizo pasar de largo. De haber tenido más película, sin duda nos habríamos detenido un momento a fotografiar ciertos bajorrelieves, pero no podíamos perder el tiempo copiándolos a mano.

Llegamos, una vez más, a un punto en el que la tentación de dudar, o al menos de insinuar en vez de contarlo todo, es muy fuerte. Sin embargo, no debo guardarme nada, pues pretendo justificar mi pretensión de disuadir la puesta en marcha de posteriores exploraciones. Nos habíamos abierto paso hasta muy cerca del supuesto lugar donde se hallaba la boca del túnel —después de cruzar un túnel de la segunda planta hasta lo que parecía, sin asomo de dudas, la punta de un muro puntiagudo, y descender hasta un pasillo en ruinas especialmente rico en frisos de estilo decadente y temática supuestamente ritual—, cuando, a eso de las ocho y media de la tarde, el más fino olfato del joven Danforth nos dio el primer aviso de que sucedía algo inusual. De haber tenido un perro con nosotros, seguro que nos habría puesto sobre aviso tiempo antes. Al principio fuimos incapaces de precisar qué había aparecido en el aire antaño puro y cristalino; pero, tras unos pocos segundos, nuestras memorias lo identificaron. Déjenme que cuente cómo fue sin estremecerme. Se trataba de un olor; y ese olor era, de una manera vaga, sutil e inconfundible, igual que aquel otro que nos había causado náuseas cuando abrimos la malsana tumba del horror que el pobre Lake había diseccionado.

Por supuesto, en aquel momento la revelación no nos resultó tan clara como nos resulta ahora. Había varias explicaciones posibles, y cuchicheamos largo rato sin decidir nada. El hecho más destacable es que no retrocedimos sin investigar; ya que habíamos llegado tan lejos, nos resistíamos a desistir, salvo que topáramos con algún desastre certero. De todas formas, lo que sospechábamos en nuestro fuero interno era demasiado extraño como para formularlo en voz alta. Cosas así no suceden en el mundo real. Fue, tal vez, un instinto por completo irracional el que nos hizo bajar la intensidad de nuestra luz —sin dejarnos ya tentar por las decadentes y siniestras inscripciones que acechaban amenazadoras desde los opresivos muros— y amortiguar nuestros pasos mediante un precavido avance de puntillas mientras nos deslizábamos por los cada vez más sucios suelos y pilas de escombros.

Los ojos de Danforth demostraron ser, al igual que su nariz, mejores que los míos, ya que también fue él quien primero se percató del extraño aspecto de los escombros, una vez hubimos cruzado innumerables arcos medio bloqueados por los que se accedía a estancias y pasillos situados a nivel del suelo. No se veía como debiera luego de incontables milenios de abandono y, cuando aumentamos con precaución la luz, vimos una especie de traviesa que había sido arrastrada a través de los escombros. La naturaleza irregular de los depósitos no permitía marcas definidas, pero en los lugares más llanos se insinuaba el arrastre de objetos pesados. En cierta ocasión creímos que había rastros de marcas paralelas, como de cuchillas. Eso nos hizo detenernos de nuevo.

Durante la pausa captamos por fin —esa vez de manera simultánea— el otro olor que había allí delante. Por paradójico que parezca, fue un hedor menos y más espantoso —menos espantoso en sí mismo, pero infinitamente desconcertante en ese momento y lugar; aunque, por supuesto, había que pensar en Gedney—, porque tal olor era el aroma inconfundible y familiar de la gasolina común.

Lo que nos hizo actuar a continuación se lo dejaré a los psicólogos. Sabíamos ya que alguna extensión de los horrores del campamento debía de haber reptado por aquella cripta, oscurecida durante eones. Por eso no dudábamos ya de la existencia de algo indescriptible —presente o, al menos, reciente— justo delante de nosotros. Al cabo, dejamos que la aguda y ardiente curiosidad, o ansiedad, o autohipnosis, o vagos pensamientos de responsabilidad contraída con Gedney, o lo que fuera, nos empujara hacia delante. Danforth volvió a insinuar algo acerca de las huellas que había visto en el pasillo de las ruinas superiores, así como sobre el débil sonido musical —lo que adquiría un significado inusitado tras la disección de Lake, y no importa cuánto se pareciera a los ecos cavernarios que habíamos oído en los picos azotados por el viento— que creía haber medio escuchado, hacía poco, desde profundidades desconocidas. A mi vez, musité acerca de cómo había quedado el campamento; de lo que había desaparecido, y de cómo la locura de un solitario superviviente podía haber logrado lo inconcebible: un extraño viaje a través de las monstruosas montañas y un descenso a las desconocidas entrañas de aquella sillería primordial...

Pero ninguno de los dos podía concebir abiertamente delante del otro, o siquiera para sus adentros, nada definido. Habíamos apagado las linternas y nos habíamos quedado inmóviles, y nos percatamos vagamente de que un rayo muy tenue de luz se filtraba desde muy arriba, e impedía que la negrura fuese completa. Nos movimos hacia delante, dejándonos guiar por los ocasionales destellos de nuestras linternas. Los perturbadores escombros nos producían una impresión de la que no podíamos librarnos, y el olor a gasolina se hacía cada vez más fuerte. Ante nuestros ojos aparecían más y más restos, y nos estorbaban al caminar, hasta que vimos que el paso se iba a interrumpir. Nuestras pesimistas suposiciones acerca de la falla que habíamos visto desde el aire eran correctas. La búsqueda del túnel estaba bloqueada y ni siquiera seríamos capaces de alcanzar el sótano desde el que se abría la boca al abismo.

La linterna relampagueó sobre los muros grotescamente tallados del corredor bloqueado en el que nos hallábamos, y nos mostró algunas puertas más o menos obstruidas. Desde una de ellas nos llegó con peculiar fuerza el olor a gasolina, que se impuso a cualquier otro hedor. Al mirar con mayor detenimiento, vimos que, sin lugar a dudas, se habían apartado escombros en esa abertura en concreto. Cualquiera que fuese el horror, ahora estaba claro dónde se hallaba. Así que no creo que nadie se asombre de que esperásemos un tiempo considerable antes de movernos de nuevo.

Y entonces, al aventurarnos en el interior de ese negro arco, nuestra primera impresión fue de profunda decepción. Entre los escombros que cubrían el interior de esa cripta esculpida —un cubo perfecto con lados de unos seis metros— no había objetos de un tamaño reseñable. Así pues, buscamos por instinto, aunque en vano, alguna puerta más allá. No obstante, al cabo de un rato la aguda visión de Danforth detectó un lugar en el que se habían desplazado restos y pusimos las linternas al máximo. Aunque lo que vimos al resplandor fue, de hecho, sencillo e insignificante, me siento, por lo que implica, remiso a hablar de ello. Habían practicado un basto nivelado de escombros y, encima, dispuesto sin cuidado algunos pequeños objetos. En una esquina debían de haber derramado una considerable cantidad de gasolina, hasta el punto de dejar un fuerte olor, perceptible incluso en la extrema altitud de la supermeseta. En otras palabras, aquello no era más que una especie de campamento que habían hecho unos seres lanzados a una búsqueda y que, como nosotros, debían de haberse visto obligados a retroceder por la inesperada oclusión del camino que llevaba al abismo.

Seamos claros. Hasta donde pudimos ver, todos los objetos dispersos procedían del campamento de Lake, y consistían en latas, abiertas en formas tan extrañas como las que habíamos encontrado en aquel devastado lugar; muchas cerillas gastadas, tres libros ilustrados, más o menos curiosamente emborronados, un bote vacío de tinta con su cartón de instrucciones, una estilográfica rota, algunos fragmentos de piel y tela de tienda extrañamente recortados, una batería eléctrica gastada, una bolsa para guardar un calentador portátil y un montón de papeles arrugados. Todo aquello era ya bastante inquietante; pero hasta que no alisamos los papeles y vimos qué había escrito en ellos no supimos que aún nos aguardaba lo peor. Algunos de los papeles emborronados que descubrimos en el campamento deberían habernos preparado para aquello; pero encontrárnoslo en las criptas prehumanas de una ciudad de pesadilla era algo casi demasiado difícil de soportar.

Un enloquecido Gedney podía haber trazado los grupos de puntos a imitación de aquellos descubiertos en las esteatitas verdosas, lo mismo que podía haber hecho los punteados de esos locos túmulos de cinco brazos; y quizá podía haber dibujado bocetos toscos y apresurados —de variable precisión o carente de ella— para registrar las partes más inmediatas de la ciudad y trazar un camino desde un lugar concreto, representado con un círculo y que no estaba en nuestra ruta —un sitio que identificamos como la gran torre cilíndrica vista en las tallas, con un extenso abismo circular, en su interior, que habíamos vislumbrado desde el aire—, hasta la actual estructura de cinco puntas y la boca de túnel de su interior. Podría, me repetía yo, haber trazado tales esbozos, pues era obvio que los que teníamos delante se habían reunido a partir de frisos tardíos vistos en el laberinto glacial, aunque no se trataba de los mismos que habíamos visto y utilizado. Pero ¿cómo podría haberlos realizado ese inexperto diletante valiéndose de una técnica extraña y precisa que resultaba quizá superior, pese a las prisas y el descuido, a cualquiera de las decadentes tallas de las que eran copias? Y éstas mostraban la peculiar e inconfundible técnica de los Antiguos de esa pretérita ciudad muerta.

Habrá quien objete que Danforth y yo estábamos completamente locos, pues de lo contrario habríamos salido corriendo en aquel preciso momento, ya que nuestras conclusiones estaban ya —no importa lo dementes que parecieran— plenamente asentadas y eran de una naturaleza que no necesito siquiera insinuar a aquellos que han leído este informe desde el principio. Quizá estábamos locos, pero ¿acaso no he dicho que aquellos picos terribles eran montañas de la locura? Creo que se puede encontrar algo parecido —aunque en forma menos extrema— en los hombres que acechan a bestias mortíferas, en las junglas africanas, para fotografiarlas o estudiar sus hábitos. Medio paralizados por el terror como estábamos, al final fue, sin embargo, la ardiente llama del espanto y la curiosidad la que triunfó.

Por supuesto que no deseábamos enfrentarnos al —o a lo— que pudiera haber hecho eso, pero pensábamos que ya debía de haberse ido. En esos momentos tenían que haber encontrado alguna de las otras cercanas entradas al abismo y penetrado en los cualesquiera que fuesen los ensombrecidos fragmentos negros del pasado que pudieran estar esperando en aquella postrera sima; la postrera sima que nunca habían visto. O si esa entrada también estaba bloqueada, quizá hubieran partido al norte en busca de otra. Debo recordar que no dependían por entero de la luz.

Cuando valoro ahora ese momento, apenas puedo recordar cuáles eran con exactitud nuestras nuevas emociones, qué cambio de objetivo inmediato agudizaba la sensación de estar esperando algo. Ciertamente, no queríamos toparnos con aquello que tanto temíamos. Tampoco que debíamos albergar un insidioso e inconsciente deseo de espiar a ciertos seres desde algún lugar oculto. Tal vez no habíamos descartado contemplar el propio abismo; pero, para ello, debíamos partir hacia ese gran lugar circular dibujado en aquellos arrugados bocetos. Enseguida la habíamos reconocido como la monstruosa torre cilíndrica que figuraba en las tallas más tempranas, aunque desde el aire tan sólo era una abertura redonda y de tamaño prodigioso. Había algo que impresionaba en su dibujo, incluso en esos apresurados esbozos, y que nos hizo pensar que, en sus niveles subglaciales, debía de albergar algo de peculiar importancia. Quizá cobijaba maravillas arquitectónicas similares a las ya encontradas. Era sin duda de increíble edad, a juzgar por los frisos en los que aparecía representada, siendo de las primeras edificaciones de la ciudad. Sus tallas, caso de que hubieran sobrevivido, no podían ser sino de la mayor importancia. Y más aún, podían ser un buen camino hacia el mundo superior: una ruta más corta que esa que con tanto cuidado barríamos con la luz de nuestras linternas. Tal vez hubieran descendido por ella.

De todas formas, preferíamos estudiar los terribles bocetos —que confirmaban, en bastantes puntos, los nuestros— antes de retroceder por el camino señalado hasta el edificio circular, siguiendo la ruta que nuestros indescriptibles predecesores debían de haber atravesado antes que nosotros. La otra puerta más cercana al abismo debía de estar más allá de ésa. No es necesario narrar nuestro viaje —durante el que seguimos dejando un rastro de papel—, ya que, en esencia, fue igual que el que habíamos seguido hasta toparnos con el callejón sin salida, excepto que tendía a discurrir más cercano al nivel del suelo e incluso pasar a los pasillos de los sótanos. Cada dos por tres, encontrábamos perturbadoras huellas en los escombros y el polvo del suelo y, tras abandonar la zona inundada por el olor a gasolina, nos percatamos —a ratos— de ese otro hedor, más odioso y persistente. Una vez que nuestro camino se hubo ramificado a partir de nuestro curso primitivo, dejamos que a veces los rayos de nuestra única linterna lanzasen furtivos resplandores a lo largo de los muros, para contemplar las casi omnipresentes tallas, que debían de ser un motivo estético de primer orden entre los Antiguos.

A eso de las nueve y media de la noche, mientras atravesábamos un pasillo abovedado cuyo suelo, cada vez más cubierto de hielo, debería estar más o menos bajo el nivel del suelo y cuyo techo se hacía más y más bajo conforme avanzábamos, empezamos a ver una clara luz diurna delante, y pudimos apagar la linterna. Estábamos llegando al extenso solar circular, y a no mucha distancia de la superficie. El pasillo terminaba en un arco sorprendentemente bajo para esas ruinas megalíticas, pero ya mucho antes de salir pudimos ver a través de su boca. Más allá de él se abría un prodigioso espacio circular —que tendría sus buenos sesenta metros de diámetro—, cubierto de escombros y con multitud de arcos cerrados, iguales al que acabábamos de cruzar. Los muros estaban —allá donde era posible— audazmente esculpidos con una banda espiral de proporciones heroicas que mostraba, pese a la destructiva erosión causada por su exposición a la intemperie, un esplendor artístico superior a todo lo que habíamos encontrado hasta entonces. El suelo, cubierto de restos, mostraba una gruesa capa de hielo. Supusimos que el verdadero fondo se hallaba a un profundidad considerable.

Pero lo más sobresaliente del lugar era la titánica rampa de piedra que, eludiendo los arcos mediante un brusco giro en el suelo abierto, hendía en espiral el muro perfectamente cilíndrico, y se constituía en la contrapartida interior de aquellos otros que trepaban por las monstruosas torres o zigurats de la antigua Babilonia. Sólo la rapidez de nuestro vuelo y la perspectiva que confundía la rampa con el muro interno de la torre, había impedido descubrirla desde el aire, y nos había obligado a buscar otro paso al nivel subglaciar. Pabodie habría sido capaz de decirnos qué clase de ingeniería había creado aquello, pero Danforth y yo tan sólo podíamos admirar y maravillarnos. Vimos impresionantes ménsulas y pilares de piedra aquí y allá, pero no bastaban por sí solos para sustentar todo aquello. En la porción que quedaba de torre, todo se hallaba en excelente estado de conservación —cosa muy destacable, dada su exposición al aire libre—, y su cobertura había tenido mucho que ver con la conservación de las extrañas y turbadoramente cósmicas tallas de los muros.

Según hollábamos la espantosa media luz de ese monstruoso fondo de cilindro —de unos cincuenta millones de años de edad y, sin duda, la estructura más antigua que habían visto nuestros ojos—, descubrimos que los lados de la rampa se alzaban vertiginosamente hasta buena parte de sus buenos veinte metros. Tal cosa, recordamos de nuestra inspección aérea, debía de implicar una glaciación exterior de al menos doce metros, ya que la bostezante sima, vista desde el avión, había estado en lo alto de un túmulo de sillería derrumbada de unos seis metros de altura, protegido en tres cuartas partes de su circunferencia por los masivos muros curvos de una línea de ruinas más altas. A juzgar por las tallas, la torre original se había alzado en el centro de una inmensa plaza circular, y alcanzado quizá los ciento cincuenta o doscientos metros de altura, con filas de discos horizontales cerca de la cima y una hilera de espiras, como agujas, a lo largo de su borde superior. La mayor parte de la sillería se había derrumbado, obviamente, hacia fuera, lo que era una circunstancia afortunada, ya que, de haber ocurrido al revés, la rampa se habría tapado y todo el interior habría quedado ocluido. Aun así, la rampa mostraba tristes daños y el bloqueo era tal que los arcos del fondo parecían haber sido despejados a medias en fechas recientes.

Nos llevó apenas un instante concluir que ésa era la ruta por la que esos otros habían bajado, de modo que nos valdríamos de ese camino para salir, no importaba el largo rastro de papel que hubiéramos dejado. La boca de la torre no estaba lejos de los contrafuertes, y nuestro avión se encontraba en el gran edificio escalonado por el que habíamos entrado, así que cualquier expedición bajo tierra que hiciéramos en ese viaje habría de ceñirse a esa zona. Cosa extraña, aún pensábamos en posibles viajes posteriores; incluso a pesar de todo lo que habíamos visto y supuesto. Entonces, al disponernos a emprender con cuidado nuestro descenso sobre los escombros, descubrimos algo que, durante un tiempo, excluyó cualquier otra cosa de nuestras mentes.

Se trataba de los tres trineos, pulcramente apilados en ese extremo alejado y cubierto de la rampa descendente, por lo que hasta ese momento habían quedado fuera de nuestra vista. Estaban —esos tres trineos desaparecidos del campamento de Lake— deteriorados por un uso que debió de incluir su arrastre a lo largo de grandes tramos de sillería y escombros desnudos de nieve, así como por su transporte en vilo sobre lugares por completo intransitables. Estaban cuidadosa e inteligentemente empacados y uncidos, y contenían objetos de lo más familiar para nosotros —la provisión de gasolina, bidones de combustible, cajas de instrumentos, latas, encerados que guardaban, sin duda, libros; así como algún paquete con contenidos menos obvios—, todo ello sacado del equipo de Lake. Después de lo que habíamos encontrado en la otra habitación, estábamos hasta cierto punto preparados para eso. Pero el auténtico golpe lo recibimos al acercarnos y mirar bajo un encerado cuya forma nos turbó sobremanera. Parece que esos otros, al igual que Lake, estaban sumamente interesados en reunir especímenes típicos; ya que allí había dos, ambos rígidos y helados, en perfecto estado de conservación, con esparadrapos cubriendo algunas heridas del cuello y envueltos con evidente cuidado, sin duda para preservarlos de más daños. Eran los cuerpos del joven Gedney y el perro perdido.

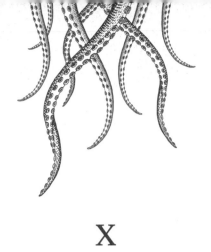

X

Podría pensar el lector que éramos unos tipos tan encallecidos como desquiciados para, después de tal terrible descubrimiento, ponernos a pensar en el túnel del norte y el abismo. Me resulta difícil confesar que, en efecto, pensamos en eso, casi de inmediato, debido a una circunstancia concreta que lo cambió todo, y provocó en nosotros un nuevo tren de especulaciones. Habíamos colocado de nuevo el encerado sobre el cuerpo del pobre Gedney y estábamos ahí plantados, sumidos en una especie de mudo estupor, cuando escuchamos un sonido, el primero que habíamos oído desde que descendiéramos por esa abertura en la que el viento montañés silbaba débilmente, llegando desde alturas ultraterrenas. Familiar y normal como era, su presencia en este remoto mundo de muerte resultaba más inexplicable y enervante que cualquier ruido grotesco o fabuloso, ya que provocaba un nuevo vuelco en todas las nociones que teníamos sobre la armonía cósmica.

De haber sonado como aquel estrafalario y agudo silbido musical que la disección de Lake nos hacía esperar de esos otros —y que, de hecho, nuestras desbocadas imaginaciones habían creído oír, desde que descubrimos el horror del campamento, en cada aullido del viento— hubiera tenido una especie de infernal congruencia con la región, largo tiempo muerta, en que nos hallábamos. Una voz de otras épocas pertenece a una necrópolis de otra era. Sin embargo, aquel sonido revocó todas nuestras ideas más profundamente asentadas; nuestra tácita aceptación de que la Antártida profunda era un erial, completa e irrevocablemente desprovista de todo vestigio de vida normal; tanto como el estéril disco de la Luna. Lo que oímos no fue la nota fabulosa de una blasfemia enterrada de aquel mundo antiguo, resucitada por mor de su sobrenatural fortaleza y el calor del sol polar. De hecho, era algo tan ridículamente normal y nos resultaba tan familiar después de nuestros días de navegación por la Tierra de la Reina Victoria y de acampada en el estrecho de McMurdo que nos estremecimos ante el pensamiento de su existencia allí, donde tales seres no debían de estar. Para ser breves, se trataba tan sólo del estridente graznido de un pingüino.

El amortiguado sonido llegaba desde algún escondrijo subglaciar casi opuesto al pasillo por el que habíamos llegado; una zona que estaba claramente en la dirección de ese otro túnel que llevaba al inmenso abismo. La presencia de pájaros marinos en tal punto —en un mundo cuya superficie carecía por completo de vida, desde tiempos inmemoriales— sólo podía llevar a una conclusión y, en adelante, nuestro objetivo inmediato habría de ser la realidad objetiva de tal sonido. Éste se repitió, de hecho, y pareció llegar de más de una fuente. Buscando el origen, entramos en una arcada de la que habían retirado gran parte de los escombros y retomamos nuestro camino, encendiendo la linterna —y provistos de un suministro adicional de papel, tomado con curiosa repugnancia de uno de los paquetes encerados de los trineos— en cuanto nos apartamos de la luz diurna.

A medida que el suelo helado dejaba paso a uno sembrado de detritus, pudimos distinguir con claridad unas curiosas marcas de arrastre. En cierta ocasión, Danforth encontró una huella bien marcada cuya descripción es del todo innecesaria. La dirección en la que se oían los gritos del pingüino era precisamente la que el mapa y la brújula marcaban como cercana a la boca del túnel septentrional, y nos regocijamos al ver que debía de haber abierto un paso que no necesitaba transitar por los puentes, por hallarse a nivel del suelo y el sótano. Con arreglo al dibujo, el túnel debía de comenzar en el sótano de una gran estructura piramidal que creíamos recordar vagamente, por nuestra inspección aérea, como en un estado de conservación óptimo. A lo largo de nuestro camino, la única linterna encendida nos mostró la acostumbrada profusión de tallas, pero no nos detuvimos a examinar ninguna.

De repente, una abultada forma blanca se alzó ante nosotros y encendimos la segunda linterna. Resulta extraño cómo la nueva investigación había apartado de tal manera de nuestras mentes aquellos primitivos miedos sobre lo que podía estar al acecho, cerca de nosotros. Esos otros, después de abandonar sus suministros en el gran solar circular, debían de tener en mente regresar después de su viaje de exploración al interior del abismo, y nosotros habíamos abandonado toda precaución respecto a ellos, como si no hubieran existido. Aquel ser blanco y anadeante que nos salió al paso, mediría su buen metro ochenta, aunque pudimos comprender al punto que no era uno de esos. Ellos eran más grandes y oscuros y, de acuerdo con las inscripciones, su movimiento sobre las superficies terrestres era rápido y firme pese a lo extraño de su aparato tentaculado, más propio del mar. Pero mentiría si dijese que aquel ser blanco no nos asustó. De hecho, por un instante nos vimos presos de un miedo primitivo más acerbo que el peor de nuestros temores racionales respecto a aquellos otros. Luego, nuestra excitación decayó bruscamente cuando la forma blanca se deslizó por una arcada lateral a nuestra izquierda, para unirse a otros dos de su especie, que se estaban llamando con sonidos roncos. Ya que tan sólo era un pingüino... aunque perteneciente a una especie enorme y desconocida, más grande que el mayor de los pingüinos jamás consignado, y monstruoso con esa combinación de albinismo y virtual ceguera.

Cuando seguimos al ser por la arcada y el túnel, nuestras luces cayeron sobre el indiferente e imperturbable grupo de tres aves y vimos que eran todas albinas y ciegas de la misma especie gigante y desconocida. El tamaño nos recordaba a algunos de los pingüinos arcaicos que representaban las tallas de los Antiguos, y apenas tardamos en concluir que eran descendientes de aquéllos. Sin duda, habían sobrevivido hundiéndose en alguna región más caliente cuya perpetua negrura había destruido su pigmentación y atrofiado sus ojos hasta convertirlos en simples aberturas inútiles. No nos cupo duda alguna de que su hábitat era el inmenso abismo, y esa evidencia de la sostenida calidez y habitabilidad de la sima nos colmó de fantasías curiosas y sutilmente perturbadoras.

Nos preguntamos asimismo qué había hecho que aquellos tres pájaros se aventuraran fuera de su territorio habitual. El estado y silencio de la gran ciudad muerta dejaba claro que no existía allí una colonia estacional, y la manifiesta indiferencia de aquel trío hacia nuestra presencia hacía poco probable que el paso de esos otros les hubiese sobresaltado. ¿Sería posible que esos otros hubieran realizado alguna acción agresiva o intentado aumentar su suministro de alimento? Dudábamos que aquel desagradable olor que tanto había alterado a los perros pudiera causar una antipatía parecida en esos pingüinos, ya que sus ancestros habían vivido, sin duda, en excelentes relaciones con los Antiguos; una relación amistosa que debía haber sobrevivido en los abismos tanto como durasen los Antiguos. No sin lamentarnos, llevados por un arranque del viejo espíritu de conquista científica, por no poder fotografiar a esas anómalas criaturas, las dejamos graznando y nos dirigimos a ese abismo cuya abertura quedaba ahora tan positivamente probada y cuya dirección quedaba de manifiesto por las huellas ocasionales de pingüino.

No mucho después, un empinado descenso en un pasillo largo, bajo, sin puerta y esculpido de forma peculiar, nos hizo creer que nos acercábamos por fin a la boca del túnel. Habíamos pasado dos pingüinos más y escuchado a otros inmediatamente delante. Luego, el pasillo acabó en un prodigioso espacio abierto que nos hizo boquear de forma involuntaria: un hemisferio perfecto e invertido, sin duda muy profundo, con sus buenos treinta metros de diámetro y quince de altura, con arcos bajos abiertos en toda la circunferencia excepto en un punto, que era una bostezante oquedad, con una abertura negra y arqueada que rompía la simetría de la cripta y con una altura de casi cinco metros. Era la entrada al gran abismo.

Bajo ese inmenso hemisferio, cuyo techo cóncavo estaba tallado de una manera tan impresionante como decadente para asemejarse a la primordial cúpula celeste, algunos pingüinos anadeaban de un lado a otro, ajenos al lugar, aunque indiferentes y ciegos. El negro túnel bostezaba abriéndose a un empinado descenso, el portal adornado con jambas y dintel grotescamente cincelados. Nos pareció que una corriente de aire, algo más cálido, o quizá incluso algo de vapor, surgían de esa boca misteriosa, y nos preguntamos qué entidades vivas, aparte de los pingüinos, habría en el vacío ilimitado y en la interminable colmena que horadaba la tierra y las montañas titánicas. Nos preguntábamos, asimismo, si el rastro de humo en lo alto de las montañas que había creído ver el pobre Lake, así como la extraña bruma que habíamos notado en torno al pico coronado de murallas, no lo habría causado algún vapor que se alzaba de los tortuosos túneles, procedente de las insondables regiones de las entrañas de la tierra.

Entrando en el túnel, vimos que su tamaño —al menos, al comienzo— era de más de cuatro metros en cada dirección. Los costados, suelo y techo arqueado se habían edificado con arreglo a la habitual sillería megalítica. Los lados estaban profusamente decorados con cartuchos de diseños convencionales, de un estilo tardío y decadente, y tanto la construcción como las tallas estaban maravillosamente conservadas. El suelo estaba bastante limpio de restos, a excepción de unos pocos detritus que mostraban huellas de salida de pingüinos y de entrada de esos otros. Cuanto más avanzábamos, más tibia se volvía la atmósfera, por lo que pronto tuvimos que desabotonarnos los pesados abrigos. Nos preguntamos si no habría algún afloramiento ígneo debajo y si no serían cálidas las aguas de ese mar sin sol. Al cabo de cierta distancia, la albañilería dejaba paso a la roca viva, aunque el túnel guardaba las mismas proporciones y mostraba el mismo aspecto de talla regular. Ocasionalmente, su pendiente se hacía tan grande que habían tallado ranuras en el suelo. A veces, pasábamos ante las bocas de pequeñas galerías laterales que no teníamos en nuestros diagramas, no tantas como para complicar el regreso y útiles como posibles refugios, caso de encontrarnos con entidades hostiles que estuvieran de vuelta de su viaje a los abismos. El indescriptible hedor de aquellos seres era patente. Sin duda, era suicida adentrarse en ese túnel en esas condiciones, pero la llamada de lo desconocido es más fuerte de lo que parece en ciertas personas. De hecho, era una llamada así la que nos había llevado, en primer lugar, a ese ultraterreno baldío polar. Nos cruzamos con algunos pingüinos y nos preguntamos cuánta distancia tendríamos que recorrer. Las tallas nos habían hecho suponer que nos esperaba un empinado paseo, por los contrafuertes, de alrededor de un kilómetro antes de llegar al abismo; pero nuestro deambular previo nos había demostrado también que las escalas usadas no eran del todo de fiar.

Como a unos doscientos cincuenta metros, aquel indescriptible hedor se incrementó de forma notable y tomamos cuidadosa nota de las varias aberturas laterales por las que pasábamos. No había allí vapor visible, como en la boca, pero eso se debía sin duda a la falta de contraste con el más frío aire polar. La temperatura subía con rapidez y no nos sorprendió toparnos, de repente, con un montón de material familiar, abandonado de forma descuidada. Eran pieles y lonas tomadas del campamento de Lake y no nos demoramos a estudiar las extrañas formas en que las telas habían sido cortadas. Algo más allá de ese punto constatamos un decidido incremento del tamaño y número de las galerías laterales y supusimos que ya habíamos llegado a la región, densamente horadada, que se hallaba bajo los contrafuertes montañosos más altos. El indescriptible olor estaba ahora mezclado con otro apenas menos ofensivo, pero sobre cuya naturaleza no nos detuvimos a especular, suponiendo que se debía a organismos en descomposición y quizá a hongos subterráneos desconocidos. Luego se produjo un súbito ensanchamiento del túnel, para el que no nos habían preparado las tallas: un aumento de anchura y altura para crear una caverna alta y elíptica, de suelo nivelado, con unos veinte metros de longitud por quince de anchura, y multitud de amplios pasajes laterales que conducían a profundidades insondables.

Aunque esa caverna tenía un aspecto natural, una inspección a la luz de ambas linternas nos sugirió que había sido formada por la demolición de los tabiques que separaban túneles adyacentes. Los muros eran bastos y el alto techo abovedado estaba cubierto de estalactitas, pero el suelo de roca había sido allanado y se encontraba libre de escombros, restos e incluso de polvo, cosa que resultaba de lo más anómala. Excepto en la avenida por la que habíamos llegado, todos los suelos de todas las aberturas estaban igual de limpios. Aquello nos hizo devanarnos los sesos en vano. El curioso y nuevo hedor que se había unido al anterior e indescriptible olor era muy fuerte allí, tanto que llegaba a enmascarar al segundo. Aquel lugar, con su suelo limpio y casi resplandeciente, nos estremecía más fuerte y horriblemente que cualquier otro horror con el que nos hubiésemos encontrado previamente.

126

La regularidad del pasaje que teníamos justo delante, unida a la gran proporción de basuras de pingüino, impedían que nos equivocásemos sobre qué curso tomar en aquella reunión de bocas de caverna, todas igual de grandes. Aun así, decidimos recurrir de nuevo al método del rastro de papeles, por si se presentaba luego alguna complicación, ya que no podíamos esperar encontrar siempre huellas en el polvo. Al reanudar nuestro avance, lanzamos un rayo de luz sobre los muros del túnel... y nos detuvimos, estupefactos ante el cambio, radical a más no poder, que se había operado en esa parte del pasaje. Por supuesto, comprendíamos la decadencia en que se hallaba sumida la escultura de los Antiguos en la época en que se abrió el túnel y, de hecho, habíamos notado ya que la calidad de los arabescos situados en los túneles que acabábamos de dejar era notablemente inferior a la que conocíamos. Pero ahora, en aquella sección más profunda, situada al otro lado de la caverna, nos encontrábamos con una repentina diferencia que no podía explicarse; una diferencia que estribaba en la naturaleza básica del trabajo, así como en su calidad, y que implicaba una degradación profunda y calamitosa hasta un punto que nada del declive anterior observado hubiera hecho esperar.

El nuevo trabajo era tosco, pesado y falto de todo tipo de delicadeza en los detalles. Se trataba de altorrelieves, con una exagerada profundidad en las bandas, que seguían las mismas líneas generales que los escasos cartuchos de las secciones más antiguas, pero los relieves no llegaban a ras de la pared. Danforth llegó a la conclusión de que se trataba de una especie de retallado, algo así como un palimpsesto, inscrito después de haber eliminado las representaciones previas. Su naturaleza era completamente decorativa y convencional, y consistía en bastas espirales y ángulos que seguían, *grosso modo*, la tradición matemática, basada en el cinco, de los Antiguos, aunque más parecía una parodia que una perpetuación de tal tradición. No podíamos quitarnos de la cabeza que algún elemento, sutil pero profundamente extraño, se había añadido a los sentimientos estéticos subyacentes a la técnica; un elemento ajeno que, según suponía Danforth, era el responsable de la sustitución, manifiestamente laboriosa. Se parecía al arte de los Antiguos, que habíamos llegado a reconocer, pero era al tiempo perturbadoramente distinta y me recordaba aquellas manufacturas híbridas como las desgarbadas estatuas palmiras esculpidas al modo romano. Que los otros se habían percatado, hacía poco, de la existencia de ese cinturón de tallas lo demostraba la presencia de una pila de linterna gastada, caída en el suelo enfrente de uno de los dibujos más característicos.

Ya que no podíamos emplear mucho tiempo en su estudio, reanudamos nuestro avance tras una mirada superficial, aunque lanzando, con frecuencia, rayos de luz sobre los muros, para ver si se habían producido posteriores cambios decorativos. No pudimos percibir nada así, aunque las tallas eran más escasas en ciertos lugares, debido a las numerosas bocas de túneles laterales y suelo liso. Vimos y escuchamos débilmente unos pingüinos, y creímos captar algo así como un coro de ellos, infinitamente lejos en la profundidad de la tierra. El nuevo e inexplicable hedor era abominablemente fuerte, y apenas podíamos captar trazas de aquel otro primer e indescriptible olor. Unas volutas de vapor situadas frente a nosotros mostraban un creciente contraste en cuanto a temperatura y, por tanto, la relativa cercanía a los acantilados de ese mar del gran abismo. Luego, con bastante brusquedad, vimos ciertos objetos sobre el pulido suelo —objetos que, desde luego, no eran pingüinos— y encendimos la segunda linterna para cerciorarnos de que tales objetos no se movían.

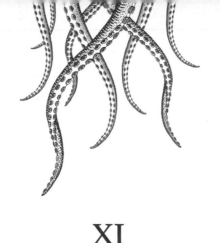

XI

De nuevo llegamos a un momento que no sé cómo narrar. A esas alturas tendría que haber estado curtido, pero hay ciertas experiencias y sospechas que se clavan demasiado profundamente como para permitirse cicatrizar y, por el contrario, dejan una hipersensibilidad añadida al horror original. Nos encontramos, como he dicho, con ciertos objetos en el pulido suelo de delante, y he de añadir que nuestros olfatos se vieron asaltados, al mismo tiempo, por un aumento muy curioso del extraño hedor prevalente, pero mezclado ahora con el indescriptible olor de esos otros que habían bajado antes que nosotros. La luz de la segunda linterna no nos dejó duda alguna sobre qué eran aquellos objetos y osamos acercarnos a ellos sólo porque pudimos ver, incluso a esa distancia, que eran tan incapaces de causarnos daño como aquellos otros seis especímenes similares sacados del monstruoso túmulo en el campamento del pobre Lake.

De hecho, yacían tan incompletos como la mayoría de los que habíamos exhumado, aunque aquí tal hecho era más patente debido a la presencia del estanque espeso y verde oscuro que los rodeaba, ya que su mutilación había sido algo mucho más reciente. Parecía haber sólo cuatro de ellos, aunque los informes de Lake sugerían que el grupo que nos precedía estaba formado por no menos de ocho. Pero de ningún modo nos esperábamos encontrarlos en un estado así, y nos preguntamos qué clase de lucha monstruosa había tenido lugar allí abajo en la oscuridad.

Cuando se ataca a los pingüinos, éstos pueden vengarse de manera salvaje con sus picos. Nuestros oídos habían captado la presencia de una lejana colonia. ¿Habrían perturbado tal lugar, y provocado de ese modo una persecución mortal? Nada hacía indicar tal extremo, ya que los picos de pingüino apenas podrían causar, en los recios tejidos que Lake había diseccionado, los terribles daños que habíamos comenzado a distinguir a medida que nos acercábamos. Además, los inmensos pájaros ciegos con los que nos habíamos topado parecían singularmente pacíficos.

¿Se habría producido allí, entonces, una lucha entre esos otros, de la que habría que responsabilizar a los cuatro que faltaban? De ser así, ¿dónde estaban? ¿Se hallaban muy cerca y podían constituir una amenaza? Miramos ansiosos hacia algunos de los pasajes laterales de suelo liso, al tiempo que continuábamos acercándonos con lentitud y abiertamente reacios. Cualquiera que hubiese sido el conflicto, había sido sin duda lo que había espantado a los pingüinos, y los había inducido a un vagabundeo anormal. Debía, pues, haber comenzado cerca de la colonia, escuchada en un susurro, que se hallaba en la incalculable sima de más allá, pues no había trazas de que ningún pájaro hubiera anidado por allí. Quizá, reflexionábamos, habían tenido lugar una odiosa lucha y una fuga, y el bando perdedor trataba de regresar a los abandonados trineos cuando sus perseguidores acabaron con ellos. Cabía imaginarse la demoníaca crispación de las monstruosas entidades al surgir del negro abismo entre grandes nubes de frenéticos pingüinos que graznaban y anadeaban delante de ellas.

He dicho que nos acercábamos a aquellos seres caídos e incompletos lenta y renuentemente. Quisiera el cielo que nunca lo hubiéramos hecho, y que en vez de ello hubiéramos corrido de vuelta a toda velocidad, alejándonos de ese blasfemo túnel de grasientos suelos lisos y degenerados murales que imitaban y se burlaban de aquellos a los que habían suplantado. ¡Correr de vuelta, antes de ver lo que vimos; antes de que en nuestras mentes quedase grabado a fuego algo que ya no nos dejará reposar de nuevo!

Nuestras dos linternas se pasearon por los seres caídos, y enseguida comprendimos cuál era el patrón que seguían sus mutilaciones. Vapuleados, comprimidos, retorcidos y quebrados como estaban, el daño recibido, común a todos y más destacable, era la decapitación. Todas las cabezas tentaculadas de estrella marina habían sido arrancadas y, a medida que nos acercábamos, vimos que la manera de hacerlo había sido algún infernal desgarro o succión, más que un corte ordinario. Su hediondo icor verde oscuro formaba un gran y amplio estanque, pero su hedor estaba ahora medio oculto por ese otro, más nuevo y extraño, más fuerte allí que en ningún otro lugar a lo largo de nuestra ruta. Sólo cuando llegamos muy cerca de los caídos seres pudimos atribuirle ese segundo e inexplicable hedor a una fuente concreta... y, al hacerlo, Danforth, recordando ciertas tallas, muy vívidas, de la historia de los Antiguos en el periodo Pérmico, hace ciento cincuenta millones de años, lanzó un grito, fruto de sus nervios crispados, que rebotó con ecos histéricos a través de ese abovedado y arcaico pasaje de las malignas tallas como palimpsestos.

A punto estuve de hacerme eco de ese grito, ya que yo había visto también aquellas arcaicas esculturas y me había admirado y estremecido por la forma en que el indescriptible artista había sugerido la odiosa viscosidad que cubría a ciertos Antiguos caídos e incompletos, aquellos a los que los espantosos *shoggoths* habían asesinado de forma tan característica, decapitando por succión durante la gran guerra de subyugación. Eran esculturas infames y de pesadilla, aun cuando hablaban de seres pretéritos de una edad de oro, ya que los *shoggoths* y su obra no debieran ser vistos por los seres humanos ni retratados por ningún ser. El demente autor del *Necronomicón* había tratado con estilo nervioso de jurar que unos seres así no habían existido nunca en nuestra Tierra, y que sólo los ensueños de los adictos a las drogas los habían creado. Protoplasma informe capaz de remedar y reflejar toda clase de órganos y procesos... Viscosas aglutinaciones de células abultadas... Esferoides gomosos de unos cinco metros de diámetro, infinitamente plásticos y dúctiles... Esclavos de la sugestión, constructores de ciudades... Cada vez más rebeldes, cada vez más inteligentes, más y más anfibios, más y más miméticos. ¡Por Dios! ¿Qué locura hizo que esos blasfemos Antiguos usasen y retratasen tales seres?

Y en esos momentos, cuando Danforth y yo pudimos ver aquella negra viscosidad, iridiscente y reluciente, que cubría espesa aquellos cuerpos decapitados y que hedía de forma obscena con esa peste desconocida que sólo una mente enfermiza podía imaginar —cubriendo esos cuerpos y centelleando, en menor cantidad, en una parte lisa de ese maldito muro reesculpido, formando una serie de puntos agrupados—, entendimos la cualidad del miedo cósmico en su mayor profundidad. No el miedo de esos cuatro que aún faltaban, pues sospechábamos demasiado bien que ellos tampoco estaban ya en condiciones de hacer daño a nadie. ¡Pobres infelices! Al fin y al cabo, no eran seres malignos; al menos, no a su manera. Eran los hombres de otra edad y otro orden natural. La naturaleza les había gastado una jugada infernal —la misma que jugará a cualesquiera otros a los que la locura, la insensibilidad o la crueldad humanas puede lanzar a este baldío polar, espantosamente muerto o dormido— y aquel había sido su trágico destino.

Ni siquiera se habían portado como salvajes, ya que, a fin de cuentas, ¿qué habían hecho? Aquel espantoso despertar en una época fría y desconocida, quizá atacados por peludos cuadrúpedos que aullaban frenéticos, el defenderse como se pudiera de ellos y de los igualmente frenéticos simios blancos de extraños atavíos y equipos... ¡Pobre Lake, pobre Gedney... y pobres Antiguos! ¿Habían hecho quizá algo que nosotros no hubiéramos hecho en su lugar? ¡Dios! ¡Qué inteligencia y persistencia! ¡Qué manera de encarar lo increíble, tal y como aquellos tallados parientes y antecesores habían afrontado cosas apenas menos increíbles! Radiados, vegetales, monstruosos, extraterrestres... ¡No importa lo que fuesen, eran hombres!

Habían cruzado picos helados en esas laderas cuyos templos ellos mismos habían antaño cincelado, y por entre cuyos helechos arbóreos habían rondado. Habían encontrado su muerta ciudad rumiando su maldición y habían leído en las tallas sus últimos días, al igual que nosotros. Habían tratado de buscar a sus parientes vivos en fabulosas profundidades de negrura que nunca habían visto... ¿y qué habían encontrado a cambio? Todo eso relampagueaba al unísono en las mentes de Danforth y en la mía mientras paseábamos la mirada entre aquellas formas descabezadas y cubiertas de viscosidad, y los diabólicos grupos de puntos trazados con viscosidad fresca en los muros cercanos. Mirábamos y comprendíamos lo que debía haber triunfado y sobrevivido ahí abajo, en la ciclópea ciudad acuática de esos abismos negros y habitados por pingüinos, de los que en aquellos momentos parecía brotar una siniestra bruma rizada, como en respuesta al histérico grito de Danforth.

La sorpresa que había supuesto reconocer esa monstruosa viscosidad y la forma de decapitación nos había convertido en estatuas mudas e inmóviles, y sólo después de ulteriores conversaciones supo el uno en qué pensaba el otro. Nos pasamos así lo que parecieron eones, aunque no debieron de ser más de diez o quince segundos. Esa bruma pálida y espantosa se rizaba como si de veras la moviese alguna masa lejana que avanzase... y entonces llegó un sonido que se impuso a todas nuestras posibles decisiones, rompió el embrujo y nos hizo correr como locos, rebasando a los pingüinos, que graznaban confusos, de vuelta a la ciudad, a lo largo de los pasillos megalíticos cubiertos de hielo, en busca del gran solar circular y esa arcaica rampa espiral para acometer un frenético y automático ascenso a la cordura del aire exterior y la luz diurna.

El nuevo sonido, como he insinuado, se impuso a todas nuestras posibles decisiones, ya que fue el que la disección del pobre Lake nos había llevado a atribuir a aquellos a los que acabábamos de dar por muertos. Fue justo ese sonido, según me dijo más tarde Danforth, el que creyó escuchar, amortiguado hasta extremos infinitos, cuando nos hallábamos más allá de la esquina del pasadizo, sobre el nivel glacial. Lo cierto era que guardaba un burlón parecido con el sonido del viento que habíamos oído en las más altas cuevas de montaña. Y, a riesgo de parecer pueril, añadiré algo más. Aunque sólo sea por la sorprendente forma en que las impresiones de Danforth coincidieron con las mías. Por supuesto que las lecturas comunes nos habían predispuesto a ambos para efectuar tal interpretación, ya que Danforth había mencionado las insospechadas y prohibidas fuentes en las que podía haber bebido Poe al escribir su *Arthur Gordon Pym* hace un siglo. Cabe recordar llegados a este punto que, en esa historia fantástica, aparece una palabra de significado desconocido, aunque terrible y prodigioso, relacionada con la Antártida y que gritan una y otra vez los gigantescos y espectralmente níveos pájaros que habitan en el corazón de aquella región maléfica. *¡Tekeli-li! ¡Tekeli-li!* Eso, he de admitir, fue lo que creímos oír tras la bruma blanca y en movimiento con resonancias musicales en tonos de lo más agudo.

Antes de que pudieran sonar dos o tres notas o sílabas, salimos a toda carrera, aunque sabíamos que la rapidez de los Antiguos haría que cualquier superviviente de la matanza, silbante y perseguidor, nos alcanzase en un instante, si de veras lo deseaba. Empero, albergábamos la vaga esperanza de que una conducta no agresiva y una demostración de raciocinio consiguiesen que el ser nos respetase la vida en caso de capturarnos, aunque sólo fuera por curiosidad científica. Al fin y al cabo, si no tenía nada que temer, tampoco necesitaría dañarnos. Dada la futilidad de ocultarnos en tal tesitura, encendimos las linternas para ver por dónde corríamos y descubrimos que la bruma se iba disipando. ¿Veríamos por fin a un espécimen vivo y completo de esos otros? De nuevo escuchamos el insidioso silbido: *¡Tekeli-li! ¡Tekeli-li!*

Entonces, viendo que poníamos tierra de por medio con respecto a nuestro perseguidor, caímos en la cuenta de que bien pudiera estar herido. No queríamos asumir riesgos, ya que no huía de otros seres, sino que venía detrás de nosotros en respuesta al grito que había lanzado Danforth. No cabía el menor género de duda. No podíamos suponer dónde estaba esa pesadilla menos concebible y mencionable, esa fétida e invisible mole protoplásmica, portadora de viscosidad, cuya raza había conquistado el abismo y había expulsado a los colonizadores de la Tierra forzándolos a socavar de nuevo y a arrastrarse por las madrigueras de las montañas, y sufríamos por dejar a ese quizá herido Antiguo —tal vez un solitario superviviente— en peligro de ser capturado de nuevo y sufrir un destino indescriptible.

Gracias a los cielos, no aflojamos el paso. La arremolinada bruma se había espesado de nuevo y se acercaba cada vez con mayor velocidad, y los extraviados pingüinos, situados a nuestra espalda, graznaban y gritaban, mostrando signos de un pánico verdaderamente sorprendente en vista de la escasa confusión que habían mostrado a nuestro paso. De nuevo oímos ese siniestro y agudo silbido: *¡Tekeli-li! ¡Tekeli-li!* Nos habíamos equivocado. El ser no estaba herido, sino que tan sólo se había parado al encontrarse con los cuerpos de sus congéneres caídos y la infernal inscripción de viscosidad sobre ellos. Nunca sabremos qué mensaje demoníaco contenían, pero aquellas tumbas en el campamento habían mostrado cuánta importancia daban los seres a la muerte. Nuestra incansable linterna cayó ahora sobre la gran cueva abierta en la que convergían varios caminos, y nos regocijamos por dejar atrás esas morbosas inscripciones palimpsestas, más intuidas ahora que vistas.

Otro pensamiento que nos inspiró al entrar en la caverna fue la posibilidad de despistar a nuestro perseguidor en aquel desconcertante dédalo de grandes galerías. Había algunos de los albinos pingüinos ciegos en ese espacio abierto, y estaba claro que el ser que se acercaba les inspiraba un temor tan extremo que rayaba en lo inexplicable. Si en ese momento bajábamos la luz de la linterna al mínimo necesario para movernos, apuntando estrictamente delante de nosotros, los espantados graznidos y el agitar de los grandes pájaros en la bruma podrían amortiguar nuestros pasos, enmascarando hacia dónde nos dirigíamos y haciendo, en cierta forma, de guía falsa. Entre la niebla que se arremolinaba y hervía, el suelo sucio y lleno de escombros del túnel principal, situado más allá de aquel punto y muy diferente del pasaje morbosamente limpio, a duras penas podía distinguirse de los demás. Ni siquiera, suponíamos, usando esos sentidos especiales que hacían que los Antiguos apenas dependieran de la luz en caso de emergencia. De hecho, sentíamos pavor ante la idea de que nuestra apresurada fuga nos llevase a extraviarnos. Ya habíamos ido directos hacia la ciudad muerta; de ahí que las consecuencias de perdernos en esos desconocidos hormigueros de los contrafuertes montañosos serían impensables.

El hecho de que sobreviviéramos y saliésemos es prueba suficiente de que el ser enfiló por la galería equivocada, en tanto que la providencia nos hizo optar por la adecuada. Los pingüinos, por sí solos, no nos habrían salvado, pero a ellos se unió la bruma. Sólo un hado benigno permitió que los arremolinados vapores se espesaran en el momento justo, ya que no dejaban de cambiar y amenazaban con desvanecerse. De hecho, se difuminaron durante un instante, justo antes de que abandonásemos aquel túnel reesculpido hasta extremos nauseabundos para salir a la cueva, así que captamos un primer y velado vistazo del ser que nos perseguía, justo cuando lanzamos una mirada final y desesperadamente temerosa a las espaldas. Después bajamos la luz de la linterna y nos mezclamos con los pingüinos, con la esperanza de despistar a nuestro perseguidor. Si la suerte que nos ocultó fue benigna, la que nos permitió echar un vistazo de reojo fue justo lo contrario, ya que a ese destello de visión a medias se debe al menos la mitad del horror que nos atenaza desde entonces.

¿Por qué miramos atrás? No cabe sino atribuirle la explicación al inmemorial instinto del perseguido de calibrar la naturaleza y dirección de su perseguidor, o quizá se debió a un intento automático de responder a las preguntas subconscientes que rondaban nuestras mentes. En medio de nuestra huida, con todos nuestros sentidos centrados en la escapatoria, no estábamos en condiciones de observar ni analizar detalles. Aun entonces, nuestras neuronas debieron de preguntarse sobre el mensaje que asaltaba nuestros olfatos. Por fin comprendimos de qué se trataba, porque nuestra fuga del lugar en que la fétida viscosidad cubría aquellos cuerpos sin cabeza, y la llegada simultánea de la entidad que nos perseguía no había comportado cambio alguno en los hedores, como tendría que haber sucedido. En la vecindad de los seres caídos, ese nuevo e inexplicable hedor había resultado por completo dominante, pero ya tenía que haberle dejado sitio al indescriptible olor asociado con esos otros. Pero no había sido así. De hecho, el olor más nuevo y menos tolerable dominaba ahora de forma indiscutible, y aun crecía y crecía a cada segundo que pasaba.

Por eso miramos hacia atrás... simultáneamente, al parecer, aunque, sin duda, el gesto de uno provocó que el otro lo imitara. Al hacerlo, ambos enfocamos con nuestras linternas a la bruma que en ese momento se disipaba; los dos poseídos por una primitiva ansia de ver todo cuanto pudiéramos o, de una menos primitiva pero igual de inconsciente necesidad de cegar al ser, antes de bajar la luz y perdernos entre los pingüinos del laberinto de delante. ¡Qué error! Ni el propio Orfeo o la esposa de Lot pagaron un precio tan terrible por mirar atrás. Y de nuevo escuchamos aquel estremecedor y agudo silbido: *¡Tekeli-li! ¡Tekeli-li!*

He de contar la verdad —incluso aunque no pueda soportar ser demasiado directo— acerca de lo que vimos; aunque, al mismo tiempo, sentimos que no podríamos admitir lo visto el uno ante el otro. Las palabras que lleguen al lector no podrán nunca ni sugerir siquiera lo espantoso de lo que vimos. Dañó nuestra conciencia de una manera tan completa que me maravillo de que conservásemos la sensatez suficiente como para bajar las luces, tal y como habíamos planeado, y lanzarnos por el túnel hacia la ciudad muerta. Tan sólo el instinto debió de movernos, quizá mejor de lo que la razón pudiera haberlo hecho. Si fue eso lo que nos salvó, pagamos un precio muy alto. Lo cierto es que conservábamos muy poco raciocinio. Danforth estaba totalmente afectado, y lo primero que recuerdo del resto de nuestro recorrido fue oír entonar un canturreo desquiciado en la que yo solo, de todos los seres humanos, podría encontrar algo de sentido, aunque fuese pura locura. Reverberaba en ecos de falsete entre los graznidos de los pingüinos; rebotaba a través de las bóvedas delanteras y de las ahora vacías —a Dios gracias— bóvedas traseras. No podía haberlo entonado desde el principio, porque de lo contrario no habríamos estado aún vivos y corriendo a ciegas. Me estremezco al pensar en lo que una pequeña diferencia en el tiempo de reacción podría haber provocado.

«South Station Under... Washington Under... Park Street Under... Kendall... Central... Harvard...» El pobre desgraciado estaba cantando las familiares estaciones de la línea Boston-Cambridge que yacen bajo nuestro pacífico suelo natal, a miles de kilómetros de allí, en Nueva Inglaterra; aunque, para mí, todo aquel ritual no tenía nada de irrelevante o de añoranza del hogar. Tan sólo me trasmitía horror, puesto que sabía de la monstruosa y nefanda analogía en la que se sustentaba. Habíamos esperado, al mirar atrás, ver a una terrible e increíble entidad en movimiento, si las brumas aclaraban lo bastante; pero, del aspecto de tal entidad, nos habíamos formado ya clara idea. Pero lo que vimos —ya que las brumas estaban ya preñadas de una tenue malignidad— fue algo por completo diferente, e inconmensurablemente más odioso y detestable. Fue la encarnación, completa y objetiva, de lo que el novelista fantástico llama «las cosas que no son como deben de ser». La analogía más aproximada que existe para definirlo es la de un inmenso y desatado tren subterráneo en marcha, tal y como uno lo ve desde un andén... El gran hocico negro que se lanza como un titán desde la infinita distancia subterránea, constelado de luces de extraños colores y llenando el prodigioso túnel como un pistón colma el cilindro.

Pero no estábamos en un andén. Estábamos en mitad del camino de la columna, plástica y de pesadilla, de fétida y negra iridiscencia que se lanzaba hacia delante rodando sobre su diámetro de cinco metros, moviéndose con impía velocidad y empujando delante una pálida espiral y de nuevo en proceso de espesarse como nube de vapor abismal. Era un ser terrible e indescriptiblemente mayor que cualquier tren subterráneo, un informe acúmulo de burbujas protoplásmicas, débilmente luminosas y con miradas de ojos temporales que se formaban y desvanecían como pústulas de luz verdosa, colmando el túnel, acercándose, aplastando a los frenéticos pingüinos, deslizándose sobre el resplandeciente suelo que él y los de su especie habían mantenido tan malignamente libre de todo escombro. Aún resonaba aquel fantasmal y burlón grito... *¡Tekeli-li! ¡Tekeli-li!* Y por fin recordamos que los demoníacos *shoggoths,* dotados de vida, pensamiento y órganos plásticos diseñados por los Antiguos, y carentes de cualquier otro lenguaje que no fuera el de los grupos de puntos, tampoco tenían otra voz que la que imitaba a la de sus pretéritos amos.

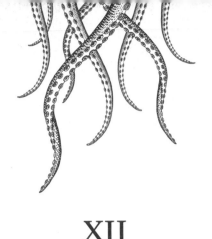

XII

Danforth y yo guardamos recuerdo de haber salido al gran hemisferio esculpido y de haber realizado el camino de vuelta a través de las estancias y corredores ciclópeos de la ciudad muerta; aunque todo eso son, tan sólo, simples fragmentos oníricos que no están asociados a memoria alguna de voluntad, detalles o esfuerzo físico. Fue como si flotásemos en un nebuloso mundo de dimensión carente de tiempo, causalidad u orientación. La gris luz vagamente diurna del extenso espacio circular nos aplacó un poco, pero no nos acercamos a esos trineos cargados ni miramos de nuevo el cuerpo del pobre Gedney o el del perro. Disponían ambos de un extraño y titánico mausoleo, y espero que el fin del mundo los sorprenda allí sin haber sido perturbados por nadie.

Mientras corríamos por aquella colosal rampa espiral sentimos, por primera vez, la terrible fatiga y la falta de aliento producto de nuestra carrera a través de esa meseta de aire tenue; pero ni siquiera el temor a un colapso pudo hacer que nos detuviéramos antes de alcanzar el mundo exterior de sol y aire. Hubo algo vagamente apropiado en esa salida de eras ya sepultadas; puesto que, mientras avanzábamos resollando por aquel cilindro de veinte metros de sillería primigenia, observamos ante nosotros las tallas heroicas realizadas con la primera y original técnica de la raza muerta: una despedida de los Antiguos, cincelada hacía cincuenta millones de años.

Una vez conseguimos trepar a lo alto, nos encontramos sobre un gran montón de bloques caídos, con los curvados muros de albañilería, más alta aún, alzándose al oeste, y los acechantes picos de las grandes montañas descollando más allá de las derruidas estructuras del este. El bajo sol de medianoche espiaba rojizo, desde el horizonte meridional, a través de grietas en las melladas ruinas. La terrible edad y muerte de esa ciudad de pesadilla ofrecía el contraste más aterrador con los aspectos relativamente conocidos y comunes del paisaje polar. El cielo sobre nuestras cabezas era una masa arremolinada y opalescente de tenues vapores de hielo, y el frío nos atenazaba el aliento. Dejamos con cansancio las bolsas del equipo a las que, por instinto, nos habíamos aferrado durante nuestra desesperada fuga. Después nos abotonamos de nuevo los pesados abrigos y realizamos un tambaleante descenso del montículo y el muro. Pasando a través del laberinto de piedras inmemoriales, nos dirigimos a las estribaciones donde aguardaba nuestro avión. Nada dijimos sobre lo que nos había hecho huir de la oscuridad que cubre los secretos de la tierra y las simas arcaicas.

En menos de un cuarto de hora habíamos llegado a las empinadas gradas de las estribaciones montañosas —quizá antiguas terrazas— en las que habíamos aterrizado, ya que pudimos ver la oscura masa de nuestro gran avión posado entre las escasas ruinas de las laderas. A medio camino de nuestra meta, cuesta arriba, nos detuvimos un instante a tomar aliento y nos volvimos a mirar la fantástica y paleógena maraña de increíbles formas que se extendía allí abajo, de nuevo místicamente perfilada contra el desconocido oeste. Al hacerlo, vimos que la atmósfera de más allá había perdido su turbiedad matutina; los infatigables vapores de hielo se habían desplazado hacia el cenit, donde sus formas burlonas parecían adoptar apariencias extravagantes que no llegaban a concretarse ni ser concluyentes.

Ahora era visible un lejano horizonte blanco más allá de la grotesca ciudad, con una débil y fantasmal línea de pináculos violetas cuyas fantásticas alturas acechaban con un mensaje onírico contra el cada vez más rosado cielo del oeste. Subiendo hacia el reluciente borde de la vieja llanura, el deprimido curso del pretérito río atravesaba como una cinta irregular de sombra. Durante un segundo boqueamos admirados ante la cósmica belleza ultraterrena de la escena, antes de que un vago horror comenzase a introducirse en nuestras almas. Porque esa lejana línea violeta no podía ser otra cosa que las terribles montañas de la tierra prohibida, las más altas de la Tierra y foco de toda maldad, albergue de indescriptibles horrores y secretos arcanos, rehuida y adorada por aquellos que temieron tallarla en sus murales, la que ningún ser viviente había hollado, pero que era visitada por siniestros relámpagos y que enviaba extrañas luces a través de las llanuras, en la noche polar; sin duda, la que había forjado la leyenda de esa temida Kadath en el Yermo Frío, más allá de la horrenda Leng, sobre la que murmuran las impías leyendas primigenias. Éramos los primeros seres humanos en verlas y quiera Dios que seamos los últimos.

Si los esculpidos mapas y dibujos de esa ciudad prehumana habían dicho la verdad, aquellas crípticas montañas violetas no debían de hallarse a menos de quinientos kilómetros de distancia, aunque no por eso alzaban su tenue y fantasmal perfil justo al borde de ese remoto y nevado horizonte, como la línea de un monstruoso y extraño planeta que se alzase sobre cielos ignotos. Su altura, pues, debía de estar más allá de cualquier posible comparación con montañas conocidas, y remontarse a enrarecidos estratos atmosféricos, poblada por tales espectros gaseosos de los que los pilotos impetuosos han llegado a susurrar algo luego de inexplicables caídas. Al mirarlos, pensé nervioso en ciertas insinuaciones, que estaban esculpidas, sobre lo que el gran río desaparecido había arrastrado hasta la ciudad desde sus malditas laderas, y me pregunté cuánto de sentido común y cuánto de locura habría en los miedos que aquellos Antiguos habían tallado con tantas reticencias. Recordé cómo su límite septentrional debía llegar hasta cerca de la costa de la Tierra de la Reina Mary, donde, en esos mismos momentos, la expedición de sir Douglas Mawson debía de trabajar a menos de mil seiscientos kilómetros, y confiaba en que ningún hado maligno les diera a sir Douglas y sus hombres un atisbo de lo que podía encontrarse más allá de las protectoras estribaciones costeras. Tales pensamientos dan buena medida de lo crispado que me hallaba en esos instantes... y Danforth parecía estar aún peor.

Ya hacía mucho que habíamos pasado las grandes ruinas con forma de estrella y alcanzado nuestro avión, de forma que nuestros temores habían pasado a fijarse a la cordillera, relativamente menor, que teníamos que volver a pasar. En aquellas estribaciones, las laderas negras y cubiertas de ruinas se alzaban empinadas y odiosas al este, y de nuevo nos recordaron aquellas extrañas pinturas asiáticas de Nicholas Roerich. Al pensar en aquellos condenados túneles que las horadaban, así como en las espantosas y amorfas entidades que podían estar serpenteando de forma fétida por ellas, incluso en los agujeros más altos de los picos, no pudimos afrontar sin cierto pánico la idea de pasar de nuevo junto a esas sugerentes bocas de cueva a las que el viento arrancaba sonidos que parecían malignos silbidos musicales, en el tono más agudo posible. Para empeorar aún más la cosa, vimos varios retazos de bruma local en torno a algunas de las cimas —tal como las había visto el pobre Lake, cuando cometió aquel error de considerarlas signo de vulcanismo—, y no pudimos por menos que pensar en aquella otra neblina similar de la que acabábamos de huir; pensar en ella y en el abismo blasfemo, albergue de horrores, del que surgían aquellas nieblas.

El avión estaba en perfectas condiciones. Nos embutimos como pudimos en nuestros pesados trajes de vuelo. Danforth arrancó sin problema y realizamos una breve pasada sobre aquella ciudad de pesadilla. Abajo, la primigenia albañilería ciclópea se desplegaba ante nosotros, tal y como lo había hecho la primera vez que lo viéramos —hacía tan poco y, sin embargo, hacía tanto tiempo ya—, y comenzamos a ganar altura y a girar para comprobar el viento, antes de iniciar el cruce del paso. A grandes altitudes debía de haber una tremenda perturbación, ya que las nubes de polvo de hielo del cenit estaban tomando toda clase de formas fantásticas; pero, a los siete mil metros, la altura necesaria para cruzar, el vuelo nos resultó bastante fácil. Mientras volábamos ceñidos a los descollantes picos, escuchamos de nuevo el extraño silbido del viento y pude ver cómo las manos de Danforth temblaban sobre los mandos. Pese a ser yo un mero aficionado, pensé que sería mejor piloto que él a la hora de realizar el peligroso cruce entre montañas y, cuando hice amago de cambiar asientos y tomar el control, no protestó. Traté de poner toda mi habilidad y autocontrol en la tarea y enfilé hacia el

ALMA CLÁSICOS ILUSTRADOS

978-84-18008-12-2

978-84-18008-15-3

978-84-18008-16-0

978-84-18008-17-7

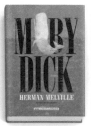

978-84-18008-08-5

978-84-18008-11-5

978-84-18008-14-6

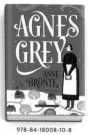

978-84-18008-10-8

978-84-18008-01-6

978-84-18008-06-1

978-84-17430-60-3

978-84-17430-97-9

978-84-15618-89-8

978-84-15618-83-6

978-84-15618-78-2

978-84-15618-79-9

978-84-18008-05-4

978-84-18008-04-7

978-84-18008-02-3

978-84-17430-55-9

978-84-17430-82-5

978-84-17430-83-2

978-84-17430-84-9

978-84-17430-56-6

978-84-17430-48-1

978-84-17430-32-0

978-84-17430-54-2

978-84-17430-04-7

978-84-15618-70-6

978-84-15618-69-0

978-84-15618-71-3

978-84-15618-68-3

Alma Clásicos Ilustrados ofrece
una selección de la mejor literatura
universal; desde Shakespeare a Poe,
de Jane Austen a Tolstoi, pasando
por Lao Tse o los hermanos Grimm,
esta colección ofrece clásicos para
entretener e iluminar a lectores
de todas las edades e intereses.

Esperamos que estas magníficas
ediciones ilustradas te inspiren para
recuperar ese libro que siempre
has querido leer, releer ese clásico
que te entusiasmó o dar una nueva
oportunidad a uno que quizás
no tanto. Libros cuidadosamente
editados, traducidos e ilustrados para
disfrutar del placer de la lectura con
todos los sentidos.

www.editorialalma.com

f @Almaeditorial   @almaeditorial

sector de rojizo cielo situado entre los muros del paso, negándome con vehemencia a prestar atención a los penachos de vapor en lo alto de las montañas y deseando haberme tapado los oídos con cera, tal como hicieron los hombres de Ulises en la costa de las sirenas, para mantener así aquel perturbador sonido musical lejos de mi cabeza.

Pero Danforth, liberado de pilotar y hundido en un peligroso estado de nervios, no podía estarse quieto. Lo sentía removerse y debatirse para mirar atrás, a esa terrible ciudad que iba desvaneciéndose; adelante, a esos picos llenos de cuevas y sembrados de cubos; a los lados, al blanco mar de estribaciones nevadas y cubiertas de murallas; y arriba, al cielo de nubes laminadas y grotescas. Fue entonces, mientras estaba intentando realizar el paso, cuando su alarido enloquecido nos puso a un paso del desastre, ya que me hizo perder el control y titubear, inerme, un instante. Un segundo después había recobrado el ánimo y cruzamos sanos y salvos... aunque me temo que Danforth ya no volverá a ser el mismo.

He dicho que Danforth se negó a contarme qué horror final lo hizo gritar enloquecido; un horror que, me siento tristemente seguro, es el principal responsable de su estado actual. Mantuvimos retazos de conversación entre el silbido del viento y el zumbar del motor, cuando alcanzamos el lado seguro de la cordillera y mientras descendíamos lentamente hacia el campamento; pero, sobre todo, hablamos del secreto en el que íbamos a mantener la existencia de aquella ciudad de pesadilla. Ciertas cosas, convinimos, no estaban hechas para que la gente las conociera y hablase de ellas a la ligera. Y no lo mencionaríamos de no haber surgido ahora la necesidad de detener, a toda costa, a la expedición Starkweather-Moore y otras parecidas. Es absolutamente necesario, para mantener la paz y la seguridad de la humanidad, que lo que es de la oscuridad de la tierra, de los parajes muertos y de las profundidades insondables permanezca en paz; no sea que las anormalidades dormidas despierten a una nueva vida y los blasfemos supervivientes de pesadilla se retuerzan y chapoteen saliendo de sus negras moradas para acometer nuevas y más grandes conquistas.

Todo lo que Danforth ha dicho acerca del horror final es que fue un espejismo. No tenía nada que ver, según dijo, con los cubos y cuevas de esas resonantes, neblinosas y carcomidas por los gusanos montañas de la locura que cruzamos, sino que se debió a una simple fantasía, un demoníaco vistazo lanzado, entre las nubes altas arremolinadas, a lo que yacía más allá de esas otras montañas violetas del oeste que los Antiguos habían evitado y temido. Es muy probable que todo fuese una ilusión, producto de la tensión previa sufrida y del espejismo, real e intrigante, de la muerta ciudad tramontana que habíamos visto desde el campamento de Lake, el día antes; pero, en todo caso, fue tan real que Danforth aún sufre por ello.

En raras ocasiones ha musitado frases deslavazadas e irresponsables del estilo de «el pozo negro», «el borde tallado», «los *protoshoggoths*», «los sólidos sin ventanas y con cinco dimensiones», «el cilindro indescriptible», «el faro arcaico», «Yog-Sothoth», «la primitiva gelatina blanca», «el color llegado del espacio», «las alas», «los ojos en la oscuridad», «la escalera a la luna», «el original, el eterno, el inmortal» y otras oraciones igual de extravagantes; pero cuando está en posesión de sus facultades rechaza todo eso y lo atribuye a sus curiosas y macabras lecturas de antaño. Lo cierto es que Danforth es conocido por ser de los pocos que se han atrevido a leer, completa, esa agusanada copia del *Necronomicón* que se guarda bajo siete llaves en la biblioteca de la universidad.

La atmósfera superior, mientras cruzábamos la cordillera, estaba sin duda cubierta de vapores y bastante alterada y, aunque yo no vi el cenit, puedo muy bien imaginarme cómo esos remolinos de polvo de hielo pueden haber asumido formas extrañas. La imaginación —habida cuenta de cuán vívidamente las imágenes lejanas pueden a veces reflejarse, refractarse y magnificarse gracias a las capas de nubes incansables— bien pudo haber hecho el resto. Y lo cierto es que Danforth no soltó prenda sobre aquellos horrores en concreto hasta después de que su memoria tuviera la oportunidad de recurrir a sus antiguas lecturas. La verdad es que no pudo haber visto gran cosa con sólo una fugaz mirada.

En aquel momento, sus alaridos se limitaban a repetir una simple y enloquecida palabra que procedía de una fuente sumamente obvia:

—*¡Tekeli-li! ¡Tekeli-li!*

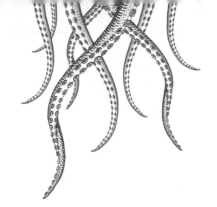

Walter Gilman no llegó a saber si los sueños tenían su origen en la fiebre o la fiebre, en los sueños. Como telón de fondo de todo se hallaba el acechante y supurante horror de la antigua ciudad, así como la mohosa y vieja buhardilla en la que escribía, estudiaba y luchaba con figuras y fórmulas, eso cuando no estaba debatiéndose en el mísero lecho de hierro. Sus oídos se habían vuelto sensibles hasta un extremo preternatural e intolerable, y hacía mucho que había parado su reloj barato, porque aquel tictac había llegado a parecerse a un tronar de artillería. Durante la noche, el débil rumor de la ciudad exterior, el siniestro deslizar de ratas por los agusanados tabiques y el crujido de la oculta viguería en la centenaria casa bastaban para producirle la impresión de un estridente pandemonio. La oscuridad estaba siempre llena de sonidos inexplicables… e incluso, a veces, se estremecía de miedo al escuchar, bajo esos ruidos que podía identificar y situar, otros más débiles que intuía enmascarados por los primeros.

Se hallaba en la inalterable y legendaria ciudad de Arkham, con sus apiñados tejados de dos aguas que se inclinaban y combaban sobre áticos en los que las brujas se ocultaban de los guardias del rey en los viejos días de la colonia. No había lugar en esa ciudad que contuviera más macabros recuerdos que el tejado picudo bajo el que ahora se albergaba…, ya que fueron esa casa y esa habitación las que habían cobijado a la vieja Keziah Mason, cuya huida de la cárcel de Salem, a la postre, nadie pudo explicar. Fue en 1692; el carcelero se volvió loco y balbuceaba acerca de un ser peludo, pequeño y de colmillos blancos que se había escurrido fuera de la celda de Keziah, y ni siquiera Cotton Mather pudo explicar las curvas y ángulos trazados en los muros de piedra gris con algún fluido rojo y pringoso.

Quizá Gilman no debiera estudiar con tanto ahínco. Los cálculos no euclidianos y la física cuántica bastaban para someter a tensión a cualquier mente, y, cuando uno los mezclaba con el folclore y trataba de enlazarlo todo en un trasfondo de realidad multidimensional que pudiera ser el origen de las infernales historias de los cuentos góticos y los extraños cuentos de viejas, no podía esperar librarse del todo de cierta fatiga mental. Gilman procedía de Haverhill, pero fue sólo después de matricularse en Arkham cuando comenzó a conectar sus estudios matemáticos con las fantásticas leyendas sobre magia arcaica. Algo en la atmósfera de esa vieja ciudad socavaba oscuramente su imaginación. Los profesores de la Universidad Miskatonic lo habían instado a no esforzarse tanto, y él, voluntariamente, había aflojado el ritmo en ciertos puntos. Además, había dejado de consultar los inquietantes y viejos libros, llenos de prohibidos secretos, que se guardaban bajo siete llaves en una cripta de la biblioteca universitaria. Pero todas esas precauciones llegaron tarde, ya que Gilman había tenido terribles atisbos del temido *Necronomicón* de Abdul Alhazred, del fragmentario *Libro de Eibon* y del prohibido *Unaussprechlichen Kulten* de Von Junzt; lo bastante como para establecer correlaciones entre sus fórmulas abstractas, las propiedades del espacio y la relación que pudiera haber entre las dimensiones conocidas y desconocidas.

Sabía que su habitación se hallaba en la vieja Casa de la Bruja... Ésa había sido la razón, de hecho, que le llevó a albergarse allí. Había muchos documentos en el condado de Essex sobre el juicio de Keziah Mason, y el asunto que la había conducido, cargada de cadenas, ante el tribunal de Oyer y Terminer había fascinado a Gilman más allá de cualquier medida. Había manifestado, ante el juez Hathorne, que existían líneas y curvas que, trazadas en cualquier punto, podían llevar a través de los muros de este espacio hasta otros espacios situados más allá del nuestro, y había dado a entender que tales líneas y curvas eran, con frecuencia, usadas en ciertas reuniones nocturnas, habidas en el tenebroso valle de piedra blanca, situado más allá de Meadow Hill, y en la despoblada isla del río. Había hablado también del Hombre Negro y de su cabra, y de su nuevo nombre secreto de Nahab. Luego había trazado todo aquello en los muros de su celda y se había desvanecido.

Gilman tenía extrañas teorías acerca de Keziah, y había sentido un extraño estremecimiento cuando se enteró de que su morada, después de doscientos treinta y cinco años, aún seguía en pie. Cuando oyó los rumores que corrían por la misteriosa Arkham acerca de la persistente presencia de Keziah en la vieja casa y las estrechas calles, y sobre las irregulares marcas de dientes humanos encontradas en algunos durmientes de esa y otras casas, los horripilantes gritos oídos la víspera de mayo y Difuntos, y el olor que a menudo se percibía en el ático de la vieja casa, justo esos mismos días, y del pequeño ser peludo y de dientes afilados que rondaba por la mohosa estructura, y del temor de las gentes en las negras horas que preceden al alba, decidió vivir en el lugar a toda costa. Fue fácil conseguir una habitación, ya que la casa era poco popular, difícil de alquilar, y se había convertido en una pensión barata. Gilman no hubiera podido decir qué esperaba encontrar, pero sabía que buscaba vivir en el edificio donde alguna circunstancia había inculcado, de alguna forma, a una mediocre mujer del siglo xvii una visión de profundidades matemáticas que sobrepasaba las más audaces especulaciones de Plank, Heisenberg, Einstein y De Sitter.

Estudió los muros de madera y yeso en busca de restos de crípticos dibujos, allá donde se había caído el papel, y en el plazo de una semana había conseguido la habitación del ático, al este, que era donde se decía que Keziah practicaba sus hechizos. Había estado vacía desde el principio —no había nadie que pudiera permanecer mucho tiempo allí—, pero el patrón polaco había sido muy cauteloso a la hora de alquilársela. Sin embargo, nada raro le sucedió a Gilman hasta el momento de contraer las fiebres. Ninguna Keziah fantasmal se deslizó a través de las salas y alcobas sombrías, ningún ser pequeño y peludo se escabulló dentro de su destartalada madriguera para espantarlo y ningún rastro de los encantamientos de la bruja recompensó su búsqueda infatigable. A veces paseaba a través de ensombrecidos laberintos de travesías sin pavimentar y con olor a musgo, donde fantasmales casas parduscas de edad desconocida decaían, se inclinaban y acechaban burlonas con sus angostas ventanas de cristaleras. Sabía que allí, una vez, habían sucedido cosas extrañas y había una débil intuición de que todo aquel monstruoso pasado podía —al menos en los pasajes más oscuros y laberínticos— no haber periclitado del todo. También fue en bote, una o dos veces, hasta la infamada isla del río y trazó bocetos de los singulares ángulos cincelados en los musgosos grupos de grises piedras enhiestas, cuyo origen era tan oscuro e inmemorial.

La habitación de Gilman era de buen tamaño, pero de una forma extrañamente irregular; el muro norte se inclinaba perceptiblemente hacia dentro, desde el exterior al interior, mientras que el bajo cielo raso caía ligeramente en la misma dirección. Aparte de un agujero de ratas abierto y otros varios cerrados, no había acceso —ni nada que indicase que lo había habido— al espacio que debía de existir entre ese tabique torcido y el recto muro exterior del lado norte de la casa, aunque una inspección desde fuera mostraba que allí había habido, en época muy lejana, una ventana. El altillo situado sobre el cielo raso —que debía de tener un suelo inclinado— era asimismo inaccesible. Cuando Gilman trepó por una escalera hasta ese nivel, lleno de telarañas y situado sobre el resto del ático, encontró vestigios de una desaparecida abertura, ahora prieta y pesadamente clausurada con viejo maderamen y asegurada con esas recias clavijas de madera típicas de la carpintería colonial. Pero, por más que lo intentó, no pudo convencer al cachazudo patrón de que le dejase investigar en ninguno de esos dos espacios cerrados.

Según iba pasando el tiempo, su obsesión por los irregulares tabique y techo de su cuarto aumentaba, por lo que comenzó a ver en los extraños ángulos un significado matemático que parecía ofrecer vagas pistas sobre lo que buscaba. La vieja Keziah, reflexionaba, debía de tener excelentes razones para vivir en un cuarto con ángulos tan peculiares. ¿O no había dicho que, a través de ciertos ángulos, se podía escapar de las limitaciones del espacio que conocemos? Su interés, gradualmente, pasó de los espacios clausurados de más allá a las propias superficies torcidas, ya que ahora le parecía que eran ellas las que guardaban el secreto buscado.

El ataque de fiebre cerebral y los sueños comenzaron a principios de febrero. Durante algún tiempo, al parecer, los curiosos ángulos de la casa de Gilman habían estado ejerciendo un extraño y casi hipnótico efecto sobre él, y, según avanzaba el frío invierno, se encontró observando, cada vez con mayor intensidad, la esquina en que el tejado inclinado se unía al tabique torcido. Por esa época, su incapacidad para concentrarse en los estudios le causó enorme turbación, despertando en él grandes temores sobre los resultados de los exámenes de mitad de curso. Pero la agudización de su oído le resultaba casi igual de desconcertante. La vida se había convertido en una insistente y casi inaguantable cacofonía, y luego estaba esa constante y terrorífica sensación de que había otros sonidos —quizá procedentes de regiones de más allá de la vida— agitándose en el límite mismo de lo audible. De todos los sonidos reconocibles, sin duda el de las ratas en los viejos tabiques era el peor. A veces, su rasguñar parecía no sólo furtivo, sino también deliberado. Cuando procedía de más allá del torcido tabique norte, se mezclaba con una especie de seco resonar y cuando llegaba de aquel altillo clausurado hacía siglos, sobre el techo inclinado, Gilman se contraía siempre como ante un terror oculto que aguardase sólo el momento idóneo para descender y consumirle por completo.

Los sueños trascendían por completo los límites de la cordura, y Gilman consideraba que debían ser el resultado de la fusión de sus estudios de matemáticas y del folclore. Había estado pensando demasiado tiempo en las difusas regiones que sus fórmulas le decían que debían hallarse más allá de las tres dimensiones conocidas, así como en la posibilidad de que la vieja Keziah Mason —guiada por alguna influencia sobre la que era imposible conjeturar— hubiera, en efecto, encontrado la puerta a tales regiones. Los amarillentos documentos comarcales que contenían sus testimonios y los de sus acusadores eran tan condenadamente sugerentes acerca de cosas que se hallaban más allá de la experiencia humana..., y las descripciones del veloz ser pequeño y peludo que le servía como familiar eran tan temiblemente realistas, pese a sus increíbles detalles...

Ese ser —no mayor que una rata y llamado por los lugareños Brown Jenkin— parecía ser el fruto de un notable caso de alucinación en masa, ya que, en 1692, no menos de once personas habían jurado haberlo visto. Había recientes rumores al respecto, también con un alucinante y desconcertante número de declaraciones. Todos estos testigos decían que tenía pelo largo y la forma de una rata, pero con dientes afilados, rostro barbudo malignamente humano y garras parecidas a diminutas manos humanas. Servía de correo entre la vieja Keziah y el Diablo, y se alimentaba de la sangre de la bruja, la cual bebía como un vampiro. Su voz era una especie de espantosa risita y podía hablar cualquier idioma. De todas las monstruosidades estrafalarias que colmaban los sueños de Gilman, nada le causaba mayor pánico y náusea que ese blasfemo y diminuto híbrido, cuya imagen entraba en su visión como un monstruo más odioso que cualquier cosa que su mente vigil hubiera podido suponer a partir de los viejos datos y las modernas habladurías.

Los sueños de Gilman consistían, sobre todo, en inmersiones en ilimitados abismos de crepúsculos de colores inexplicables y sonidos desconcertantemente disonantes, abismos cuyas propiedades materiales y gravitatorias, y cuya relación con él mismo, no podía ni siquiera comenzar a explicar. No caminaba o trepaba, ni nadaba o volaba, ni reptaba o se retorcía, aunque siempre experimentaba un movimiento que era en parte voluntario y en parte involuntario. No podía ni siquiera juzgar, con certeza, su propia condición, ya que la visión de sus brazos, piernas y torso parecía siempre teñida por una extraña distorsión de la perspectiva; pero sentía que su organismo y sus facultades físicas se habían transmutado y proyectado oblicuamente, de alguna forma maravillosa, aunque no sin cierta grotesca alteración de sus proporciones y facultades normales.

Los abismos no estaban vacíos, sino colmados de indescriptibles masas angulosas de sustancia alienígena, algunas de las cuales parecían ser orgánicas y otras, inorgánicas. Algunos de los objetos orgánicos tendían a despertar vagos recuerdos en el fondo de su mente, aunque no podía hacerse una idea consciente de lo que representaban o sugerían. En los últimos sueños, había comenzado a distinguir diversas categorías entre los objetos orgánicos, que parecían formar especies totalmente diferentes en lo tocante a conductas y motivaciones básicas. De todos ellos, había unos que, a sus ojos, parecían incluir objetos ligeramente menos ilógicos y de movimientos algo menos irrelevantes que los demás.

Todos los seres —orgánicos e inorgánicos— se hallaban más allá de cualquier descripción o siquiera de la comprensión. Gilman, a veces, comparaba las masas inorgánicas con prismas, laberintos, grupos de cubos y planos y edificios ciclópeos; y los seres orgánicos le parecían racimos de bulbos, tentáculos, centípodos, ídolos hindúes vivientes e intrincados arabescos dotados de una especie de animación ofidia. Todo cuanto veía le resultaba indescriptiblemente amenazador y horrible, y cuando una de las entidades orgánicas parecía, a juzgar por sus movimientos, haberse percatado de su presencia, sentía un miedo tan agudo y espantoso que, normalmente, se despertaba. No sabría decir cómo se movían las entidades orgánicas, lo mismo que no sabría decir cómo se movía él mismo. En ocasiones observaba un misterio aún mayor: la tendencia de ciertos entes a aparecer repentinamente en un espacio vacío, o a desaparecer del todo con igual brusquedad. La chillona y rugiente confusión de sonido que colmaba el abismo se encontraba más allá de cualquier análisis en cuanto a tono, timbre o ritmo, aunque parecía estar sincronizada con vagos cambios visuales en todos los objetos, orgánicos o inorgánicos. Gilman sentía un miedo constante a que tales ruidos pudieran subir hasta un insoportable grado de intensidad durante alguna de sus oscuras, incansables e inevitables fluctuaciones.

Pero no era en uno de esos vórtices tan extraños donde veía a Brown Jenkin. Ese pequeño y estremecedor horror aparecía en ciertos sueños más ligeros y vívidos que le asaltaban justo antes de caer en otros más profundos. Yacía en la oscuridad, luchando para mantenerse despierto, cuando un débil resplandor parecía surgir en la centenaria alcoba, mostrando en una bruma violeta la convergencia de los planos inclinados que tanto le obsesionaban. El horror surgía por el agujero de ratas de la esquina y se deslizaba hacia él, a través del combado suelo de láminas anchas, con una maligna expectación en su pequeño y barbudo rostro humano, pero, misericordiosamente, ese sueño siempre se desvanecía antes de que el ser pudiera llegar hasta él. Tenía dientes infernalmente largos, afilados, caninos. Gilman trataba de bloquear la ratera cada día, pero su inquilino volvía a abrirse paso todas las noches. Una vez, el patrón la había clausurado clavando una placa metálica, pero, a la noche siguiente, las ratas habían abierto un nuevo agujero y, al hacerlo, habían arrojado o arrastrado al cuarto unos curiosos y pequeños fragmentos de hueso.

Gilman no le habló de su fiebre al doctor, ya que sabía que no pasaría los exámenes si éste le ingresaba en la enfermería universitaria, en una época en que necesitaba cada segundo para estudiar. Suspendió Cálculo D y Psicología general avanzada, aunque le quedó la esperanza de recuperar lo perdido antes de final de curso.

Fue en marzo cuando un nuevo elemento entró en su liviano sueño preliminar y la forma de pesadilla de Brown Jenkin comenzó a verse acompañada por un nebuloso borrón que, con el paso del tiempo, iba tomando la forma de una vieja encorvada. Esa nueva figura lo turbó sobremanera, aunque al final decidió que era como una vieja bruja que se había encontrado un par de veces en la oscura maraña de pasajes situada cerca de los abandonados muelles. En esas ocasiones, la mirada de la vieja, maligna, sardónica y aparentemente sin sentido, le había causado un estremecimiento, sobre todo la primera vez, cuando una enorme rata se lanzó a través de la oscurecida boca de una calleja cercana, haciéndole pensar, de forma irracional, en Brown Jenkin. Ahora, reflexionaba, sus nerviosos miedos estaban comenzando a reflejarse en sus desordenados sueños.

No podía negar que la influencia de la casa era malsana, pero aún le quedaban residuos de su primitivo y morboso interés por ésta. Aducía que la fiebre, por sí sola, era la responsable de sus fantasías nocturnas y que, cuando pasase el brote, se libraría de aquellas monstruosas visiones. Tales pesadillas, no obstante, eran horrendamente vívidas y convincentes, y al despertar tenía la vaga sensación de haber olvidado mucho más de lo que recordaba. Estaba espantosamente seguro de que en sueños olvidados había hablado tanto con Brown Jenkin como con la vieja, y de que ambos le habían instado a dirigirse a algún lugar en concreto, al encuentro de un tercer ser de mucho mayor poder.

A finales de marzo comenzó a volcarse en sus matemáticas, aunque el resto de estudios lo reclamaban cada vez más. Estaba desarrollando una intuición para resolver las ecuaciones Reimann y asombró al profesor Upham con su comprensión de la tetradimensionalidad y otras cuestiones que tenían bloqueado al resto de la clase. Una tarde se produjo una discusión sobre las posibles curvas atípicas del espacio y sobre los teóricos puntos de aproximación o contacto entre esta parte del cosmos y otras regiones, tan distantes como las más lejanas estrellas o los propios abismos transgalácticos, o incluso tan fabulosamente remotas como las teóricamente posibles unidades cósmicas situadas más allá de nuestro propio continuo espacio-tiempo einsteniano. La soltura demostrada por Gilman en tal tema colmó a todo el mundo de admiración, aun cuando algunas de sus hipotéticas ilustraciones reforzaron el ya común rumor acerca de su excentricidad nerviosa y solitaria. Lo que hizo sacudir a los estudiantes la cabeza fue su sobria teoría acerca de que un hombre podría —mediante conocimientos matemáticos, situados claramente más allá de los recursos actuales de la humanidad— pasar deliberadamente desde la Tierra a otro cuerpo celestial, pudiendo estar en cualquiera de una infinidad de puntos específicos de la red cósmica.

Tal transición, decía, requería tan sólo dos pasos: el primero, salir de la esfera tridimensional que conocemos y el segundo, la vuelta a ella en otro punto, quizá infinitamente remoto. En ciertos casos era concebible realizar tal cosa sin perder la vida. Cualquier ser de cualquier parte del espacio tridimensional podía, probablemente, existir en la cuarta dimensión, y su supervivencia al segundo paso dependería de qué extraña parte del espacio tridimensional seleccionara para su reingreso. Los habitantes de unos planetas podían ser capaces de vivir en otros —o incluso en mundos pertenecientes a otras galaxias o a similares fases dimensionales de otro continuo espacio-tiempo—, aunque, por supuesto, debía haber un inmenso número de cuerpos mutuamente inhabitables, aun pensando en cuerpos o zonas del espacio matemáticamente yuxtapuestos.

Era también posible que los habitantes de cierto territorio dimensional pudieran sobrevivir en otros muchos, desconocidos e incomprensibles, de dimensiones adicionales e indefinidamente multiplicadas —dentro o fuera del continuo espacio-tiempo—, y lo opuesto podía también suceder. Eso era

pura especulación, aunque se podía tener la certeza de que las mutaciones que implicaban el paso de cualquier plano dimensional a otro cercano y más alto no tenían por qué resultar lesivas para la integridad biológica, tal y como nosotros la entendemos.

Gilman no llegaba a ser muy claro en las razones sobre las que sustentaba tal teoría, pero su confusión en este punto era compensada por la claridad exhibida en otros puntos complejos. Al profesor Upham, especialmente, le complació su demostración sobre la relación entre las altas matemáticas y ciertas fases del saber mágico, transmitido desde edades de inefable antigüedad —humanas o prehumanas—, cuyo conocimiento del cosmos y sus leyes sobrepasaba al nuestro.

A principios de abril, Gilman se turbó notablemente, viendo que su ligera fiebre no desaparecía. Estaba también preocupado porque los demás inquilinos hablaban de sus paseos nocturnos. Al parecer, abandonaba a menudo la cama, ya que el hombre de la habitación de abajo podía oír con claridad crujir el suelo a ciertas horas de la noche. Aquel tipo también decía escuchar pies calzados durante la noche, pero Gilman estaba seguro de que se equivocaba en ese punto concreto, ya que sus zapatos y otros adminículos aparecían por la mañana allí donde los había dejado. Uno podía sufrir toda clase de espejismos aurales en ese morboso caserón... ¿O acaso el mismo Gilman, aun de día, no oía ruidos distintos a los de las ratas, sonidos que parecían llegar de negros vacíos situados más allá del torcido tabique y el techo inclinado? Sus patológicamente sensibles orejas comenzaron a detectar débiles pisadas en el altillo de encima, clausurado desde hacía siglos, y a veces sentía que todo eso era agónicamente real.

No obstante, admitía que se había convertido en un sonámbulo, ya que un par de veces durante la noche habían encontrado su habitación vacía, aunque toda su ropa estaba allí. O eso aseguraba Frank Elwood, el único estudiante que, debido a su pobreza, se albergaba en esa mísera e impopular pensión. Elwood había estado estudiando de madrugada y había ido a pedirle ayuda para resolver una ecuación diferencial, pero se encontró con que Gilman no estaba. Se había atrevido a abrir la puerta, luego de no recibir respuesta a sus llamadas, ya que necesitaba esa ayuda y creía que el otro no se molestaría porque le despertasen. Pero Gilman no estaba allí, y cuando le hablaron del asunto, se preguntó por dónde habría andado vagabundeando, descalzo y en pijama. Decidió que, si se seguía hablando de su sonambulismo, investigaría el asunto, y hasta pensó en esparcir harina por el suelo del pasillo para ver adónde conducían sus pisadas. La puerta era la única salida, ya que era imposible pasar por el ventanuco.

Avanzado el mes de abril, los oídos de Gilman, agudizados por la fiebre, se vieron perturbados por los gimoteantes rezos de un supersticioso tejedor llamado Joe Mazurewicz, que se albergaba en un cuarto de la primera planta. Mazurewicz había contado largas y divagantes historias sobre el fantasma de la vieja Keziah y el ser, peludo y de agudos dientes, que la acompañaba, y había dicho que lo acosaban de tal forma que sólo el crucifijo de plata —que le había entregado *ex profeso* el padre Iwanicki, de la iglesia de San Estanislao— podía hacerlos retroceder. Ahora rezaba porque se acercaba el aquelarre de las brujas. La víspera del 1 de mayo era la noche de Walpurgis, cuando las más negras maldades del infierno se desatan sobre la tierra y los esclavos de Satán se reúnen para realizar ritos y actos indescriptibles. Era siempre mala época en Arkham, aunque la gente bien de Miskatonic Avenue y High y Saltonstall Streets pretendían no saber nada al respecto. Pasarían malas cosas y, probablemente, uno o dos niños desaparecerían.

Joe era entendido en tales cosas, ya que su abuela, allá en su viejo país, las había escuchado de labios de su propia abuela. Era sabio rezar y rezar el rosario en un periodo así. Durante los últimos tres meses, Keziah y Brown Jenkin no habían rondado la habitación de Joe, ni la de Paul Choynsky, ni la de nadie..., y eso no significaba nada bueno. Algo andaban tramando. Gilman fue a ver al médico el día 16 y se sorprendió cuando su temperatura resultó no ser tan alta como había temido. El médico lo interrogó a fondo y le recomendó la visita a un especialista en nervios. Pensándolo bien, Gilman se alegró de que no le hubiera explorado el otro doctor, más inquisitivo que éste. El viejo Waldron, que ya había puesto freno a sus anteriores actividades, le hubiera ordenado reposo, algo imposible ahora que estaba tan cerca de sacar prodigiosos resultados a sus ecuaciones. Estaba, sin duda, muy cerca de establecer el lazo entre el universo conocido y la cuarta dimensión, y ¿quién podría decir cuánto más lejos podía aún llegar?

Pero, incluso mientras tales pensamientos lo asaltaban, se preguntaba sobre el origen de su extraña confianza. ¿Acaso aquel peligroso sentido de estar tan cerca procedía de las fórmulas que garabateaba en sus folios, día tras día? Las suaves, amenazadoras e imaginarias pisadas que oía en el sellado altillo lo enervaban. Y ahora, también, tenía una creciente sensación de que alguien, constantemente, estaba persuadiéndolo para hacer algo terrible que no quería hacer. ¿Qué pasaba con su sonambulismo? ¿Dónde iba a veces por la noche? ¿Y qué pasaba con esa débil sugerencia de sonidos, audibles incluso a plena luz del día y estando completamente despierto? Su ritmo no se correspondía con nada terreno, excepto quizá con las cadencias de algunos inmencionables cánticos de aquelarre, y a veces temía que pudieran pertenecer a la misma familia que los vagos chillidos y rugidos que oía en ciertos abismos del sueño, completamente ajenos a nuestro mundo.

Los sueños, entre tanto, se estaban tornando atroces. En las ligeras fases preliminares, la maligna vieja aparecía ahora diabólicamente perfilada, y Gilman sabía ya que era ella la que lo había asustado en el barrio pobre. Su espalda torcida, nariz larga y mentón arrugado eran inconfundibles, y sus atavíos pardos e informes eran tal como recordaba. La expresión de su rostro era de una espantosa malevolencia y exaltación, y, al despertar, podía recordar una voz cascada que le persuadía y le amenazaba. Debía reunirse con el Hombre Negro y acompañarles hasta el trono de Azathoth en el centro del Caos supremo. Eso era lo que le decía. Debía firmar, con su propia sangre, en el libro de Azathoth y tomar un nuevo nombre secreto, dado que sus indagaciones, por su cuenta, le habían llevado ya tan lejos. Lo que le impedía acompañarla, a ella, a Brown Jenkin y al otro, al trono de Caos, donde las agudas flautas suenan sin ton ni son, era el hecho de que había visto el nombre de Azathoth en el *Necronomicón* y sabía que pertenecía a una maldad primaria, demasiado horrible para describirla.

La vieja se materializaba siempre en el aire, cerca de la esquina en la que el tabique torcido se unía al techo inclinado. Parecía cristalizar en un punto más cercano al techo que al suelo, y cada noche se hallaba un poco más cerca y más perfilada, antes de que el sueño cambiase. Brown Jenkin, también, estaba cada vez más cerca y sus colmillos blanco-amarillentos resplandecían estremecedores en la ultraterrena fosforescencia violeta. Su espantosa risilla nerviosa resonaba más y más en la cabeza de Gilman, y por la mañana podía recordar que había pronunciado las palabras *Azathoth* y *Nyarlathotep.*

En los sueños más profundos, las cosas resultaban también más perfiladas, y Gilman sentía que los crepusculares abismos circundantes eran los de la cuarta dimensión. Aquellas entidades orgánicas, cuyos movimientos parecían menos flagrantemente irrelevantes e inmotivados, eran, probablemente, proyecciones de formas de vida de nuestro propio planeta, incluyendo a los seres humanos. Los otros debían hallarse en su propia esfera o esferas dimensionales, aunque prefería no pensar mucho en ello. Dos de los seres de movimientos menos casuales —un aglomerado bastante grande de burbujas elípticas e iridiscentes y un poliedro, mucho más pequeño, de colores desconocidos y superficies y ángulos en constante cambio— parecieron percatarse de su presencia y lo siguieron o flotaron hacia él mientras cambiaba de posición entre titánicos prismas, laberintos, racimos de cubos y planos y cuasiedificios, mientras los vagos chillidos y rugidos subían y subían de tono, como si se aproximase algún monstruoso clímax de intensidad completamente insoportable.

Durante la noche del 19 al 20 de abril tuvo lugar un nuevo suceso. Gilman estaba moviéndose medio involuntariamente por los abismos crepusculares, con la masa bulbosa y el pequeño poliedro flotando hacia él, cuando se percató de los ángulos peculiarmente regulares que formaban los filos de un racimo de prismas gigantesco y cercano. Al instante siguiente se halló fuera del abismo y de pie, tembloroso, sobre una ladera rocosa, bañada por una luz verde intensa y difusa. Estaba descalzo y en pijama, y, al tratar de caminar, descubrió que apenas podía alzar los pies. Un remolineante vapor ocultaba algo en el terreno que se alzaba inmediato a su vista, y se estremeció al pensar qué sonidos podían surgir de ese vapor.

Luego vio las dos formas que se dirigían fatigosamente hacia él: la anciana y el pequeño ser peludo. La vieja bruja se arrodilló y se las arregló para cruzar los brazos en una forma singular, mientras que Brown Jenkin apuntaba en cierta dirección con una espantosa zarpa delantera, que alzó con evidente dificultad. Empujado por un impulso que no podía precisar, Gilman se arrastró en la dirección mostrada por el ángulo formado por los brazos de la vieja y la zarpa de la pequeña monstruosidad, y, antes de dar tres pasos, había vuelto al abismo crepuscular. Las formas geométricas bullían a su alrededor y cayó vertiginosa e interminablemente. Al cabo se despertó en su cama, en la buhardilla de locas esquinas, en la fantasmal casona.

No se sintió nada bien esa mañana y no acudió a las clases. Alguna desconocida atracción impelía sus ojos hacia una dirección, al parecer irrelevante, y no podía evitar quedarse mirando a cierto lugar vacío del suelo. Según fue pasando el día, el foco de su ciega mirada fue cambiando de posición y, a mediodía, había vencido el impulso de mirar al vacío. Sobre las dos, se fue a comer y, mientras recorría los estrechos pasajes de la ciudad, se encontró girando siempre hacia el sudeste. Sólo con esfuerzo se detuvo en una cafetería de Church Street, y después de la comida sintió el desconocido tirón aún más fuerte.

Quizá, después de todo, tuviera que visitar a un especialista en nervios —puede que hubiera una conexión con su sonambulismo—, pero, entre tanto, podía después de todo intentar romper el morboso hechizo que le encadenaba, así que, con gran resolución, luchó contra aquello y se lanzó deliberadamente hacia el norte a lo largo de Garrison Street. Cuando llegó al puente sobre el Miskatonic, estaba bañado en sudor frío y se tuvo que agarrar al pasamanos de hierro mientras miraba río arriba, hacia la infame isla cuyas hileras regulares de viejas piedras enhiestas lucían sombrías a la luz de la tarde.

Entonces sufrió un sobresalto. Había una figura, claramente visible, en esa isla desolada, y un segundo vistazo le confirmó que era la extraña vieja cuyo siniestro perfil invadía tan desastrosamente sus sueños. Las hierbas altas próximas a ella se movían también, como si algún otro ser vivo reptase por el suelo. Cuando la vieja comenzó a volverse hacia él, Gilman huyó precipitadamente del puente y se refugió en el laberinto urbano de callejas ribereñas. A pesar de lo lejos que estaba la isla, sintió que una monstruosa e invencible maldad surgía de la sardónica mirada de esa encorvada y anciana figura vestida de pardo.

El sudeste aún tiraba de él, y sólo con una tremenda resolución pudo Gilman dirigirse a la vieja casa y subir por las destartaladas escaleras. Durante horas se sentó silencioso y sin ánimos, con los ojos arrastrados gradualmente hacia el oeste. Hacia las seis, sus agudizados oídos captaron los quejumbrosos rezos de Joe Mazurewicz, dos plantas más abajo, y, desesperado, tomó su sombrero y anduvo por las calles bañadas por el ocaso dorado, dejando que la nueva dirección sur le arrastrase donde quisiera. Una hora más tarde, la oscuridad lo sorprendió en campo abierto, más allá del arroyo de Hangman, con las resplandecientes estrellas brillando sobre su cabeza. La urgencia de caminar estaba dando paso, gradualmente, a una necesidad de lanzarse místicamente al espacio y, de repente, comprendió qué era lo que tiraba de él.

Estaba en el cielo. Un punto concreto entre las estrellas lo reclamaba. Aparentemente, era un punto entre Hydra y Argos, y ahora sabía que había sido empujado hacia él desde que se había despertado, justo después del alba. Por la mañana había estado bajo sus pies; por la tarde se había alzado hacia el sudeste, y ahora estaba más o menos al sur, aunque girando hacia el oeste. ¿Qué significaba eso? ¿Cuánto iba a durar? Reafirmándose de nuevo, Gilman dio media vuelta y se obligó a volver al siniestro caserón.

Mazurewicz estaba esperándolo en la puerta y parecía, a la vez, ansioso y reacio a murmurar alguna nueva ración de supersticiones. Se trataba de la luz embrujada. Joe había estado de juerga la noche antes —era el Día del Patriota en Massachusetts— y había vuelto pasada la medianoche. Mirando la casa desde fuera, al principio, había creído que la ventana de Gilman estaba a oscuras, pero luego había visto un débil resplandor violeta. Quería precaver al caballero de ese resplandor, ya que todo el mundo en Arkham sabía que era la luz embrujada de Keziah que acompañaba a Brown Jenkin y al fantasma de la vieja bruja. No se lo había mencionado antes, pero ahora tenía que contárselo, porque eso indicaba que Keziah y su colmilludo familiar rondaban al joven caballero. A veces, Paul Choynski, el patrón Dombrowski y él mismo creían haber visto esa luz filtrándose por las grietas del sellado altillo situado sobre el cuarto del joven caballero, pero habían convenido en no hablar con nadie de ello. Sin embargo, sería mejor para el joven caballero instalarse en otro cuarto y conseguir un crucifijo de manos de un buen sacerdote como el padre Iwanicki.

Mientras el hombre divagaba, Gilman sentía que un pánico indescriptible se le aferraba a la garganta. Sabía que Joe debía de haber estado bebiendo antes de volver a casa la noche antes, pero esa mención a una luz violeta en la ventana de la buhardilla era de una espantosa importancia. Un resplandor así acompañaba a la vieja y al pequeño ser peludo en esos sueños, ligeros y vívidos, que precedían a su inmersión en desconocidos abismos, y el pensar que una segunda persona, ésta despierta, pudiera haber visto la onírica luminosidad era algo que se hallaba por completo más allá de cualquier cuerda conjetura. ¿De dónde había sacado aquel tipo aquello? ¿No se lo habría contado él mismo mientras deambulaba sonámbulo por la casa? No, negó Joe, nada de eso. Sin embargo, Gilman tenía que cerciorarse. Quizá Frank Elwood pudiera contarle algo, aunque odiaba tener que preguntarle.

Fiebre, sueños extraños, sonambulismo, ilusiones de sonidos, atracción hacia un punto del cielo... ¡y ahora la sospecha de haber estado musitando desatinos durante el sueño! Debía hacer una pausa en los estudios, consultar a un especialista en nervios y ponerse en sus manos. Cuando subió a la segunda planta, se detuvo ante la puerta de Elwood, pero descubrió que el otro joven no estaba. Con renuencia, siguió hasta su habitación en la buhardilla y se sentó en la oscuridad. Su mirada aún se veía impelida a fijarse en el sudoeste, pero también se encontró escuchando con intensidad, en busca de algún sonido proveniente del altillo y medio imaginándose una maligna luz violeta que se filtraba por alguna grieta infinitesimal en el techo bajo e inclinado.

Esa noche, mientras Gilman dormía, la luz violeta brilló con más fuerza que nunca, y la vieja bruja y el pequeño ser peludo —más cerca de él que antes— se burlaron con inhumanos chirridos y diabólicos gestos. Se alegró de hundirse en los confusos y rugientes abismos crepusculares, aunque la persecución de aquel racimo de burbujas iridiscentes y el pequeño y calidoscópico poliedro resultaba amenazadora e irritante. Luego llegó la caída por interminables planos convergentes, hechos de una sustancia de aspecto resbaladizo y situados por encima y debajo de él, caída que finalizó en un destello de delirio y en una llamarada de luz extraña y desconocida en la que el amarillo, el carmín y el índigo se mezclaban de forma loca e inexplicable.

Yacía medio tendido en una terraza alta, de fantástica balaustrada, sobre una ilimitada jungla de estrafalarios e increíbles chapaleos, planos horizontales, cúpulas, minaretes, discos horizontales dispuestos sobre pináculos e innumerables formas de extravagancia aún mayor —algunas de piedra y otras de metal—, que resplandecían de forma prodigiosa al revuelto y casi enloquecido resplandor de un cielo policromo. Alzando la mirada, vio tres prodigiosos discos ígneos, cada uno de un color distinto y situados a diferentes alturas sobre un horizonte infinitamente lejano, curvo y de bajas montañas. A sus espaldas, hileras de terrazas aún más altas se remontaban hasta donde alcanzaba la vista. La ciudad de debajo se extendía más allá de su mirada y deseó que ningún sonido se alzase desde ella.

El suelo, del que pudo incorporarse con facilidad, era de una piedra veteada y pulida que no pudo identificar, y las losas estaban cortadas en unos ángulos estrafalarios que le dieron la impresión no tanto de ser irregulares como de estar basadas en alguna simetría ultraterrena cuyas leyes no podía comprender. La balaustrada le llegaba a la altura del pecho y estaba delicada y fantásticamente forjada, y a lo largo de todo el pasamanos había, a intervalos cortos, figurillas de aspecto grotesco y exquisita factura. Éstas, al igual que toda la balaustrada, parecían hechas con alguna clase de metal resplandeciente cuyo color no pudo ni conjeturar en aquel caos de resplandores entremezclados y cuya naturaleza desafiaba cualquier especulación. Representaban alguna clase de seres crestados y con forma de barril, con delgados brazos horizontales que surgían desde un anillo central y con bulbos o botones verticales que se proyectaban desde la cabeza y la base del barril. Cada uno de esos bulbos era el arranque de un sistema de cinco brazos largos, planos y rematados en triángulo, dispuestos como los radios de una estrella de mar, casi horizontales, aunque con una ligera curvatura desde el barril central. La base del bulbo del fondo estaba unida al largo pasamanos con un punto de contacto tan delicado que algunas figuras se habían roto y habían desaparecido. Las figurillas tenían unos doce centímetros de altura, mientras que los brazos puntiagudos daban un diámetro máximo de unos diez centímetros.

Cuando Gilman puso los pies sobre las losas, los sintió desnudos. Estaba completamente solo, y lo primero que hizo fue ir a la balaustrada y mirar desconcertado la ciclópea e infinita ciudad situada a casi sesenta metros debajo de él. Aguzando el oído, creyó escuchar una débil confusión de amortiguados silbatos musicales, en una amplia escala sonora, que surgía de las estrechas calles de abajo, y tuvo el deseo de poder ver a los habitantes de esa ciudad. La vista lo mareó después de un rato, por lo que hubiera caído al suelo de no haberse aferrado instintivamente a la lustrosa barandilla. Apoyó su mano derecha sobre una de las figuras de adorno, y eso pareció estabilizarlo ligeramente. Fue demasiado, empero, para la exótica delicadeza de la forja y la erizada figura cedió bajo su apretón. Aún medio mareado, continuó asido con su otra mano a un espacio vacío en el suave pasamanos.

Entonces, sus oídos hipersensibles captaron algún sonido detrás de él y miró por encima del hombro a la terraza. Acercándose con sigilo, aunque al parecer sin intenciones furtivas, había cinco figuras, y dos de ellas eran la siniestra vieja y el pequeño animal dentón y peludo. Las otras tres fueron las que le hicieron desvanecerse, ya que eran seres vivos de unos dos metros y medio de alto con la misma forma que las figuras radiadas de la balaustrada, y avanzaban con el serpenteo de su rimero inferior de brazos de estrella de mar.

Gilman despertó en la cama, cubierto de sudores fríos y con una sensación de escozor en rostro, manos y pies. Levantándose, se lavó y vistió con prisa frenética, como si necesitase salir de la casa lo antes posible. No sabía qué era lo que quería hacer, pero sentía que, una vez más, debía faltar a las clases. El extraño tirón hacia ese punto entre Hydra y Argos había decaído, sustituido por otro más fuerte. Ahora sentía que debía ir hacia el norte, sin tregua hacia el norte. Temía cruzar el puente que le daría la panorámica de aquella despoblada isla sobre el Miskatonic, por lo que se dirigió al puente

de la avenida Peabody. A menudo tropezaba, ya que sus ojos y oídos estaban vueltos hacia un punto muy alto en el cielo azul.

Al cabo de un rato, recobrando el control, vio que se había alejado de la ciudad. A su alrededor se extendía la baldía vacuidad de las marismas saladas, y la estrecha carretera por la que caminaba era la de Innsmouth, ese antiguo y medio abandonado pueblo que la gente de Arkham era tan curiosamente reacia a visitar. Aunque el tirón hacia el norte no había menguado, lo resistió como había resistido el anterior, y, al cabo, descubrió que casi podía compensar el uno con el otro. Volvió a la ciudad, tomó un café en una tienda de soda y se fue a una biblioteca pública, donde ojeó sin entusiasmo algunas revistas mundanas. Se encontró con algunos amigos, que notaron cuán extrañamente bronceado se le veía, aunque él no les comentó nada de su paseo. A las tres tomó un refrigerio en un restaurante, notando que el tirón había disminuido o se había dividido. Después de eso estuvo matando el tiempo en un cine barato, viendo una banal película una y otra vez, sin prestar atención.

Alrededor de las nueve de la noche se dirigió a casa y entró en la vieja mansión. Joe Mazurewicz estaba musitando rezos ininteligibles y Gilman se apresuró a subir a su buhardilla, sin pararse a ver siquiera si Elwood estaba en su cuarto. El susto lo recibió al encender la luz eléctrica. Primero notó que, en la mesa, había algo que no debiera estar allí y, con una segunda mirada, no le quedó lugar para la duda. Yaciendo de lado —ya que no se tenía de pie— se hallaba la exótica figura radiada que, en su monstruoso sueño, había arrancado de la fantástica balaustrada. No faltaba detalle. El cuerpo de barril, con un centro de anillo, los brazos delgados y radiados, los bulbos a cada extremo y los brazos de estrella de mar, planos y curvados, surgiendo de cada uno de esos bulbos...: todo estaba allí. Bajo la luz eléctrica, el color parecía ser una especie de gris iridiscente veteado de verde, y Gilman pudo ver, a través del horror y el desconcierto, que uno de los bulbos acababa en fractura, correspondiente al punto de unión al pasamanos del sueño.

Sólo su tendencia a sumirse en un aturdido estupor impidió que lanzase un alarido. Esa fusión de sueño y realidad era más de lo que nadie podía soportar. Aún mareado, tomó la radiada figura y fue tambaleándose escaleras abajo, hacia el cuarto del patrón Dombrowski. Los quejumbrosos rezos del supersticioso tejedor aún resonaban a través de los mohosos salones, pero Gilman no estaba para pensar en eso en aquellos momentos. El patrón estaba en casa y lo recibió con amabilidad. No, no había visto nunca esa cosa ni sabía nada de ella, pero su esposa le había dicho que había encontrado un pequeño y curioso objeto en una de las camas, mientras hacía los cuartos a mediodía, y quizá se trataba de eso. La llamó, y ella acudió anadeando. Sí, ése era el objeto. Lo había encontrado en la cama del joven caballero, en el lado cercano al muro. Le había parecido muy extraño, pero, por supuesto, el joven caballero tenía montones de objetos extraños en su cuarto, libros y dibujos curiosos, y garabatos en papel. Ella, desde luego, no sabía nada de esa figura.

Entonces Gilman subió de nuevo las escaleras, presa de confusión mental y convencido de estar aún soñando, o de que su sonambulismo había llegado a extremos increíbles y le había llevado a saquear lugares desconocidos. ¿De dónde había salido aquel extraño objeto? No recordaba haberlo visto en ningún museo de Arkham. Debía haberlo tomado de algún lugar, no obstante, y su visión, al robarlo, era lo que debía de haber causado el extraño sueño de la terraza balaustrada. Al día siguiente haría algunas cautelosas indagaciones, y quizá visitase a un especialista en nervios.

Entre tanto, trataría de averiguar adónde iba en su sonambulismo. Por las escaleras y a lo largo del vestíbulo de la buhardilla desparramó algo de harina que se había procurado del patrón, al que había comentado abiertamente su propósito. De camino, se detuvo ante la puerta de Elwood, pero vio que no había luz dentro. Entrando en su cuarto, puso la figura radiada sobre la mesa y se tumbó, atenazado por un agotamiento físico y mental total, sin pararse siquiera a desnudarse. Creyó escuchar un débil rasguñar y corretear en el cerrado altillo, sobre el cielo raso inclinado, pero estaba demasiado exhausto para pensar siquiera en ello. Ese críptico tirón hacia el norte estaba haciéndose muy fuerte de nuevo, aunque ahora parecía dirigido hacia un punto más bajo en los cielos.

En la desconcertante luz violeta del sueño, la vieja y el peludo ser de los colmillos volvieron, y esta vez con mayor claridad que en ninguna ocasión anterior. Esta vez llegaron a su lado y sintió cómo la bruja le aferraba con sus garras. Fue arrebatado de la cama y arrastrado al espacio vacío, y por un momento escuchó un rítmico rugido y vio la crepuscular falta de forma del difuso abismo que bullía a su alrededor. Pero ese momento fue muy breve, ya que enseguida se encontró en un lugar rústico y sin ventanas, con toscas vigas y tablazones alzándose para rematar en pico sobre su cabeza, y con un curioso suelo ladeado. En ese suelo había cajas llenas de libros sumamente antiguos y en estado de desintegración, y en el centro había una mesa y un banco, al parecer afirmados al suelo. Había pequeños objetos, de forma y figura desconocidas, sobre las cajas, y, a la llameante luz violeta, Gilman creyó ver la contrapartida de la figura radiada que le había aturdido de forma tan espantosa. A la izquierda, el suelo caía abruptamente en una sima triangular de la que, tras un segundo de secos rasguños, salió el espantoso y pequeño ser peludo de colmillos amarillos y rostro humano barbudo.

La bruja de sonrisa maligna aún lo aferraba, y más allá de la mesa se hallaba un personaje que no había visto antes: un hombre alto y flaco de piel negra, pero sin el menor signo de rasgos negroides, completamente desprovisto de cabello o barba, y con una toga de algún tipo de tela negra por única vestimenta. Sus pies eran indistinguibles por culpa de la mesa y el banco, pero debía de estar calzado, ya que se escuchaba un resonar cada vez que cambiaba de postura. El hombre no hablaba y no había expresión alguna en sus facciones pequeñas y regulares. Tan sólo señaló hacia un libro de prodigioso tamaño que se hallaba sobre la mesa, mientras la vieja ponía una pluma gris, de enorme tamaño, en la diestra de Gilman. Sobre todo ello, colgaba un dosel de miedo intenso y enloquecedor, y el clímax llegó cuando el ser peludo corrió por las ropas del soñador, se subió a sus espaldas, bajó por el brazo izquierdo y, por último, le mordió con fuerza en la muñeca, justo bajo el puño. Cuando la sangre comenzó a brotar de la herida, Gilman se desmayó.

Despertó la mañana del 22 con un dolor en la muñeca izquierda y vio que el puño estaba pardo de sangre reseca. Los recuerdos eran sumamente confusos, pero la escena con el Hombre Negro en aquel lugar desconocido se había grabado en su mente. Las ratas debían de haberle mordido mientras

175

dormía, provocando el clímax de ese espantoso sueño. Al abrir la puerta, vio que la harina del corredor estaba intacta, excepto por las pisadas del torpe individuo que vivía al final de la buhardilla. Así que esa vez no había andado en sueños. Pero algo habría que hacer con esas ratas. Tendría que hablar al respecto con el patrón. Trató de nuevo de clausurar el agujero situado en la base del tabique torcido, encajando en él un candelero que parecía tener el tamaño adecuado. Sus oídos zumbaban de forma horrible, como sacudidos por los ecos residuales de algún espantoso ruido escuchado durante el sueño.

Mientras se bañaba y cambiaba de ropa trató de recordar qué había soñado después de la escena en el lugar iluminado de violeta, pero nada definido cristalizó en su mente. Aquella escena debía corresponder a ese altillo cerrado de arriba, que había comenzado a corroer violentamente su imaginación, pero las impresiones posteriores eran débiles y brumosas. Había sugerencias de abismos vagos y crepusculares, y de abismos aún mayores y más negros situados más allá de ellos, abismos en los que no existía asomo de forma fija. Había sido empujado hasta allí por el racimo de burbujas y el pequeño poliedro que siempre le acosaban, pero ellos, como él mismo, se habían convertido en briznas de bruma lechosa y apenas luminosa, en ese postrer vacío de suprema negrura. Algo había surgido delante —un gran retazo que aquí y allá se condensaba en indescriptibles aproximaciones de formas—, y tuvo la sensación de que sus progresos no se habían producido en línea recta, sino más bien a lo largo de extrañas curvas, espirales y etéreos vórtices que obedecían leyes desconocidas para la física y las matemáticas de cualquier cosmos concebible. También hubo un atisbo de sombras inmensas y saltarinas, y de un monstruoso y medio audible pulsar, así como del agudo y monótono trino de flautas invisibles, pero eso era todo. Gilman llegó a la conclusión de que todo eso procedía de sus lecturas en el *Necronomicón* sobre la entidad sin mente llamada Azathoth, que gobierna sobre el tiempo y el espacio desde su trono negro situado en el centro del Caos.

Una vez lavada la sangre de la muñeca, la herida resultó ser muy leve, y Gilman quedó atónito al descubrir dos pequeñas punciones en ella. Cayó en la cuenta de que no había sangre en la cama, algo que era aún más curioso en vista de la cantidad que había en su piel y puño. ¿Habría estado deambulando en sueños por su habitación y le habría mordido alguna rata mientras estaba sentado en una silla o parado en una posición menos racional? Buscó, por todas las esquinas, gotas o manchas parduscas, pero fue en vano. Quizá debiera esparcir harina en el interior del cuarto, además de fuera, aunque, después de todo, no necesitaba ya más pruebas de su sonambulismo. Sabía de cierto que salía a deambular, y lo que necesitaba ahora era pararlo. Tenía que pedir ayuda a Frank Elwood. Esa mañana, la pequeña atracción del espacio parecía haber menguado, aunque había sido sustituida por otra sensación aún más inexplicable. Se trataba de un vago e insistente impulso que le llevaba a huir de allí, aunque sin atisbo alguno de dirección concreta. Mientras depositaba la extraña imagen tentaculada sobre la mesa, pensó que el viejo tirón hacia el norte se hacía una pizca más fuerte, pero, aun entonces, quedó totalmente ahogada por aquella más nueva y desconcertante pulsión.

Llevó la imagen tentaculada a la habitación de Elwood, fortaleciéndose para aguantar los plañidos del tejedor, que surgían de la planta baja. Elwood estaba en su cuarto, por fortuna, y pareció conmovido al verlo. Había tiempo para una pequeña charla antes de desayunar e ir a la facultad, así que Gilman se apresuró a contarle sus recientes sueños y miedos. Su anfitrión se mostró muy comprensivo y convino en que algo debían hacer. Le había impactado el aspecto preocupado y ojeroso de su visitante, y también se fijó en el extraño y anómalo bronceado que ya otros habían notado la semana anterior.

No había mucho que él pudiera decir, pensaba. No había visto a Gilman en ninguno de sus vagabundeos sonámbulo y no tenía idea de qué podía ser aquella curiosa imagen. Había, empero, escuchado cómo el francocanadiense que dormía justo bajo Gilman hablaba con Mazurewicz una tarde. Se comentaban el uno al otro lo mucho que temían la llegada de la noche de Walpurgis, para la que sólo quedaban unos días, y cambiaban compasivos comentarios sobre el pobre y desdichado joven caballero. Desrochers, el tipo que vivía bajo el cuarto de Gilman, había hablado de pasos nocturnos, tanto calzados como descalzos, y de la luz violeta que había visto una noche al deslizarse temeroso arriba y espiar por el agujero de la cerradura del cuarto de Gilman. Había escuchado apagados murmullos también, pero, cuando comenzó a describir aquello, su voz cayó hasta un susurro inaudible.

Elwood no podía imaginarse qué había provocado esos rumores entre esas supersticiosas criaturas, aunque suponía que sus imaginaciones se habían desbocado por culpa de los hábitos nocturnos de Gilman, sus paseos y hablas sonámbulas, por un lado, y por la cercanía de la tradicionalmente temida víspera del 1 de mayo, por otra. Estaba claro que Gilman hablaba en sueños, y también que la ilusión de ver esa onírica luz violeta, sufrida por Desrochers al espiar por la cerradura, era la que había desatado esos rumores. Aquella gente sencilla tendía a creer ver las cosas extrañas sobre las que oía hablar. Como plan de acción, Gilman haría mejor en mudarse abajo, a la habitación de Elwood, y dormir allí. Elwood podía despertarlo si comenzaba a hablar o a caminar en sueños. También debía acudir, sin tardanza, a un especialista. Entre tanto, debían llevar la imagen tentaculada a distintos museos y a ciertos profesores, tratando de identificarla y diciendo que la habían encontrado en un cubo de basura. Asimismo, Dombrowski debía poner veneno a las ratas de los tabiques.

Fortalecido por el compañerismo de Elwood, Gilman acudió a sus clases ese día. El extraño empuje aún tiraba de él, pero pudo apartarlo con considerable éxito. Durante uno de los descansos, mostró la extraña imagen a varios profesores; todos ellos se mostraron sumamente interesados, aunque ninguno pudo arrojar luz alguna sobre su naturaleza y origen. Esa noche durmió en un diván que Elwood había pedido al patrón que subiera a la segunda planta y, por primera vez durante semanas, se vio completamente libre de sueños inquietantes. Pero la fiebre aún perduraba y los plañidos del tejedor resultaban una influencia enervante.

Durante los días siguientes, Gilman disfrutó de una casi perfecta falta de manifestaciones mórbidas. No mostró, al decir de Elwood, ninguna tendencia a hablar o levantarse en sueños y, entre tanto, el patrón estaba repartiendo generosamente raticida. El único elemento perturbador era la charla de los supersticiosos extranjeros, cuya imaginación estaba desatada.

Mazurewicz estaba siempre tratando de que aceptase un crucifijo y, por fin, lo forzó a quedarse con uno que decía que había sido bendecido por el buen padre Iwanicki. Desrochers también tenía algo que decir; de hecho, insistía en que había oído cautelosos pasos en el cuarto, ahora vacío, que tenía encima, la primera y la segunda noches en que Gilman no estuvo. Paul Choynski creía haber oído ruidos en el salón y las escaleras durante la noche, y proclamaba que alguien había tanteado precavidamente su puerta, en tanto que la señora Dombrowski juraba haber visto a Brown Jenkin por primera vez desde Todos los Santos. Pero tales informes pueriles significaban muy poco y Gilman dejó el barato crucifijo de metal colgado de un gancho del armario de su anfitrión.

Durante tres días, Gilman y Elwood rastrearon los museos locales, en un esfuerzo por identificar la extraña imagen tentaculada, pero siempre sin éxito. En cada lugar, no obstante, despertó un interés de lo más intenso, ya que lo completamente extraño que resultaba era un reclamo tremendo para la curiosidad científica. Uno de los pequeños brazos radiados se rompió y fue sometido a análisis químicos; los resultados son aún objeto de comentarios en los círculos académicos. El profesor Ellery encontró platino, hierro y teluro en una extraña amalgama, además de otros tres elementos de alto peso atómico que la química fue absolutamente incapaz de clasificar. No sólo no correspondían a ningún elemento conocido, sino que ni siquiera encajaban en los lugares vacíos, reservados para probables elementos, de la tabla periódica. El misterio permanece aún sin resolver, aunque la imagen se muestra en exposición en el museo de la Universidad Miskatonic.

La mañana del 27 de abril apareció un nuevo agujero de rata en el cuarto en el que Gilman era un invitado, pero Dombrowski lo clausuró al punto. El veneno no parecía surtir mucho efecto, ya que los rasguños y el corretear por los muros seguían virtualmente igual. Elwood volvió tarde esa noche y Gilman lo esperó. No deseaba dormir solo en el cuarto, sobre todo porque había creído ver, en la luz vespertina, a la repelente vieja cuya imagen había invadido de forma tan horrible sus sueños. Se preguntaba quién sería y qué sería lo que había a su lado haciendo resonar el cubo de metal mientras revolvía en la basura, a la entrada del mísero patio. Parecía que la vieja bruja se había fijado en él y lo había mirado de forma maligna, aunque quizá todo fuera obra de su imaginación.

Al día siguiente, ambos jóvenes se sentían muy cansados y sabían que dormirían como troncos al llegar la noche. Por la tarde discutieron, de forma somnolienta, sobre los estudios matemáticos que tan completa y quizá dañinamente habían absorbido a Gilman, y especularon sobre la ligazón que tan probablemente debía existir entre la vieja magia y el folclore. Hablaron sobre la vieja Keziah Mason, y Elwood convino en que Gilman había tenido buenas bases científicas para pensar que podía haberse topado con una información extraña y significativa. Los cultos secretos, a los que aquellas brujas pertenecían, guardaban y transmitían a menudo sorprendentes secretos de viejos y olvidados eones, y no era imposible que Keziah hubiera aprendido el arte de atravesar puertas dimensionales. La tradición ponía el énfasis en la ineficacia de las barreras materiales a la hora de impedir los movimientos de las brujas. ¿Y quién podía decir qué se esconde bajo los viejos cuentos de vuelos de escoba en mitad de la noche?

Lo que aún estaba por ver era cómo podría hacer lo mismo un moderno estudiante, mediante la investigación matemática. Hacerlo, añadía Gilman, podía llevar a situaciones peligrosas e impensables, ya que ¿quién puede prever las condiciones imperantes en dimensiones adyacentes pero normalmente inaccesibles? Por otra parte, las posibilidades eran enormes. El tiempo podría no existir en ciertos cinturones de espacio, y, entrando y permaneciendo en tales zonas, se podrían preservar indefinidamente la vida y la edad, sin sufrir nunca deterioro o catabolismo orgánico, excepto el causado por las visitas a nuestro plano u otros similares. Uno podría, por ejemplo, pasar a una dimensión sin tiempo y emerger en algún periodo lejano de la Tierra tan joven como antes.

Lo que nadie podía conjeturar, siquiera aproximadamente, era cómo podría alguien haber conseguido tal cosa. Las viejas leyendas son, en tal aspecto, brumosas y antiguas, y, en tiempos históricos, todos los intentos de cruzar puertas prohibidas parecen complicarse con extrañas y terribles alianzas con seres y mensajeros del exterior. Estaba la inmemorial figura del emisario o heraldo de ocultos y terribles poderes, conocida como el Hombre Negro del culto de brujas y el Nyarlathotep del *Necronomicón*. Estaba también el desconcertante tema de los mensajeros o intermediarios menores, esos híbridos extraños y casi animales que las leyendas presentan como familiares de las brujas. Cuando Gilman y Elwood se retiraron, demasiado somnolientos para seguir argumentando, escucharon cómo Joe Mazurewicz entraba medio borracho en la casa, dando tumbos, y se estremecieron ante lo desesperado de sus gimoteantes rezos.

Esa noche Gilman vio de nuevo la luz violeta. En su sueño había escuchado rasguñar y roer en los tabiques, y creyó oír que algo tentaba con torpeza el picaporte. Luego vio a la vieja y al pequeño ser peludo que avanzaban hacia él por el suelo alfombrado. La cara de la vieja ardía de inhumano regocijo y el pequeño ser peludo de colmillos amarillos soltaba mórbidas risitas mientras apuntaba a Elwood, que dormía profundamente en el otro diván, en el lado opuesto del cuarto. Una parálisis de miedo impidió que gritase. Como otras veces, la odiosa vieja bruja aferró a Gilman por los hombros, lo arrebató del lecho y lo arrastró al espacio vacío. De nuevo, la infinidad del rugiente abismo crepuscular ardió en torno suyo, pero un instante después pensó estar en un pasaje oscuro, fangoso y desconocido de fétidos olores, con podridos muros de viejas casas alzándose a ambos lados.

Delante de él, estaba el Hombre Negro de la túnica que ya viera en el cuarto picudo del otro sueño, mientras que, más cerca, la vieja lo reclamaba y gesticulaba imperiosamente. Brown Jenkin se frotaba, lleno de placer, contra los tobillos del Hombre Negro, ocultos por el fango. Había un oscuro portal abierto, a la derecha, y el Hombre Negro lo señaló en silencio. La gesticulante bruja se dirigió hacia allí, arrastrando a Gilman por las mangas del pijama. Había unas escaleras hediondas que crujían ominosamente, y la vieja bruja pareció radiar una débil luz violeta; finalmente, encontraron una puerta que daba a un rellano. La vieja forcejeó con el picaporte, abrió la puerta e indicó a Gilman que esperase, antes de desaparecer por la negra abertura.

Los hipersensibles oídos del joven captaron un odioso grito estrangulado y, luego, la vieja volvió portando una forma pequeña y sin sentido que tendió al soñador, como ordenándole que la transportase. Ver esa forma y la

expresión de su rostro rompieron el hechizo. Aún demasiado aturdido para gritar, huyó sin respiro por las hediondas escaleras hasta llegar al fango del exterior, deteniéndose sólo porque allí lo alcanzó y aferró el Hombre Negro. Mientras perdía el sentido, escuchó la débil y aguda risita de la colmilluda anormalidad con aspecto de rata.

La mañana del 29, Gilman se despertó sumido en un torbellino de horror. En cuanto abrió los ojos, supo que algo iba muy mal, ya que se encontraba de vuelta en su vieja estancia de la buhardilla, con los torcidos techos y tabiques, tirado en la cama sin hacer. Su garganta estaba inexplicablemente dolorida, y, mientras se debatía por sentarse, vio con creciente miedo que sus pies y las perneras del pijama estaban sucios de barro seco. Durante unos instantes, sus recuerdos fueron terriblemente confusos, pero luego, por fin, comprendió que había vuelto a deambular en sueños. Elwood debía haber estado demasiado profundamente dormido como para escucharlo y detenerlo. En el suelo había confusas pisadas fangosas, aunque, cosa extraña, no llegaban a la puerta. Cuanto más las miraba Gilman, más peculiares le parecían, ya que, sumadas a las que podía reconocer, había otras más pequeñas y casi redondas, como las que dejarían las patas de una silla grande o una mesa, excepto por que tendían a dividirse en mitades. Había también huellas fangosas de rata que iban y venían de un agujero recién abierto. Totalmente desconcertado y atenazado por el temor de estar enloqueciendo, Gilman fue tambaleándose a la puerta y vio que no había marcas de barro fuera. Cuanto más recordaba de su odioso sueño, más aterrorizado se sentía, y a su desesperación se unió el oír a Joe Mazurewicz canturreando lúgubremente dos pisos más abajo.

Descendiendo a la habitación de Elwood, despertó a su anfitrión, que aún dormía, y le contó lo que había encontrado, pero aquél no pudo hacerse idea de lo que pudiera haber ocurrido realmente. Dónde hubiera podido estar Gilman, cómo había regresado a su viejo cuarto sin dejar huellas en el vestíbulo y cómo las marcas fangosas, parecidas a huellas de muebles, pudieron mezclarse con las suyas en la buhardilla eran cosas sobre las que nada se podía especular. Luego estaban esas oscuras, lívidas marcas en la garganta, como si hubiera intentado estrangularse a sí mismo. Gilman puso las manos sobre ellas, pero no encajaban siquiera aproximadamente. Mientras hablaban, llegó Desrochers para contarles que había oído un terrorífico resonar arriba durante la madrugada. No, no se había escuchado ruido alguno en las escaleras después de la medianoche, aunque, justo antes de esa hora, había captado tenues pisadas en la buhardilla, así como pasos que bajaban con cautela y que no le habían gustado nada. Era muy mala época del año en Arkham, añadió. El joven caballero haría mejor en portar el crucifijo que le había dado Joe Mazurewicz. Incluso el día no era seguro, ya que, después del alba, se habían producido extraños sonidos en la casa, sobre todo un débil e infantil gimoteo que había sido rápidamente sofocado.

Gilman asistió de forma mecánica a sus clases esa mañana, aunque fue por completo incapaz de prestar atención alguna a los estudios. Se veía atenazado por un estado de odiosa aprensión y espera, y le parecía estar aguardando la llegada de un golpe aniquilador. A mediodía comió en el comedor universitario y echó mano de un periódico abandonado en un asiento cercano, mientras esperaba el postre. Pero nunca llegó a comerse éste, ya que un artículo de la primera página lo dejó sin fuerzas, con los ojos desorbitados y capaz sólo de pagar la comida y volverse tambaleando al cuarto de Elwood. Se había producido un extraño secuestro, la noche antes, en el pasadizo de Orne, y el hijo, de dos años, de una lavandera llamada Anastasia Wolejko había desaparecido. La madre, al parecer, temía aquello desde hacía tiempo, pero las razones que esgrimía para tal temor eran tan grotescas que nadie se la había tomado en serio. Decía haber visto a Brown Jenkin rondando su casa desde primeros de marzo y, por sus muecas y risitas, estaba segura de que el pequeño Ladislas había sido marcado para el sacrificio en el espantoso aquelarre de la noche de Walpurgis. Había intentado que su vecina Mary Czanek durmiera en el cuarto para tratar de proteger así al niño, pero Mary no se había atrevido. No podía contar con la policía, porque ésta nunca prestaba atención a tales cosas. Había habido desapariciones de niños, todos los años y de esa forma, desde que ella podía recordar. Y su amigo Pete Stowacki no le había prestado ninguna ayuda, ya que deseaba, de todas maneras, desembarazarse del niño.

Pero lo que cubrió a Gilman de una sudoración fría fue la noticia suministrada por un par de noctámbulos que habían pasado por la boca del pasadizo justo después de medianoche. Admitían haber estado bebiendo, pero también juraban haber visto a un trío, estrafalariamente vestido, que entraba furtivamente en el oscuro pasaje. Eran, decían, un negro con una gran toga, una vieja vestida con harapos y un joven blanco en pijama. La vieja tiraba del joven, mientras que, a los pies del negro, una rata domesticada jugueteaba y correteaba en el fango pardo.

Gilman se quedó sentado, aturdido, toda la tarde, y Elwood, que entre tanto había visto los periódicos y sacado terribles conclusiones al respecto, lo encontró así al volver a casa. Esta vez ninguno de ellos pudo dudar de que algo odiosamente serio estaba ocurriendo. Entre los fantasmas de la pesadilla y las realidades del mundo objetivo estaba cristalizando una relación impensable, y sólo la vigilancia más extrema podía prever acontecimientos aún más extremos. Gilman debía acudir a un especialista, antes o después, pero no en esos momentos, cuando los periódicos estaban llenos de noticias del rapto.

Lo que podía haber sucedido exactamente era un completo misterio, y, por un momento, tanto Gilman como Elwood intercambiaron entre susurros teorías de la naturaleza más extraña. ¿Habría tenido Gilman, sin querer, más éxito de lo que creía en sus estudios sobre el espacio y sus dimensiones? ¿Se habría deslizado fuera de nuestra esfera hasta llegar a puntos desconocidos e inimaginables? ¿Dónde, si es que de algún sitio se trataba, había estado esas noches de demoníacas desapariciones? Los abismos crepusculares y rugientes, la colina verde, la ardiente terraza, la atracción de las estrellas, el supremo vórtice negro, el Hombre Negro, el pasaje fangoso y las escaleras, la vieja y el horror peludo y con colmillos, la aglomeración de burbujas y el pequeño poliedro, el extraño bronceado, la muñeca herida, la extraña imagen, las huellas fangosas, las marcas en la garganta, los cuentos y temores de los supersticiosos extranjeros...: ¿qué significaba todo eso? ¿Hasta qué punto las leyes de la cordura tenían vigencia en aquel caso?

No durmieron nada esa noche, y al día siguiente faltaron a clase y estuvieron dando cabezadas. Era el 30 de abril y, con el ocaso, llegó el infernal tiempo del aquelarre que todos los extranjeros y los viejos y supersticiosos lugareños temían. Mazurewicz volvió sobre las seis, contando que la gente de la fábrica murmuraba que los adoradores de Walpurgis iban a reunirse en el oscuro barranco, más allá de Meadow Hill, donde la vieja piedra blanca se alza en un lugar extrañamente desprovisto de vegetación. Algunos de ellos habían ido incluso a la policía y les habían dicho que buscasen allí al desaparecido hijo de Wolejko, pero no creían que hicieran nada al respecto. Joe insistió en que el pobre joven caballero usase el crucifijo de cadena niquelada y Gilman acabó poniéndoselo al cuello debajo de la camisa para contentar al tipo.

Ya de madrugada, los dos jóvenes se sentaron cansinos en sus sillas, mecidos por las rítmicas plegarias del tejedor en la planta de abajo. Gilman escuchaba dando cabezadas y su oído preternaturalmente agudizado parecía captar algún tenue y temido murmullo que subyacía a los ruidos de la vieja casa. Impíos recuerdos de cosas leídas en el *Necronomicón* y el *Libro Negro* brotaron en su mente, y se encontró acompasándose a infames ritmos que, se decía, pertenecían a las más negras ceremonias del aquelarre y tenían su origen más allá del tiempo y el espacio conocidos.

Entonces comprendió qué era lo que estaba esperando oír: se trataba del infernal cántico de los celebrantes en el lejano valle negro. ¿Cómo sabía tanto sobre lo que estaba esperando? ¿Cómo sabía cuándo Nahab y su servidor habrían de portar el rebosante cuenco, luego de la ceremonia de la cabra y el gallo negros? Vio que Elwood se había dormido y trató de llamarlo. Algo, no obstante, ocluyó su garganta. No era dueño de sí mismo. ¿Habría, después de todo, firmado en el libro del Hombre Negro? Después, su oído enfebrecido y anormal captó lejanas notas, transportadas por el viento. Había calles y kilómetros de campos y colinas de por medio, y sin embargo las reconoció. Los fuegos debían de estar ya encendidos y los danzantes bailando. ¿Podía sustraerse de ir? ¿Qué era lo que lo tenía preso? Matemáticas, folclore, la casa, la vieja Keziah, Brown Jenkin... Vio que había una nueva ratera en el muro cerca de su lecho. Imponiéndose a los lejanos cánticos y a los más cercanos rezos de Joe Mazurewicz, le llegó otro sonido: un inconfundible y decidido rasguñar en los tabiques. Deseó que la luz eléctrica estuviera encendida. Luego vio asomar por el agujero de ratas el pequeño rostro, barbado y colmilludo, la maldita carita que, por fin, comprendió que tenía un estremecedor y burlón parecido con el de la vieja Keziah, y escuchó cómo tanteaban débilmente en su puerta.

Los rugientes abismos crepusculares ardieron ante él y se sintió inerme ante el informe acoso del iridiscente acúmulo de burbujas. Delante corría el pequeño y calidoscópico poliedro, y, a través del alborotado vacío, se producían un aumento y una aceleración del difuso telón de fondo sonoro que parecían anticipar algún clímax insoportable e inefable. Creía saber qué estaba llegando: el monstruoso desatar del ritmo de Walpurgis, en cuyo cósmico timbre se concentra todo el espacio-tiempo, primigenio y supremo, que se halla más allá de las agolpadas esferas de materia y que, a veces, estalla en medidas reverberaciones que se infiltran débilmente en cada capa de la existencia y dan un odioso significado, a través de todos los mundos, a ciertos y temidos periodos.

Pero todo aquello se desvaneció en un segundo. Se encontró de nuevo en el abarrotado y picudo cuarto del suelo torcido, con los bajos cajones repletos de antiguos libros, el banco y la mesa, los extraños objetos y la sima triangular a un lado. Una pequeña figura blanca yacía sobre una mesa —un bebé, desnudo e inconsciente—, y al otro lado se hallaba la monstruosa y acechante vieja, con un resplandeciente cuchillo de grotesca empuñadura en la mano derecha y, en la izquierda, un cuenco de metal pálido, extrañamente proporcionado y cubierto de diseños curiosos y extraños, y con asas delicadas. Estaba entonando algún croante ritual en una lengua que Gilman no pudo entender, pero que se parecía a algo que se mencionaba, cautamente, en el *Necronomicón*.

Al hacerse más nítida la escena, vio que la bruja se inclinaba y le tendía el cuenco vacío a través de la mesa, y él, incapaz de controlar sus movimientos, se adelantó y lo tomó con ambas manos, percatándose de que era comparativamente ligero. En ese mismo instante, la desagradable forma de Brown Jenkin asomó por el borde de la sima, negra y triangular, de la izquierda. Entonces la vieja bruja le indicó por señas que sujetase el cuenco, en cierta posición, mientras ella alzaba el inmenso y grotesco cuchillo sobre la pequeña víctima blanca, tan alto como su diestra se lo permitía. El ser colmilludo y peludo comenzó a charlotear una continuación del desconocido ritual, mientras la bruja croaba espantosos responsos. Gilman sintió un insistente y agudo horror que se abrió paso por su parálisis mental y emocional, y el cuenco de ligero metal tembló en su mano. Un segundo después, el cuchillo que descendía rompió por completo el hechizo y él dejó caer el cuenco, que resonó como una campana, mientras, con sus manos, trataba frenéticamente de impedir aquel crimen monstruoso.

En un instante rodeó la mesa subiendo por el suelo inclinado y arrancó el cuchillo de las garras de la vieja para lanzarlo, resonando, sobre el borde de la angosta sima triangular. Al instante siguiente, sin embargo, se volvieron las tornas, ya que aquellas zarpas mortíferas se cerraron sobre su garganta mientras el rostro arrugado se contorsionaba, preso de una furia insana. Sintió la cadena del crucifijo barato oprimiendo su cuello y, en aquel momento de peligro, se preguntó qué efecto causaría la visión de aquel objeto en la maligna criatura. Su fuerza era casi sobrehumana, pero, mientras ella seguía ahogándolo, alcanzó débilmente la camisa y, tirando del símbolo de metal, rompió la cadena y lo empuñó.

La visión del crucifijo pareció llenar a la bruja de pánico, y su apretón se relajó lo bastante como para dar a Gilman una oportunidad de liberarse. Apartó aquellas garras de acero de su garganta, y habría arrastrado a la vieja sobre el borde de la sima de no haber vuelto la fuerza a esas zarpas, que se le acercaron de nuevo. Pero esta vez él replicó y sus manos se aferraron a la garganta de la criatura. Antes de que pudiera percatarse de sus intenciones, enrolló la cadena del crucifijo en torno a su cuello y apretó para ahogarla. Mientras ella se debatía, sintió un mordisco en el tobillo, y vio que Brown Jenkin había acudido en ayuda de la bruja. Con un patadón salvaje envió a la morbosa criatura al borde de la sima y la escuchó gimotear muy abajo.

No sabría decir si había matado o no a la vieja bruja, pero la dejó tirada en el suelo, allí donde había caído. Luego, según se volvía, vio en la mesa algo que a punto estuvo de arrebatarle las últimas briznas de razón. Brown Jenkin, nervudo y con cuatro manitas de demoníaca destreza, había estado ocupado mientras la bruja trataba de estrangularlo, de forma que sus esfuerzos habían sido en vano. Lo que él había evitado que hiciera el cuchillo sobre el pecho de su víctima, lo habían hecho los amarillentos colmillos de la peluda blasfemia en su muñeca... y el cuenco, antes en el suelo, lucía repleto junto al pequeño cuerpo sin vida.

En mitad de su delirio onírico, Gilman escuchó el canto, infernal y de ritmo totalmente ultraterreno, del aquelarre, llegando desde una infinita distancia, y comprendió que el Hombre Negro debía de estar allí. Confusos recuerdos se mezclaban con conocimientos matemáticos, y pensó que su mente subconsciente captaba qué ángulos necesitaba para volver al mundo normal, solo y sin ayuda esta vez. Estaba seguro de hallarse en el altillo, inmemorialmente clausurado, situado encima de su propio cuarto, pero dudaba de poder escapar a través del suelo inclinado o de la puerta hacía tanto tiempo cerrada. Además, ¿la huida de un altillo onírico no le llevaría a una casa igual de onírica, una proyección anormal del sitio verdadero? En esos momentos estaba totalmente confuso sobre la relación entre sueño y realidad.

El paso a través de los vagos abismos sería espantoso, ya que los ritmos de Walpurgis estarían vibrando, y, al cabo, tendría que escuchar el hasta entonces escondido pulsar cósmico que tan mortalmente temía. Aun ahora podía detectar un bajo y monstruoso resonar cuyo tempo intuía demasiado bien. En la época del aquelarre éste se remontaba y sumía a los mundos para convocar, a los iniciados, a indescriptibles ritos. Los cánticos del aquelarre estaban medio envueltos en ese débilmente intuido pulso que ningún oído terreno podía soportar en su plenitud espacial. Gilman también se preguntó si podría confiar en su instinto para volver al lugar correcto del espacio. ¿Cómo podía estar seguro de que no aterrizaría en aquella colina, iluminada de verde, de un lejano planeta o en la terraza de azulejos, sobre la ciudad de los monstruos tentaculados situada en algún lugar más allá de la galaxia, o en los negros vórtices espirales de ese supremo vacío del caos, donde reina el demonio-sultán sin mente Azathoth?

Justo antes de zambullirse, la luz violeta desapareció, dejándolo en una completa negrura. La bruja, la vieja Keziah, Nahab..., eso debía significar que había muerto. Y, mezclado con el lejano cántico del aquelarre y los gemidos de Brown Jenkin abajo, en la sima, creyó escuchar otro lamento más salvaje, procedente de desconocidas profundidades. Joe Mazurewicz, las plegarias contra el Caos Reptante convertidas ahora en un inexplicable grito triunfante, mundos de sardónica realidad silbando en vórtices de sueño febril. ¡Iä! ¡Shub-Niggurath! ¡La Cabra del Millar de Retoños!

Encontraron a Gilman en el suelo de su vieja habitación abuhardillada, de extraños ángulos, mucho antes del alba, ya que un terrible grito había hecho acudir al punto a Desrochers, Choynski, Dombrowski y Mazurewicz, y había incluso despertado a Elwood, que dormía profundamente en su silla. Estaba vivo y con los ojos muy abiertos y fijos, pero, por lo demás, estaba del todo inconsciente. En su garganta había marcas de manos homicidas y en el tobillo izquierdo mostraba una profunda mordedura de rata. Sus ropas estaban en mal estado y el crucifijo de Joe había desaparecido. Elwood temblaba, temeroso incluso de especular sobre qué nuevas formas habían tomado los vagabundeos sonámbulos de su amigo. Mazurewicz parecía medio alelado por una señal que decía que había recibido, en respuesta a sus plegarias, y se santiguó frenéticamente cuando se escuchó, al otro lado del tabique torcido, el rasguñar y corretear de una rata.

Una vez que el durmiente quedó colocado en su catre, en el cuarto de Elwood, enviaron a buscar al doctor Malkowski —un médico local que no contaría luego historias embarazosas—, y éste le puso dos inyecciones hipodérmicas que lo hicieron caer en algo parecido al sueño normal. Durante el día, el paciente recobró a veces la conciencia y susurró nuevos y deslavazados sueños a Elwood. Fue un proceso penoso, y a todo ello se unió un hecho nuevo y desconcertante.

Gilman, cuyos oídos en los últimos tiempos habían gozado de una anormal sensibilidad, estaba ahora sordo como una tapia. El doctor Malkowski, llamado de nuevo a toda prisa, le dijo a Elwood que ambos tímpanos habían estallado como por efecto de algún ruido tremendo, más allá de cualquier concepción o resistencia humana. Lo que el honrado médico no supo decir fue cómo un sonido así podía haber estallado en las últimas horas sin despertar a todo el valle del Miskatonic.

Elwood escribía su parte del diálogo en papel, de forma que los dos amigos pudieron mantener una fluida comunicación. Ninguno sabía cómo manejarse con todo aquello y decidieron que lo mejor sería, de momento, pensar lo menos posible en ello. Ambos también convinieron en que debían abandonar esa casa antigua y maldita lo antes posible. Los periódicos vespertinos hablaban de una redada policial contra algunos curiosos noctámbulos que se habían reunido en un barranco, más allá de Meadow Hill, justo antes del alba, y mencionaban que la piedra blanca, desde siempre, había sido objeto de supersticiones. No se pudo capturar a nadie, pero, entre los fugitivos en dispersión, vieron a un negro muy alto. En otro artículo se mencionaba que no se habían encontrado pistas sobre el pequeño desaparecido, Ladislas Wolejko.

El horror culminante se produjo esa misma noche. Elwood nunca olvidará lo que sucedió, y se vio obligado a abandonar la universidad durante lo que quedaba de curso debido al colapso nervioso. Había creído escuchar a las ratas durante toda la tarde en los tabiques, pero les había prestado muy poca atención. Luego, mucho después de que Gilman y él se hubieran dormido, comenzó un atroz griterío. Elwood saltó de la cama, encendió las luces y se abalanzó sobre el lecho de su invitado. Su ocupante emitía sonidos de naturaleza verdaderamente inhumana, como atenazado por un tormento que superaba cualquier humana descripción. Se retorcía bajo las sábanas y una gran mancha roja estaba comenzando a extenderse por las sábanas.

Elwood apenas se atrevió a tocarlo y, gradualmente, los gritos y las contorsiones fueron menguando. Para entonces Dombrowski, Choynski, Desrochers, Mazurewicz y todos los inquilinos de la planta alta se habían congregado en el umbral, y el patrón había mandado a su esposa a telefonear al doctor Malkowski. Todos gritaron cuando una gran forma, como de rata, saltó de debajo de las ensangrentadas sábanas y se escurrió por los suelos hasta una ratera recién abierta. Cuando el doctor llegó para apartar aquellas espantosas sábanas, Walter Gilman había muerto.

Sería bárbaro hacer otra cosa que sugerir cómo había muerto Gilman. Habían abierto, literalmente, un túnel a través de su cuerpo, y algo se había comido su corazón. Dombrowski, frenético por los fracasos de su continua siembra de raticida, renunció a su contrato de arrendamiento y, antes de una semana, se había mudado con todos sus antiguos inquilinos a una

casa, sórdida pero menos vieja, de Walnut Street. Lo peor en aquellos momentos fue lidiar con Joe Mazurewicz, ya que el meditabundo tejedor no estaba un momento sobrio y, constantemente, se quejaba y murmuraba acerca de cosas terribles y espectrales.

Al parecer, aquella última y espantosa noche, Joe se había parado a mirar las carmesíes huellas de rata, que iban desde el lecho de Gilman hasta el cercano agujero. En la alfombra eran muy confusas, pero había una porción de suelo desnudo, entre el borde de la alfombra y el rodapié. Allí, Mazurewicz había encontrado algo monstruoso..., o creía haberlo hecho, ya que nadie pudo darle la razón, pese a la innegable rareza de aquellas huellas. Las marcas en el suelo, desde luego, eran totalmente distintas a las de una rata normal, pero incluso Choynski y Desrochers se negaron a admitir que fueran como las huellas de cuatro pequeñas manos humanas. Nunca volvieron a alquilar la casa. Tan pronto como Dombrowski la abandonó, el manto de la desolación final comenzó a caer sobre ella, ya que la gente la rehuía tanto por su antigua reputación como por el nuevo y fétido olor. Quizá el raticida del antiguo patrón había obrado al cabo, ya que, no mucho después de su partida, el lugar comenzó a resultar una molestia para el vecindario. Los agentes de sanidad rastrearon el hedor hasta los espacios cerrados que había sobre la habitación oriental de la buhardilla y junto a ella, y convinieron en que el número de ratas muertas debía de ser enorme. Decidieron, por tanto, que no había sino que abrir y desinfectar aquellos espacios, hacía tanto tiempo sellados, y el hedor pronto desaparecería, evitando las molestias al vecindario. De hecho, corrían difusas historias locales sobre inexplicables olores que se producían en la Casa de la Bruja inmediatamente después de la víspera del 1 de mayo y la noche del Día de Difuntos. Los vecinos aceptaron a regañadientes, pero aquel hedor no podía sino sumarse a la mala fama del lugar. Por fin, la casa fue declarada no habitable por el inspector de inmuebles.

Los sueños de Gilman y sus terribles circunstancias nunca encontraron explicación. Elwood, cuyas ideas sobre todo aquello eran a veces algo enloquecidas, volvió a la universidad al otoño siguiente y se graduó en junio. Encontró que los espectrales rumores locales se habían atenuado mucho y lo cierto era que, pese a comentarios sobre una fantasmal risita oída en la casa, algo que duró casi tanto como el propio edificio, no volvieron a registrarse rumores sobre nuevas apariciones de la vieja Keziah o de Brown Jenkin. Fue una suerte que Elwood no estuviera en Arkham aquel año en que ciertos sucesos revitalizaron abruptamente los rumores locales sobre antiguos horrores. Por supuesto que los conoció más tarde y sufrió por ello indecibles tormentos, preso de negras y desconcertantes especulaciones, pero aun eso no fue tan malo como hubiera sido un contacto real con ciertas imágenes.

En marzo de 1931, un temporal hundió el tejado y la gran chimenea de la vacía Casa de la Bruja, de forma que un caos de carcomidos ladrillos y tablillas ennegrecidas y mohosas, así como tablones y maderas podridas, se derrumbó sobre el altillo y atravesó el suelo de debajo. Todo el ático quedó cubierto de escombros, pero nadie se tomó la molestia de inspeccionar aquel desastre antes de la inevitable demolición de la decrépita estructura. El paso final se dio el mes de diciembre siguiente, y cuando unos obreros reacios y aprensivos procedieron a descombrar la vieja habitación de Gilman, se desataron los rumores.

Entre los restos que habían caído a través del viejo cielo raso torcido había ciertos objetos que hicieron que los obreros detuvieran sus trabajos y llamasen a la policía. Luego, esta última convocó al forense y a ciertos profesores de la universidad. Se trataba de huesos —rotos y astillados, pero claramente reconocibles como humanos— cuya datación, manifiestamente moderna, entraba en desconcertante conflicto con el remoto periodo en que su único emplazamiento posible, aquel altillo bajo y de techo torcido, había sido supuestamente sellado. El forense dictaminó que algunos de los huesos pertenecían a un niño pequeño y otros —que se encontraron mezclados con jirones de podridas ropas pardas—, a alguien mucho más viejo, a una mujer de avanzada edad, en concreto. Al limpiar cuidadosamente todos los escombros, se hallaron también muchos huesecillos de ratas, sorprendidas por el hundimiento, así como otros del mismo tipo de animal, más viejos, roídos por pequeños colmillos en una forma que, entonces como ahora, ha provocado no pocas controversias y reflexiones. Otros objetos encontrados incluían los entremezclados fragmentos de muchos libros y periódicos, así como un amarillento polvo dejado por la desintegración de libros y periódicos aún más viejos. Todos, sin excepción, parecían tener que ver con la magia negra en sus formas más extremas y horribles, y la evidente modernidad de ciertos artículos es aún un misterio tan sin resolver como el de los modernos huesos humanos. Un misterio aún mayor es la absoluta homogeneidad de la arcaica y retorcida escritura descubierta sobre gran número de artículos, cuyas condiciones y marcas de agua sugieren un periodo que cubre ciento cincuenta o doscientos años. Para algunos, empero, el mayor de todos los misterios es la diversidad de objetos, por completo inexplicables —objetos cuyas formas, materiales, estilo y propósito sobrepasan cualquier conjetura—, encontrados entre los restos del derrumbe, evidentemente en diferente estado de conservación. Uno de esos objetos —que desató una gran excitación entre algunos profesores de la Miskatonic— era una muy dañada monstruosidad que, claramente, era igual a la extraña imagen que Gilman entregó al museo de la universidad, excepto por que ésta era mayor, realizada en alguna peculiar piedra azul, y no en metal, y colocada sobre un pedestal de ángulos singulares y cubierto de jeroglíficos.

Arqueólogos y antropólogos están aún tratando de explicar los estrafalarios diseños cincelados en un aplastado cuenco de metal ligero, cuya cara interna mostraba ominosas manchas parduscas en el momento de su descubrimiento. Los extranjeros y las viejas crédulas muestran igual asombro por el moderno crucifijo de níquel que apareció mezclado con los restos y que fue escalofriantemente identificado por Joe Mazurewicz como el que había regalado al pobre Gilman algunos años antes. Los hay que creen que aquel crucifijo fue arrastrado, hasta el sellado altillo, por las ratas, mientras que otros piensan que debió de quedarse olvidado en alguna esquina de la vieja habitación de Gilman. Y aun otros, incluyendo al mismo Joe, sustentan teorías demasiado extrañas y fantásticas como para prestarles atención.

Cuando tiraron la torcida pared del cuarto de Gilman, se encontró que en el sellado espacio triangular entre ese tabique y el muro norte de la casa había mucha menos basura, incluso en proporción a su tamaño, que en la habitación misma, aunque había una espectral capa de materiales más viejos que dejó helados de horror a los encargados de la demolición. Para ser breves, el suelo era un verdadero osario de huesos de niños pequeños; algunos huesos eran modernos, pero otros se remontaban a diversas antigüedades, hasta llegar a periodos tan remotos que estaban casi desmenuzados por completo. Encima de esa profunda capa de huesos descansaba un cuchillo de gran tamaño, obviamente antiguo, grotesco, ornado y de extraño diseño, sobre el que se había acumulado el polvo.

En medio de esos restos, entre una plancha caída y una porción de ladrillos, aún cementados, procedente de la arruinada chimenea, había algo que habría de causar más desconcierto, miedo solapado e historias supersticiosas, contadas abiertamente, en Arkham, que nada de lo otro descubierto en aquel edificio fantasmal y maldito. Se trataba del esqueleto, parcialmente aplastado, de una rata inmensa y deforme, cuyas anormalidades óseas son aún motivo de debate y fuente de singular reticencia entre los miembros del Departamento de Anatomía Comparativa de la Miskatonic. Muy poco es lo que se ha filtrado sobre ese esqueleto, pero los obreros que lo encontraron murmuran con voces estremecidas acerca de su larga y pardusca pelambrera.

Se rumorea que las pequeñas zarpas tienen características prensiles, más propias de un mono diminuto que de una rata, y que el pequeño cráneo, con crueles colmillos amarillos y anormalidades extremas, aparece desde ciertos ángulos como una miniatura, una parodia monstruosamente degradada, de una calavera humana. Los trabajadores, al encontrar esa blasfemia, se santiguaron espantados, pero más tarde acudieron a encender velas de gratitud en la iglesia de San Estanislao, ya que tenían la impresión de que nunca más volverían a oír aquella risita espantosa y fantasmal.

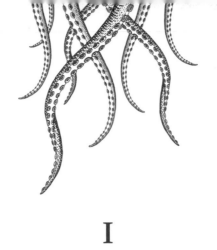

I

Incluso en el mayor de los horrores rara vez se encuentra ausente la ironía. Unas veces es parte integrante de la composición de sucesos, mientras que otras lo es por su fortuita posición entre personas y lugares. La última de estas clases se encuentra espléndidamente ejemplificada por una casa en la antigua ciudad de Providence, en la que, en la década de 1840, Edgar Allan Poe solía habitar durante su infructuoso galanteo en torno a la señora Whitman, la excelente poetisa. Por lo general, Poe se albergaba en Mansion House —nuevo nombre de la posada Golden Ball, bajo cuyo techo se hospedaron Washington, Jefferson y Lafayette—, en Benefit Street, y su paseo favorito llevaba al norte, a lo largo de la misma calle, hasta la casa de la señora Whitman y el cementerio de St. John, en la vecina colina, cuya recóndita extensión de lápidas del siglo xviii ejercía sobre él una peculiar fascinación.

Pero la ironía del caso reside en esto. A lo largo de su paseo, tantas veces repetido, el mayor de los genios del mundo en lo referente a lo terrible y extravagante se veía precisado a pasar frente a una casa en concreto, situada en el lado este de la calle; una estructura sombría y anticuada que pende de la ladera que se alza abruptamente, con un gran patio descuidado, procedente del tiempo en que la región era en parte un descampado. Parece ser que no habló ni escribió sobre la casa, ni tampoco hay prueba de que reparara en ella jamás. Y, sin embargo, tal casa, para las dos personas que poseen cierta información, iguala o sobrepasa en horror a las más temibles fantasías del genio que tan a menudo pasaba por delante sin saberlo, y ahí sigue acechando impasible, como símbolo de todo lo que es absolutamente aterrador.

La casa era, y aún es, de esa clase que llama la atención de los curiosos. Originariamente se trataba de una granja, o algo parecido a una granja, y sigue el diseño tipo de la Nueva Inglaterra colonial o de mediados del siglo XVIII: el techo tremendamente picudo, dos pisos y ático sin buhardillas, con pórtico georgiano y revestimientos interiores acordes con el progreso dictado por el gusto de la época. Se encuentra orientada al sur, con una fachada enterrada en la pendiente del este y la contraria expuesta hasta los cimientos en el lado de la calle. Su construcción, hace aproximadamente siglo y medio, ha seguido el nivelado y rectificación de esa vecindad en concreto, ya que Benefit Street —antes llamada Back Street— fue trazada como una serpenteante rúa entre los enterramientos de los primeros colonos, y sólo se convirtió en calle recta cuando la remoción y envío de cuerpos al Cementerio Norte hizo decentemente posible poder atravesar a través de los viejos terrenos familiares.

Al principio, el muro oeste estaba como a unos siete metros de la carretera, sobre un terreno empinado y cubierto de césped, pero un ensanche de la calle, más o menos en el tiempo de la independencia, hizo desaparecer la mayor parte de este terreno interpuesto, exponiendo al aire los cimientos, por lo que hubo que levantar un muro de ladrillo en la bodega, que dio al profundo sótano una fachada a la calle con puerta y dos ventanas, cerca del nuevo trazado de la vía pública. Cuando la calle se amplió aún más, un siglo después, lo que quedaba de espacio intermedio fue también retirado, y Poe, en sus paseos, lo único que debió de ver fue una pared de ladrillo gris, de un tono apagado, pegada a la calle y coronada a unos tres metros por la antigua mole de guijarro de la propia casa.

Los terrenos de labor llegaban muy atrás en la colina, casi hasta Wheaton Street. El sur de la finca, colindante con Benefit Street, era de hecho más ancho sobre el lado que daba a la calle nivelada, y formaba una terraza limitada por un gran muro rayano de roca descolorida y musgosa, hendido por una escalera de piedra, de angostos peldaños, que llevaba al interior, entre paredes, como un cañón, hasta el terreno de césped tiñoso, rezumantes muros de ladrillos y abandonados jardines cuyas arruinadas urnas de cemento, ollas herrumbrosas desprendidas de los trípodes de palos nudosos y toda la demás parafernalia hacían juego con la deteriorada puerta frontal, con sus fanales caídos, podridas columnas jónicas y agusanado friso triangular.

Lo que yo escuché en mi juventud acerca de la casa maldita era simplemente que allí la gente se moría en un número alarmantemente grande. Esto fue, según me dijeron, lo que llevó a los primeros propietarios a mudarse unos veinte años después de construido el lugar. Era del todo insalubre, quizá por culpa de la humedad y la invasión de hongos que sufría el sótano, el hedor totalmente repugnante, las corrientes de aire de los pasillos o la calidad del agua del pozo y la bomba. Todo esto era suficientemente malo, y a ello atribuían las muertes la mayoría de la gente por mí conocida. Sólo los cuadernos de mi tío anticuario, el doctor Elihu Whipple, me revelaron finalmente las más oscuras y vagas conjeturas que formaban la oculta tradición que corría entre los servidores y el pueblo llano de antaño, conjeturas que nunca llegaron a extenderse y que habían sido totalmente olvidadas cuando Providence se convirtió en una metrópolis con una población moderna siempre en movimiento.

La realidad es que esa casa no fue nunca considerada por la parte sensata de la comunidad como un verdadero caso de encantamiento. No había historias ampliamente extendidas acerca de cadenas resonando, corrientes frías de aire, luces que se apagaban o rostros en las ventanas. Los más extremistas afirmaban a veces que la casa era «gafe», pero eso era lo más lejos que se llegaba. Lo que de verdad se encontraba más allá de cualquier discusión era la espantosa cantidad de gente que moría allí, o, más bien, *había* muerto allí, ya que, tras algunos sucesos muy peculiares acontecidos hacía unos sesenta años, el edificio había sido abandonado en vista de la completa imposibilidad de alquilarlo. Aquellas personas no habían muerto todas de golpe, por distintas causas, sino que parecía como si la vitalidad les hubiera sido insidiosamente agotada, y cada cual moría según la fortaleza física que la naturaleza le hubiera dado. Y aquéllos que no morían mostraban, en diferentes grados, anemia o tuberculosis, y algunos presentaban una merma de facultades mentales que, por sí sola, hablaba de la insalubridad del edificio. Las casas vecinas, he de añadir, parecían totalmente libres de la nociva cualidad.

Eso es cuanto sabía, antes de que mi insistente interrogatorio llevase a mi tío a mostrarme las notas que, por último, nos embarcarían a ambos en nuestra espantosa investigación. En mi infancia, la casa maldita se encontraba vacía, con sus terribles árboles viejos, pelados y nudosos; hierba larga y de una palidez extraña, y matorrales deformes hasta la pesadilla en el elevado patio aterrazado donde nunca se demoraban mucho los pájaros. Los chicos solíamos recorrer el sitio, y aún puedo recordar mis terrores juveniles, no sólo por la morbosa rareza de esa siniestra vegetación, sino también por la atmósfera fantasmal y el hedor procedente de la decadente casa, cuyas puertas abiertas traspasábamos a menudo en busca de emociones. Las ventanas de pequeños cuadrados estaban rotas desde hacía mucho, y un indescriptible aire de desolación rodeaba los destartalados artesonados, las batientes contraventanas interiores, el papel colgante de las paredes, el yeso caído, las escaleras desvencijadas y los restos de muebles destrozados. El polvo y las telarañas añadían su toque de espanto, y, en verdad, valiente era el chico que voluntariamente subía por la escalera hasta el ático, un gran espacio de vigas al descubierto, iluminado sólo por los ventanucos al final del alero y atestado por un amontonamiento de restos de baúles, sillas y ruecas que infinitos años de almacenamiento habían envuelto y adornado con monstruosas e infernales formas.

Pero, después de todo, el ático no era la parte más terrible de la casa. Era el húmedo y malsano sótano el que, de alguna forma, provocaba la mayor de las repulsiones en todos nosotros, aun a pesar de que estaba completamente por encima del nivel de la calle, separado tan sólo con una débil puerta y un muro de ladrillo con ventanas de la ajetreada acera. Nosotros apenas éramos conscientes de qué era más fuerte: si lo que nos atraía con espectral fascinación o lo que nos repelía por el bien de nuestras almas y nuestra cordura. Por una parte, el mal olor de la casa resultaba más fuerte allí y, por otra, no nos gustaban los blancos acúmulos fungosos que ocasionalmente brotaban con el tiempo lluvioso de verano del duro suelo de tierra.

Tales hongos, grotescos como la vegetación del patio de atrás, eran de formas verdaderamente horribles, detestables parodias de hongos venenosos y saprofitas como nunca antes viéramos. Se pudrían con rapidez, y entonces resultaban levemente fosforescentes, por lo que los viandantes nocturnos a veces hablaban de fuegos fatuos rebrillando más allá de los cristales rotos de los hediondos agujeros que eran las ventanas.

Nosotros nunca —ni siquiera llevados de las mayores extravagancias de la noche de Halloween— visitábamos de noche ese sótano, pero en algunas de nuestras excursiones diurnas pudimos detectar la fosforescencia, especialmente si el día era húmedo y oscuro. Había algo muy tenue que también creíamos detectar a veces, algo muy extraño que, no obstante, no pasaba de ser una sugestión. Me refiero a una especie de mancha nebulosa en el sucio suelo, un cambiante depósito de moho o salitre que a veces creíamos distinguir entre las dispersas colonias de moho, cerca de la inmensa chimenea, en la cocina del sótano. De cuando en cuando, nos parecía que esta mancha tenía una estrafalaria semejanza con una figura humana, doblada sobre sí misma, aunque generalmente no encontrábamos tal parecido, y a menudo dicho depósito blanquecino no tenía siquiera existencia. Cierta tarde lluviosa, cuando tal ilusión me resultó extraordinariamente fuerte, y cuando, además, creí entrever una especie de débil exhalación, trémula y amarillenta, hablé a mi tío del asunto. Sonrió ante esta extraña idea, pero me pareció que su sonrisa estaba matizada por el recuerdo. Más tarde me enteré de que algo parecido formaba parte de las extrañas y antiguas habladurías de la gente llana, algo parecido que aludía a la necrófila y lobuna forma que tomaba el humo de la gran chimenea, y los extraños contornos que asumían las sinuosas raíces de los árboles que se abrían paso a través de las rotas piedras de los cimientos.

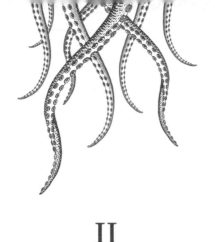

II

Hasta que llegué a adulto, mi tío no puso delante de mí las notas y datos tocantes a la casa maldita que había ido reuniendo. El doctor Whipple era un médico de la vieja escuela, cuerdo y conservador, y su interés por la casa no se debía a un ansia de dirigir los pensamientos de un joven hacia lo anómalo. Su propio punto de vista, que postulaba simplemente que la construcción y la localización de la casa eran totalmente contrarias a la sanidad, no tenía punto de contacto alguno con lo anormal, pero comprendía también que lo pintoresco del caso, que había despertado su propio interés, podía formar en la imaginativa mente de un chico toda clase de brutales asociaciones fantásticas.

El doctor era soltero, un caballero a la antigua usanza, de cabellos blancos y mejillas rasuradas, además de un notable historiador local que se había enfrentado a aquellos polemistas guardianes de la tradición como Sidney S. Rider y Thomas W. Bicknell. Vivía con un mayordomo en una residencia georgiana de aldaba y escalera guarnecida por una baranda, en un temible equilibrio sobre una escarpada cuesta de North Court Street, junto al antiguo tribunal de ladrillo y edificio colonial donde su abuelo —primo del renombrado corsario, el capitán Whipple, que prendió fuego a la artillada goleta *Gaspee* de su Majestad en 1772— había votado en la legislatura del 4 de mayo de 1776 por la independencia de la colonia de Rhode-Island. En torno suyo, en la húmeda biblioteca de techo bajo con mohosos artesonados blancos, repisa de chimenea pesadamente tallada y ventanas de pequeños cristales teñidos, estaban los recuerdos y documentos de su vieja familia, entre los que había muchas ambiguas alusiones a la casa maldita de Benefit Street. Ese apestado lugar no quedaba lejos, ya que Benefit corre justo sobre el tribunal, a lo largo de la escarpada colina en la que se encuentra el primer lugar.

Cuando, por fin, gracias a mi insistencia y los años adquiridos, pude arrancar el saber acumulado que le requería, tuve delante de mí una crónica bastante extraña. Prolija, estadística y horrenda resultaba la materia, y corría por ella una línea de tortuoso y tenaz horror, y de preternatural malevolencia, que me impresionó más de lo que había impresionado al buen doctor. Sucesos separados encajaban de una forma extraordinaria, y sucesos aparentemente intrascendentes mostraban filones de espantosas posibilidades. Una nueva y ardiente curiosidad fue apoderándose de mí, comparada con la cual mi infantil curiosidad era débil e incompleta. La primera de las revelaciones me condujo a una búsqueda exhaustiva y finalmente a esa estremecedora empresa que tan desastrosa resultó tanto para mí como para los míos. Porque al final mi tío insistió en unirse a la búsqueda que yo había comenzado y, luego de cierta noche en esa casa, no regresó conmigo. Ahora estoy solo, sin aquel espíritu amable cuyos largos años sólo rebosaban de honor, virtud, buen gusto, benevolencia y erudición. He erigido una urna de mármol en su memoria en el camposanto de St. John —el lugar bienamado de Poe—, oculto tras la inmensa arboleda de gigantescos sauces en la colina, donde las tumbas y lápidas se agolpan sosegadamente entre la mole antigua de la iglesia y las casas y muros de contención de Benefit Street.

La historia de la casa, abriéndose paso a través de un laberinto de datos, no da atisbos de nada siniestro ni en su construcción ni en lo referente a la próspera y honorable familia que la edificó. Y, sin embargo, del primer asomo de calamidad, pronto crecido a una significancia material, se colige alguna relación. La cuidada recopilación de datos de mi tío comienza con la construcción de la estructura en 1763, y abunda sobre el tema con una insólita acumulación de detalles. La casa maldita, según parece, fue primeramente habitada por William Harris y su esposa Rhoby Dexter, junto con sus hijos Elkanah, nacido en 1755, Abigail, en 1757, William Jr., en 1759, y Ruth, en 1761. Harris era un próspero comerciante y marino, dedicado al negocio de las Indias Occidentales, relacionado con la empresa de Obadiah Brown y sus sobrinos. A la muerte de Brown en 1761, la nueva compañía de Nicholas Brown & Co. le hizo capitán del bergantín *Prudence,* construido en Providence, de ciento veinte toneladas, lo que le permitió construirse el nuevo hogar que había soñado desde el momento de su matrimonio.

El emplazamiento elegido —una parte recién rectificada de la nueva y elegante Back Street, que corría al borde de la colina, sobre el poblado de Cheapside— tenía cuanto él deseaba, y el edificio hizo honor a su ubicación. Era lo mejor que una moderada fortuna podía conseguir, y Harris se apresuró a mudarse antes del nacimiento del quinto hijo, ya en camino. Este hijo, un chico, llegó en diciembre, pero nació muerto. Ningún niño nacería vivo en esa casa durante siglo y medio.

Una enfermedad se declaró el siguiente mes de abril entre los chicos, y Abigail y Ruth murieron antes de fin de mes. El doctor Job Ives diagnosticó que el mal era algún tipo de fiebre infantil, aunque otros llegaron a la conclusión de que se trataba más bien de agotamiento o decaimiento. Parecía, en todo caso, ser contagioso, ya que Hannah Bowen, una de las dos criadas, murió el junio siguiente. Eli Liddeason, la otra criada, se quejaba constantemente de cansancio, y hubiera regresado a la granja de su padre en Rehoboth de no mediar un repentino afecto hacia Mehitabel Pierce, que había sido contratada para sustituir a Hanna. Murió al año siguiente, un año triste de veras, ya que estuvo marcado por la muerte del propio William Harris, enfermo de fiebres, provocadas por el clima de Martinica, adonde su trabajo lo había llevado durante prolongados periodos en la década anterior.

La viuda Rhoby Harris nunca se recuperó de la pérdida de su marido, y la muerte de su primogénito Elkanah, dos años después, le hizo perder finalmente la razón. En 1768 fue víctima de una especie de locura benigna, y en adelante quedó confinada en la parte superior de la casa; la mayor de sus hermanas solteras, Mercy Dexter, se mudó para hacerse cargo de la familia. Mercy era una mujer sencilla y huesuda de gran fortaleza, pero su salud empeoró visiblemente desde su llegada. Quería mucho a su infortunada hermana, y sentía especial afecto por el único superviviente, su sobrino William, que de ser un chiquillo recio se había tornado en un joven enfermizo y delgaducho. Ese año murió la criada Mehitabel, y el otro sirviente, Preserved Smith, se marchó sin dar mayores explicaciones, o al menos ninguna, excepto historias extrañas y la queja de que le disgustaba el olor del lugar. Durante algún tiempo Mercy no pudo encontrar ayuda, ya que las siete muertes y el caso de locura, todos habidos en el plazo de cinco años, habían comenzado a gestar los chismorreos que tan extravagantes se volvieron después. Por fin, no obstante, obtuvo nuevos criados fuera de la ciudad: Ann White, una hosca mujer de la parte de Nort Kingston, ahora conocido como el puerto de Exeter, y un competente varón de Boston llamado Zenas Low.

Fue Ann White quien primero dio su forma definitiva a los siniestros rumores. Mercy debiera haber tenido más sentido común y no contratar a nadie oriundo del condado de Nooseneck Hill, ya que ese remoto pozo de incultura era entonces, como ahora, solar de las más desagradables supersticiones. Tan tardíamente como en el año 1892, una comunidad de Exeter exhumó un cadáver y lo quemó ceremoniosamente para prevenir ciertas visitas a conocidos del muerto, visitas dañinas para la salud y la paz públicas, y uno puede imaginarse las ideas de gente así en el año 1768. La lengua de Ann era perniciosamente activa y a los pocos meses Mercy la despidió, y cubrió su vacante con una piadosa y amigable criada de Newport, Maria Robbins.

Entretanto, la pobre Rhoby Harris, en su locura, ponía voz a sueños y fantasías de la clase más espantosa. A veces sus gritos resultaban insoportables, y durante largos periodos vociferaba acerca de horrores tales que hubo que enviar por un tiempo a su hijo con su tía Peleg Harris, en Presbiterian Lane, cerca de la universidad. El chico pareció mejorar con tales visitas, y de haber sido tan inteligente como bienintencionada Mercy lo hubiera dejado viviendo permanentemente con Peleg. La tradición varía en lo tocante a qué gritaba la señora Harris durante sus estallidos de violencia, o, más bien, existen informes tan extravagantes que se descalifican a sí mismos por su propio y completo absurdo. Desde luego, es ridículo que digan que una mujer que solamente tenía conocimientos rudimentarios de francés pudiera prorrumpir a menudo, durante horas, en ordinarieces y giros complejos de esa lengua, o que esa misma persona, sola y vigilada, pudiera quejarse de forma extraña acerca de un ser acechante que la mordía y roía. En 1772 murió el criado Zenas, y la señora Harris, al conocer la noticia, se rio con una alegría estremecedora, completamente impropia de ella. Ella misma murió al año siguiente y fue entregada al reposo eterno en el Cementerio Norte, junto a su marido.

Al estallar las hostilidades con Gran Bretaña, en 1775, William Harris, a pesar de sus escasos dieciséis años y su débil constitución, se las apañó para alistarse en la Flota de Observación y, desde ese instante, ganó sin cesar salud y prestigio. En 1780, siendo capitán de Rhode Island en Nueva Jersey, bajo el mando del coronel Angell, conoció y acabó desposando a Phebe Hetfield de Elizabethtown, a la que llevó a Providence al ser honorablemente licenciado al año siguiente.

No todo fue felicidad en el regreso del joven soldado. La casa, es cierto, aún seguía en buen estado, y la calle había sido ensanchada, y se había cambiado su nombre de Back Street por el de Benefit Street. Pero la otrora robusta Mercy Dexter había sufrido una curiosa y triste decadencia, por lo que ahora era una figura inválida y patética, de voz profunda y palidez desconcertante, cualidades compartidas hasta un grado singular por la única criada que quedaba, María. En el otoño de 1782, Phebe Harris dio a luz a una niña muerta y, el 15 del mayo siguiente, Mercy Dexter llegó al final de una vida provechosa, austera y virtuosa.

William Harris, completamente convencido por fin de la total insalubridad de la morada, dio los pasos necesarios para abandonarla y cerrarla para siempre. Buscó alojamiento temporal para su esposa y para él mismo en la recién inaugurada posada Golden Ball, e hizo construir una casa nueva y más pequeña en Westmister Street, en la parte nueva de la ciudad, al otro lado del Gran Puente. Allí, en 1785, nació su hijo Dutee, y allí vivió la familia hasta que la invasión del comercio les hizo regresar cruzando el río y la colina hasta Angell Street, en el renovado distrito residencial de East Side, donde el finado Archer Harris construyó su suntuosa pero horripilante mansión de techo francés en 1876. Tanto William como Phebe sucumbieron durante la epidemia de fiebre amarilla de 1797, y Dutee fue criado por su primo Rathbone Harris, hijo de Peleg.

Rathbone era un hombre práctico y alquiló la casa de Benefit Street a pesar de que William había deseado mantenerla vacía. Se consideraba en la obligación, como custodio, de sacar el mayor rendimiento a las propiedades del muchacho, sin importarle las muertes y enfermedades que tantos cambios de inquilino habían causado, ni la cada vez mayor aversión con que se miraba la casa. Es de suponer que se sintiera ante todo ofendido cuando, en 1804, el ayuntamiento le ordenó fumigar el sitio con azufre, brea y alcanfor tras las muy comentadas muertes de cuatro personas, presumiblemente por culpa de la fiebre epidémica de decaimiento. Se decía que un hedor febril procedía de la casa.

El propio Dutee pensaba poco en la casa, ya que oficiaba de corsario, y sirvió con distinción en el *Vigilant,* al mando del capitán Cahoone, en la guerra de 1812. Volvió sano y salvo, se casó en 1814 y fue padre la memorable noche del 23 de septiembre de 1815, cuando un tremendo temporal lanzó las aguas de la bahía sobre media ciudad y arrastró un gran balandro por Westminster Street, de forma que sus mástiles casi golpearon contra las ventanas de Harris, en simbólica afirmación de que el chico, Welcome, era hijo de marino.

Welcome no sobrevivió a su padre, pero vivió lo suficiente para morir gloriosamente en Fredericksburg, en 1862. Ni él ni su hijo Archer tuvieron la casa por otra cosa que una molestia casi imposible de alquilar, quizá debido a los informes sobre el moho y enfermizo olor de malsana vetustez. Realmente, nunca fue alquilada tras una serie de muertes que culminaron en 1861, cuando la agitación de la guerra tendió a oscurecerlas. Carrington Harris, el último de la línea masculina, la conoció sólo como un vacío y algo pintoresco centro de leyendas, hasta que le conté mi experiencia. Había pensado demolerla y construir en su lugar un edificio de apartamentos, pero tras lo que le dije decidió dejarla tal como estaba, instalar fontanería y alquilarla. Hasta ahora no ha tenido dificultad alguna para conseguir inquilinos. El horror ya no está.

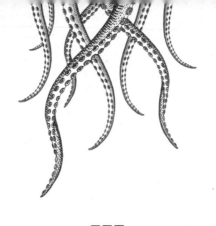

III

Bien puede imaginarse cuán poderosamente me afectó la historia de los Harris. En todo este registro continuo creí detectar una persistente malicia, diferente a nada de lo que yo hubiera encontrado en la naturaleza, una maldad conectada con la casa, y no con la familia. Esta impresión se veía confirmada por la menos sistemática recopilación de distintos datos realizada por mi tío: cuentos creados por los chismorreos de sirvientes, recortes de periódicos, copias de los certificados de defunción emitidos por otros médicos y cosas por el estilo. No me es posible reproducir todo este material, ya que mi tío era un coleccionista incansable y estaba profundamente interesado en lo tocante a la casa maldita, pero debo hacer referencia a ciertos puntos principales que lo son más por cuanto que se repiten a lo largo de muchos informes, de fuentes muy diversas. Por ejemplo, las habladurías de los criados eran prácticamente unánimes al atribuir al fungoso y maloliente sótano una inmensa importancia en la maligna influencia. Los criados, sobre todo Ann White, se negaban a usar la cocina del sótano, y al menos tres historias bien definidas tratan de los diabólicos y casi humanos perfiles que asumían las raíces de los árboles y los parches de moho en aquel lugar. Este último tipo de historias me interesaba en grado sumo, por la consonancia con lo que yo había visto en mi juventud, aunque sentía que lo más relevante había sido en cada caso ampliamente oscurecido por la adición de toda la parafernalia común del folclore local sobre fantasmas.

Ann White, con sus supersticiones de Exeter, había hecho correr las patrañas más consistentes y más extravagantes a un tiempo, aduciendo que debía de estar enterrado en la casa uno de esos vampiros —los muertos que retienen su forma corporal y se alimentan de la sangre y el aliento de los vivos— cuyas odiosas legiones mandan sus cuerpos parásitos o sus espíritus a rondar durante la noche. Para destruir a un vampiro, según las viejas, hay que exhumarlo y quemar su corazón, o al menos clavar una estaca en tal órgano, y la insistencia desmedida de Ann en lo tocante a buscar bajo el sótano tuvo mucho que ver con su despido.

Sus habladurías, no obstante, gozaron de amplia aceptación, y fueron más fácilmente aceptadas por cuanto que la casa se levantaba de hecho sobre un terreno que una vez había sido usado como lugar de enterramiento. Para mí, el interés dependía menos de esta circunstancia que de la forma tan peculiar y apropiada con que se ajustaban a otras cosas: el comentario, al marcharse, del criado Preserved Smith, que había precedido a Ann y que nunca tuvo contacto con ella, acerca de que algo «chupaba su aliento» durante la noche; los certificados de defunción de las víctimas de la fiebre de 1804, firmados por el doctor Chad Hopkins, que informaban de que los cuatro muertos mostraban una inexplicable falta de sangre, así como los oscuros raptos de locura de la pobre Rhoby Harris en los que hablaba sobre los dientes afilados de una entidad de ojos vidriosos, visible sólo a medias.

Estando, como estoy, libre de supersticiones tontas, tales hechos me produjeron una extraña sensación, aumentada por un par de recortes de periódico, muy separados en el tiempo, referentes a muertes habidas en la casa maldita —uno procedente del *Providence Gazette and Country Journal*, del 12 de abril de 1815, y otro del *Daily Transcript and Chronicle*, del 27 de octubre de 1845—, en los que se detallaba una espantosa y terrible circunstancia cuya duplicación es de reseñar. Parece ser que, en ambos casos, los fallecidos, una amable anciana llamada Stafford, en 1815, y un maestro de escuela, de mediana edad, llamado Eleazar Durfee, en 1845, se transformaron horriblemente, mirando vidriosamente y tratando de morder la garganta del médico que les atendía. Y aún más desconcertante, creo, era el último caso, el que puso fin al alquiler de la casa; una serie de muertes por anemia, precedidas de una progresiva locura, durante la cual los pacientes atentaban insidiosamente contra la vida de sus allegados mediante incisiones en la garganta o las muñecas.

Eso fue en 1860 y 1861, justo cuando mi tío acababa de comenzar a ejercer la medicina, y, antes de partir para el frente, oyó hablar bastante del caso a sus colegas más viejos. Lo verdaderamente inexplicable del caso era la forma en que las víctimas —gente inculta, ya que la casa, maloliente y universalmente tenida por maldita, no podía ser alquilada a otros— balbuceaban maldiciones en francés, un idioma que seguramente no habían estudiado previamente en forma alguna. Repetían cosas como las que decía la pobre Rhoby Harris casi un siglo antes, y esto impresionó tanto a mi tío que empezó a reunir datos históricos sobre la casa, después de escuchar, luego de su regreso de la guerra, los relatos de primera mano de los doctores Chase y Whitmarsh. De hecho, era visible que mi tío había reflexionado con profundidad sobre el tema y que le agradaba mi propio interés, un interés abierto de mente y bien dispuesto, que le permitía discutir conmigo asuntos de los que otros simplemente se hubieran reído. Su imaginación no había llegado tan lejos como la mía, pero sentía que aquel lugar era raro en potencia y resultaba digno de ser tenido en cuenta como una inspiración en el campo de lo grotesco y lo macabro.

Por mi parte, estaba dispuesto a abordar todo aquel asunto con la mayor seriedad, y comencé no sólo a revisar los datos, sino también a acumular cuantos podía. Hablé con el anciano Archer Harris, entonces propietario de la casa, muchas veces, con anterioridad a su muerte en 1916, y obtuve de él y de su hermana soltera Alice, que aún vive, una verdadera colaboración en lo que respecta a todos los datos sobre su familia reunidos por mi tío. Sin embargo, cuando les pregunté sobre las conexiones que con Francia o con su idioma pudiera haber tenido la casa, se confesaron abiertamente tan desconcertados e ignorantes como yo mismo. Archer no sabía nada, y todo lo que la señorita Harris pudo contarme fue una vieja alusión escuchada a su abuelo Dutee Harris y que podía arrojar algo de luz. El viejo marino, que había sobrevivido dos años a la muerte de su hijo Welcome en batalla, no había conocido de primera mano la leyenda, pero recordaba que su primera aya, la vieja María Robbins, parecía a medias consciente de algo que podía arrojar un extraño significado a los delirios en francés de Rhoby Harris, ya que ella había presenciado bastante de los últimos días de la infortunada mujer. María había estado en la casa maldita desde 1769 hasta la mudanza de la familia en 1783, y había visto a Mercy Dexter morir. Una vez había hecho al joven Dutee una insinuación sobre una peculiar circunstancia de los postreros momentos de Mercy, pero él pronto había olvidado todo, salvo que era algo muy curioso. La nieta, a su vez, lo recordaba con gran dificultad. Ella y su hermano no estaban tan interesados en la casa como el hijo de Archer, Carrington, el actual heredero, con el que hablé tras mi aventura.

Habiendo obtenido de la familia Harris cuanta información pudo suministrar, volví mi atención sobre los registros y escrituras más tempranos de la ciudad, empleándome con un celo aún mayor que el mostrado por mi tío en sus ocasionales incursiones en tal campo. Lo que deseaba era una historia total del terreno, desde su poblamiento real en 1636, o aun antes, si es que las leyendas de los indios narragansett podían ser exhumadas en busca de datos. Encontré que, al principio, la tierra había sido parte de una gran franja de terrenos originalmente concedida a John Throckmorton, una de las muchas similares que comienzan en Town Street, junto al río, para extenderse colina arriba a lo largo de una línea que, a grandes rasgos, se corresponde con la moderna Hope Street. El lote de Throckmorton, más tarde, por supuesto, fue ampliamente subdividido, y me acostumbré a rastrear esa sección por la que posteriormente había pasado Back o Benefit Street. Existía, de hecho, un rumor según el cual aquello había sido el cementerio de los Throckmorton, pero, examinando cuidadosamente los registros, descubrí que las tumbas habían sido trasladadas en fecha temprana al Cementerio Norte, en la carretera Pawtucket Oeste.

Entonces encontré de repente —por un extraño golpe de suerte, ya que no estaba en el grupo principal de datos y podía haberse perdido con facilidad— algo que despertó mi interés en grado sumo, dado que encajaba con algunos de los puntos más oscuros de todo aquel asunto. Era el contrato de arriendo, en 1697, de una pequeña porción de terreno a Etienne Roulet y su esposa. Por fin surgía un elemento francés —aparte de que ese nombre conjuró, desde los más oscuros recovecos de mis extrañas y dispares lecturas, otros elementos más profundos de horror—, y febrilmente estudié los planos de la localidad tal como había sido antes de acortar y parcialmente enderezar Back Street, entre 1747 y 1758. Descubrí lo que ya esperaba a medias: que donde ahora se alza la casa maldita habían sido enterrados los Roulet, junto a una granja de una planta y ático, y que no existía ningún informe sobre el traslado de los cadáveres. El documento, de hecho, finalizaba con gran confusión, y me vi obligado a rebuscar tanto en la Sociedad Histórica de Rhode Island como en la Biblioteca Shepley, antes de encontrar algún registro local que consignase el nombre de Etienne Roulet. Finalmente encontré algo, algo de la más vaga y monstruosa importancia que me empujó a examinar con un nuevo y excitado detenimiento el sótano de la casa maldita.

Los Roulet, al parecer, habían llegado en 1696 de East Greenwich, en la orilla oeste de la bahía Narragansett. Eran hugonotes de Caude, y encontraron una tremenda oposición antes de que los ediles de Providence les permitieran instalarse en la ciudad. La impopularidad los había acosado en East Greenwich, a la que habían llegado tras la revocación del edicto de Nantes, y los rumores decían que el rechazo iba más allá de prejuicios raciales o nacionales, o de las disputas por tierra que involucraron a otros colonos franceses con los ingleses y que ni siquiera el gobernador Andros pudo aplacar. Pero su ardiente protestantismo —demasiado ardiente, según algunos—, así como su evidente dolor por haber sido virtualmente expulsados del pueblo de la bahía, les granjearon la simpatía de los padres de la ciudad. Aquí se ofreció a los extranjeros un refugio, y el moreno Etienne Roulet, menos ducho en agricultura que en leer extraños libros y trazar raros diagramas, obtuvo un puesto administrativo en el almacén de Pardon Tillinghast, en el muelle, bastante al sur de Town Street. Había habido, no obstante, un motín de algún tipo más tarde —puede que unos cuarenta años, después de la muerte de Roulet—, y nadie parece haber oído hablar de la familia con posterioridad a esa fecha. Durante un siglo o más, al parecer, se había recordado perfectamente a los Roulet, y con frecuencia se hablaba de ellos por importantes incidentes en la tranquila vida de un puerto de Nueva Inglaterra. El hijo de Etienne, Paul, un hosco personaje cuya vida irregular sin duda había provocado el tumulto que expulsó a la familia, era en particular fuente de muchas especulaciones, y, aunque Providence nunca sufrió el pánico a las brujas que se apoderó de sus vecinos puritanos, las viejas solían contar que sus plegarias nunca se pronunciaban en el momento adecuado ni se dirigían a quien debían. Todo esto, sin duda, era parte de la leyenda conocida por la vieja María Robbins. Qué relación pudiera tener todo esto con los arrebatos en francés de Rhoby Harris y otros habitantes de la casa maldita, sólo la imaginación o futuros descubrimientos podrían determinarlo. Me preguntaba cuántos de aquéllos que habían conocido las leyendas comprendían como yo la relación de todo esto con lo terrible, puesto que mis vastas lecturas me habían llevado a ese ominoso capítulo en los anales del horror morboso que hablan del engendro llamado Jacques Roulet, de Caude, que fue condenado a muerte en 1598, acusado de endemoniado, pero que se salvó de la hoguera por intervención del Parlamento de París, y fue encerrado en una casa de locos. Fue encontrado cubierto de sangre y jirones de carne en un bosque, poco después de la muerte y despedazamiento de un chico por un par de lobos. Uno de los lobos fue visto alejándose, sin que pudiera ser cazado. Seguramente era un buen cuento de viejas, con un extraño significado en lo tocante al nombre y lugar, pero llegué a la conclusión de que los chismes de Providence no tenían ninguna relación con esto. De haberla tenido, la coincidencia de nombre hubiera provocado alguna acción drástica y espantosa... De hecho, ¿no sería una versión de tal chisme lo que habría precipitado el tumulto final que expulsó a los Roulet de la ciudad? Luego visité el lugar maldito, cada vez con mayor frecuencia, estudiando la malsana vegetación del jardín, examinando los muros del edificio y escudriñando cada centímetro del suelo de tierra del sótano. Por último, con el permiso de Carrington Harris, me hice con una llave de la abandonada puerta del sótano que daba a Benefit Street, para lograr un acceso más inmediato al mundo exterior del que suministraban las oscuras escaleras, el vestíbulo con suelo de tierra y la puerta del frente. Allí, donde lo morboso acechaba con mayor claridad, busqué y hurgué durante largas tardes, mientras la luz del sol se filtraba por las ventanas cubiertas de telarañas, sintiéndome seguro gracias a la puerta abierta que me dejaba a escasos metros de la plácida acera exterior. Nada nuevo recompensó mi esfuerzo —sólo el mismo enmohecimiento depresivo y esa débil sugerencia de malsanos olores y salitrosos perfiles sobre el suelo—, mientras imaginaba que muchos peatones debían haberme mirado con curiosidad a través de los vidrios rotos.

Al fin, por sugerencia de mi tío, decidí examinar el sitio en la oscuridad, y una noche de tormenta dejé correr los rayos de una linterna sobre el suelo mohoso, con sus extrañas formas y sus hongos deformes y medio fosforescentes. El lugar me había desazonado de forma curiosa esa tarde y me encontraba casi preparado cuando vi —o creí ver— entre los depósitos blancuzcos una «forma acurrucada» particularmente bien definida, tal como había sospechado en mi infancia. Estaba tan bien perfilada que resultaba impactante y sin precedentes, y, mientras observaba, me pareció ver de nuevo la exhalación débil, amarillenta y reluciente que me había sobresaltado aquella tarde lluviosa, tantos años atrás.

Se alzaba sobre el antropomórfico parche de moho, junto a la chimenea, un vapor casi luminoso, insinuado, enfermizo, que pendía temblando en la humedad y parecía desarrollar vagas y estremecedoras sugerencias de forma, que gradualmente pasaban a un nebuloso decaimiento y se introducían en la negrura de la gran chimenea, dejando a su paso un hedor. Era en verdad horrible, y aún más por lo que yo sabía sobre aquel sitio. Resistiéndome a huir, lo observé desvanecerse y, mientras lo contemplaba, sentí cómo se giraba a mirarme con avidez, con ojos más imaginables que visibles. Cuando se lo conté a mi tío, sufrió una tremenda agitación, y tras una hora de tensa reflexión tomó una decisión definitiva y contundente. Sopesando en su interior la importancia del asunto y lo significativo de nuestra relación con él, insistió en que debíamos comprobar, y a ser posible destruir, el horror de la casa, pasando juntos una noche, o varias, de agresiva vigilancia en ese sótano mohoso y maldito por los hongos.

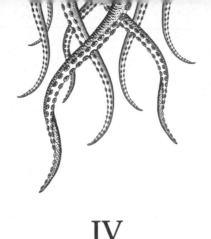

IV

El miércoles 25 de junio de 1919, tras informar adecuadamente a Carrington Harris, sin darle indicios de lo que esperábamos encontrar, mi tío y yo llevamos a la casa maldita dos sillas portátiles y un camastro plegable, además de algunos ingenios científicos de gran peso y complejidad. Los instalamos en el sótano durante el día, tapando las ventanas con papel, y planeamos regresar por la tarde para efectuar nuestra primera vigilancia. Habíamos cerrado la puerta que iba del sótano al primer piso y, como teníamos una llave de la puerta exterior de aquél, estábamos dispuestos a dejar nuestros caros y delicados aparatos —que habíamos obtenido secretamente, con gran gasto— cuantos días necesitase nuestra vigilancia. Habíamos decidido que nos sentaríamos juntos hasta altas horas de la noche y luego vigilaríamos hasta el alba, en turnos de dos horas, primero yo y después mi acompañante, y que el que no hiciese guardia descansase en el camastro.

La forma natural en que mi tío obtuvo los instrumentos de los laboratorios de la Universidad Brown y la armería de Cranston Street, así como el que instintivamente asumiera la dirección de nuestra aventura, resulta maravillosamente ilustrativa de la vitalidad potencial y la resistencia de un hombre de ochenta y un años. Elihu Whipple había vivido según las normas higiénicas que prescribiera como médico y, de no mediar lo que entonces sucedió, aún hoy seguiría en toda su plenitud. Sólo dos personas supimos lo que ocurrió: Carrington Harris y yo mismo. Tuve que contárselo a Harris porque era el dueño de la casa y tenía que saber qué era lo que había desaparecido de allí. Entonces, además, ya le habíamos hablado sobre los avances de nuestras investigaciones y supuse que, tras la pérdida de mi tío, podría entenderme y ayudarme a dar alguna explicación pública y vitalmente necesaria. Se puso muy pálido, pero aceptó ayudarme y decidió que ya era libre de alquilar la casa.

Decir que no estábamos nerviosos esa lluviosa noche de espera sería una tosca y ridícula exageración. No éramos, como ya he dicho, en absoluto infantilmente supersticiosos, pero los estudios y reflexiones científicas nos habían enseñado que el universo conocido de tres dimensiones comprende la más simple de las fracciones de todo el cosmos de materia y energía. En este caso, una alucinante preponderancia de evidencias de fuentes numerosas y auténticas apuntaba a la tenaz existencia de ciertas fuerzas de gran poder y, por lo que respecta al punto de vista humano, de especial malignidad. Decir que ya creíamos en vampiros u hombres lobo sería una afirmación descuidada. Más bien debiera decirse que no estábamos dispuestos a negar la posibilidad de la existencia de ciertas modificaciones, poco familiares e inclasificables, de las fuerzas vitales y la materia atenuada, modificaciones que tienen lugar muy infrecuentemente en el espacio tridimensional, ya que está más íntimamente conectado con otras áreas espaciales, aunque lo bastante cerca del límite de nuestro propio mundo como para darnos ocasionales manifestaciones que nosotros, a falta de una adecuada visión panorámica, nunca podremos esperar comprender.

Resumiendo, nos parecía, a mi tío y a mí, que un incontrovertible cúmulo de hechos señalaba a alguna influencia persistente en la casa maldita; rastreable hasta uno u otro de los infortunados colonos franceses de hacía dos siglos, y aún actuante a través de leyes extrañas y desconocidas del movimiento atómico y electrónico. Que la familia de Roulet había tenido una anormal afinidad con otros círculos de existencia —oscuras esferas hacia las que la gente común no guarda sino repulsión y terror— parece probado por su historia escrita. ¿No habría provocado, entonces, el tumulto del pasado siglo XVII ciertas pautas cinéticas en el malsano cerebro de uno o más de ellos —sobre todo del siniestro Paul Roulet— que de alguna forma oscura sobrevivió a los cuerpos muertos y enterrados por el populacho, y seguía actuando aún en algún espacio multidimensional, a lo largo de las originarias líneas de fuerza, determinadas por un odio frenético hacia la comunidad que le había atacado?

Esto, seguro que no era imposible física o bioquímicamente, a la luz de la nueva ciencia que incluye las teorías de la relatividad y la acción intraatómica. Uno podía imaginarse fácilmente un núcleo extraño de sustancia o energía, informe o no, mantenido con vida mediante la sustracción imperceptible o inmaterial de fuerzas vitales o tejidos corporales y fluidos de otros y más sustanciales seres vivos, en los que penetraba y con cuyos tejidos a veces se mezclaba por completo. Podía ser positivamente hostil o estar movido por las ciegas tendencias de la autoconservación. En cualquier caso, un monstruo así debía de ser, en nuestro esquema de las cosas, necesariamente anómalo y un intruso, y su extirpación era una tarea primordial para cualquier hombre que no fuera enemigo de la vida humana, la salubridad y la cordura.

Lo que nos despistaba era nuestra total ignorancia sobre el aspecto en que podríamos encontrar al ser. Ninguna persona cuerda lo había visto, y pocos lo habían sentido nunca definidamente. Podía tratarse de energía pura —una forma etérea y fuera de los dominios de la materia—, o podía ser parcialmente material, alguna masa desconocida y equívoca de plasticidad, capaz de cambiar voluntariamente a nebulosas aproximaciones de los estados sólido, líquido, gaseoso o de nube de partículas. La forma antropomórfica del moho en el suelo, las formas del amarillento vapor y las curvaturas de las raíces de los árboles en algunas de las viejas historias apuntaban en conjunto y al final a una remota y reminiscente conexión con la forma humana, pero cuán representativa o permanente pudiera ser tal similitud, nadie podía decirlo con certeza.

Contábamos con dos armas para luchar contra él: un tubo de Crookes grande y especialmente equipado, alimentado por una batería de gran capacidad y provisto de particulares pantallas y reflectores, para el caso de que el ser demostrase ser intangible y sólo pudiera ser combatido mediante radiaciones vigorosamente destructivas, y un par de lanzallamas militares de la clase utilizada en la guerra mundial, para el caso de que fuera parcialmente material y susceptible de destrucción mecánica, ya que, como los paletos supersticiosos de Exeter, estábamos dispuestos a quemar el corazón del ser, en caso de que tuviera alguno que pudiera quemarse. Metimos todo este despliegue guerrero en el sótano, en una disposición cuidadosamente medida respecto al catre y las sillas, así como al lugar, situado ante la chimenea, en el que el moho tomaba formas extrañas. Esta sugestiva zona, desde luego, era sólo débilmente visible al instalar nuestros muebles e instrumental, así como también cuando volvimos esa tarde para la vigilancia. Por un momento, yo casi había dudado que hubiera siquiera visto la más mínima forma, pero luego pensé en las leyendas.

La vigilancia del sótano comenzó a las diez de la noche, la luz del día ahorrándonos más tiempo, y mientras la realizábamos no tuvimos atisbos de que fuera a suceder nada. Se filtraba un débil resplandor, procedente de las farolas callejeras del exterior, azotadas por la lluvia, y una tenue fosforescencia de los detestables hongos interiores mostraba las rezumantes piedras del muro, de las que todo vestigio de revoque había desaparecido; el húmedo y fétido suelo de tierra dura, comido por mohos y obscenos hongos; los restos podridos de lo que debieron de ser taburetes, sillas y mesas, así como otros muebles menos identificables; los pesados tablazones y las grandes vigas de la planta baja sobre nuestras cabezas; la decrépita puerta de tablones que llevaba a alacenas y estancias bajo otras partes de la casa; la destartalada escalera de piedra con su rota barandilla de madera, y la tosca y cavernosa chimenea de ladrillos en la que se oxidaban fragmentos de ganchos, morillos, asadores, soportes y una puerta de horno holandés…: todo eso iluminaba, aparte de nuestros austeros camastro y sillas plegables, y la pesada y destructiva maquinaria que habíamos llevado con nosotros.

Como en mis primeras exploraciones, habíamos dejado sin cerrar la puerta de la calle, para obtener así una forma de escape rápida y directa que pudiera estar franca en caso de producirse manifestaciones que no pudiéramos controlar. Suponíamos que nuestra continua presencia nocturna despertaría a cualquier entidad maligna que se ocultase allí y que, estando preparados, podríamos acabar con el ser, mediante uno u otro de los medios de los que nos habíamos provisto, tan pronto como le hubiéramos reconocido y observado lo suficiente. No sabíamos cuánto tiempo podría llevar el convocar y aniquilar al ser. Se nos ocurrió, además, que nuestra aventura podía resultar arriesgada, ya que no podíamos calcular con cuánta fuerza aparecería el ser. Pero creíamos que el riesgo valía la pena y nos embarcamos en la aventura, solos y sin dudar, sabedores de que la búsqueda de ayuda exterior podía exponernos al ridículo y quizá dar al traste con todos nuestros planes. Tales eran nuestros pensamientos mientras hablábamos, ya bien entrada la noche, hasta que la cada vez mayor somnolencia de mi tío me movió a recordarle que tenía que tumbarse para pasar sus dos horas de sueño.

Sentí el estremecimiento de algo parecido al miedo mientras me sentaba a solas, a esas horas de la madrugada; y digo solo, porque uno que se sienta acompañado de un durmiente está solo, quizá más solo de lo que quiere creer. Mi tío respiraba pesadamente, acompasando sus hondas inspiraciones y espiraciones a la lluvia de fuera, puntuada por el enervante sonido del agua goteando, ya que la casa era repulsivamente húmeda incluso en tiempo seco, y, sin duda, aquella tormenta la empaparía. Estudié la desmoronada y antigua albañilería de los muros a la luz de los hongos y los débiles rayos que se colaban de la calle a través de las tapadas ventanas; una vez, cuando la asfixiante atmósfera del lugar pareció casi enfermarme, abrí la puerta y observé arriba y abajo la calle, alegrándome los ojos con las imágenes familiares y el olfato con el aire puro. Nada vino a recompensar mi espera y yo bostezaba repetidamente, mientras la fatiga se imponía a la mayor de las aprensiones.

En ese momento, la agitación de mi tío entre sueños me llamó la atención. Se había girado varias veces en el catre, inquieto, en la última mitad de la primera hora, pero ahora respiraba con una irregularidad insólita, lanzando ocasionalmente un suspiro que tenía más que un poco de gemido sofocado. Enfoqué mi luz sobre él y vi que tenía el rostro vuelto, por lo que me levanté y fui al otro lado del jergón, alumbrando de nuevo para averiguar si sufría de algo. Lo que vi me sobresaltó de una forma harto sorprendente, habida cuenta de su relativa banalidad. Debió de tratarse simplemente de la asociación de una extraña circunstancia con la siniestra naturaleza de nuestro emplazamiento y misión, porque desde luego no se trataba de nada que, por sí mismo, fuera espantoso o antinatural. Fue sólo que la expresión facial de mi tío, perturbada sin duda por el extraño sueño que el emplazamiento propiciaba, traslucía una considerable agitación y no parecía del todo suya. Su expresión normal era de amabilidad y calma cortés, en tanto que en esos momentos parecía debatirse en su interior toda una variedad de emociones. Creo, en el fondo, que fue esa variedad lo que me sobresaltó tanto. Mi tío, mientras boqueaba y se debatía con creciente turbación, con los ojos ahora abiertos, parecía, no uno, sino muchos hombres, y sugería una extraña sensación de algo ajeno en él.

Entonces comenzó a musitar, y no me gustó el aspecto de su boca y sus dientes mientras hablaba. Al principio las palabras eran ininteligibles, pero luego —con tremendo sobresalto— reconocí algo en ellas que me colmó de un gélido terror, hasta que recordé lo enorme de la educación de mi tío, así como la interminable traducción que había hecho de artículos antropológicos y arqueológicos de la *Revue des Deux Mondes*. Porque el venerable Elihu Whipple estaba murmurando en francés, y las pocas frases que pude distinguir parecían conectadas con los más oscuros de los mitos que él adaptara de esa famosa revista de París.

Repentinamente, el sudor cubrió la frente del durmiente y éste se incorporó de golpe, medio despierto. El balbuceo en francés se trocó por un grito en inglés y, con voz ronca, prorrumpió excitadamente: «¡Mi aliento, mi aliento!». Luego despertó por completo y, asumiendo la expresión facial que era su normal estado, mi tío me tomó de la mano y comenzó a contarme un sueño ante cuyo más profundo significado yo sólo pude sumirme en una especie de terror.

Dijo que había estado flotando a través de una serie sumamente extraordinaria de sueños-imágenes en una escena cuya extrañeza no se relacionaba con nada de lo que él hubiera leído. Pertenecía y no pertenecía a la vez a este mundo; era una sombría confusión geométrica en la que pudo ver elementos de cosas familiares en combinaciones de lo más extrañas y perturbadoras. Había una insinuación de imágenes extrañamente desordenadas, superpuestas unas sobre otras, un arreglo en el que lo esencial, tanto del tiempo como del espacio, parecía disolverse y mezclarse de la forma más ilógica. En este calidoscópico vórtice de fantasmales imágenes había esporádicas instantáneas, si uno puede usar ese término, de singular claridad, pero indescriptiblemente heterogéneas.

En cierta ocasión mi tío creyó yacer en un pozo cavado de mala manera, con una multitud de rostros furiosos enmarcados por pelambreras desordenadas y sombreros de tres picos, que lo miraban con el ceño fruncido. De nuevo creyó estar en el interior de una casa —una casa vieja, al parecer—, pero los detalles e inquilinos cambiaban constantemente y no pudo nunca estar seguro de cuáles eran los rostros o los muebles, o siquiera cuál era la habitación misma, ya que, de hecho, puertas y ventanas parecían cambiar de estado tan rápido como los objetos presumiblemente más móviles. Sonaba extraño —condenadamente extraño—, y mi tío hablaba casi tímidamente, como si medio esperase no ser creído, al decir que muchos de los extraños rostros tenían facciones que, inconfundiblemente, eran de la familia Harris. Y que durante todo el rato había sentido una sensación de ahogo, como si alguna omnipresente entidad hubiera fluido por su interior e intentase apoderarse de sus procesos vitales. Me estremecí al pensar en tales procesos vitales, gastados como estaban por ochenta y un años de continuo trabajo, luchando con desconocidas fuerzas ante las que organismos más jóvenes y fuertes harían bien en atemorizarse; pero al instante siguiente me dije que los sueños son sólo sueños, y que tales visiones desagradables podían deberse, después de todo, más que nada a la reacción de mi tío ante las investigaciones y expectativas que en los últimos tiempos habían colmado nuestras mentes, hasta el punto de excluir de ellas cualquier otra cosa.

Además, la conversación pronto tendió a disipar mi sentido de extrañeza y, al cabo, comencé a bostezar y fue mi turno de echarme a dormir. Mi tío parecía ahora bien despierto y dio la bienvenida a ese periodo de observación, aun cuando la pesadilla le había despertado bastante antes de sus dos horas asignadas. El sueño me vino pronto y, a mi vez, me vi acosado por sueños de la clase más perturbadora. En mis visiones, sentí una soledad cósmica y abismal, con la hostilidad surgiendo de todas partes, en alguna prisión en la que me encontraba confinado. Creí estar atado y amordazado, y sufriendo el escarnio de resonantes aullidos producto de distantes multitudes que pedían mi sangre. El rostro de mi tío me produjo asociaciones menos placenteras que en las horas de vigilia, y recuerdo haber hecho muchos y fútiles intentos de debatirme y luchar. No fue un sueño placentero, y durante un segundo no me percaté del grito penetrante que traspasó las barreras oníricas y que me provocó un áspero y sobresaltado despertar, en el que cada objeto era visible con mayor claridad y definición de lo que era natural.

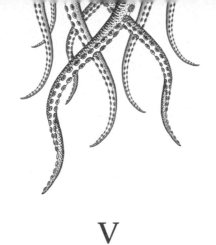

V

Había estado tumbado con el rostro vuelto hacia el lado contrario al de la silla de mi tío, por lo que, en el súbito despertar, no vi más que la puerta de la calle, la ventana situada más al norte y el muro, suelo y techo más septentrionales de la estancia, todo como fotografiado con morbosa claridad en mi cerebro, por obra de una luz más brillante que el resplandor de los hongos o el fulgor de las farolas callejeras. No era muy fuerte, ni siquiera bastante fuerte; desde luego, no lo suficiente como para leer un libro de tipo normal. Pero sí lo bastante como para arrojar una sombra, tanto de mí mismo como del catre, sobre el suelo, y tenía una fuerza amarilla y penetrante que la distinguía con claridad de la luminosidad anterior. Todo eso lo percibí con malsana claridad a pesar del hecho de que mis otros sentidos estaban violentamente estremecidos. En mis oídos resonaban las reverberaciones de aquel estremecedor grito, mientras mi olfato se revelaba ante el aroma que impregnaba el lugar. Mi mente, tan alerta como mis sentidos, reconoció lo gravemente insólito que era todo aquello, y, casi automáticamente, me incorporé, dando la vuelta alrededor del catre para echar mano de los instrumentos destructivos que habíamos dejado dispuestos ante la mohosa porción delante de la chimenea. Al dar la vuelta, me estremecí pensando en lo que iba a ver, ya que el grito procedía de mi tío, y no sabía contra qué amenaza debería defendernos, tanto a él como a mí mismo. Sin embargo, al cabo, la visión fue aún peor de lo que me temía. Existen horrores más allá de los horrores, y éste era uno de esos núcleos de onírico espanto que el cosmos se reserva para golpear y maldecir a unos pocos infortunados. De la tierra fungosa brotaba un cuerpo de luz vaporoso, amarillo y enfermizo que burbujeaba y se retorcía a gran altura, tomando vagos perfiles semihumanos y semimonstruosos, a través de los cuales yo podía ver la chimenea y el fogón de detrás. Era todo ojos —lobunos y burlones— y la cabeza insectoide y rugosa se desvanecía al final de una delgada corriente de bruma que se rizaba pútridamente en torno a la chimenea, para desaparecer finalmente por su interior. Digo que vi a aquel ser, pero sólo mediante el pensamiento retrospectivo puedo de verdad atribuirle una condenada aproximación a la forma. En aquel momento no era para mí más que una hirviente y débilmente fosforescente nube de fungoso espanto que envolvía y disolvía en horrenda plasticidad algo sobre lo que entonces se fijó mi atención. Porque tal objeto era mi tío —el venerable Elihu Whipple—, que me miraba con facciones ennegrecidas y decaídas, balbuceándome algo, mientras tendía unas garras para lacerarme con la furia de ese horror que se había posesionado de él.

Fue el poder de la rutina lo que me salvó de enloquecer. Me había castigado preparándome para el momento crucial, y fue ese ciego entrenamiento el que me salvó. Reconociendo al hirviente demonio como algo hecho de una sustancia invulnerable a la materia o la química, y, por tanto, ignorando el lanzallamas dispuesto a mi izquierda, conecté el aparato de Crookes y enfoqué hacia esa escena de inmortal blasfemia las más poderosas radiaciones etéreas que la técnica humana ha logrado extraer de los espacios y fluidos de la naturaleza. Hubo una bruma azulada y un chisporroteo frenético, y la fosforescencia amarillenta menguó visiblemente. Pero comprendí que aquella disminución era sólo por contraste y que las ondas de la máquina no hacían efecto alguno.

Entonces, entre las brumas de aquel espectáculo demoníaco, presencié un nuevo horror que arrancó gritos de mis labios y me lanzó manoteando y trastabillando hacia la desatrancada puerta de la calle, despreocupándome de cualquier anormal espanto que pudiera dejar suelto por el mundo o de cualquier juicio que la humanidad pudiera hacer recaer sobre mi cabeza.

En esa débil mezcla de azul y amarillo, el cuerpo de mi tío había comenzado una nauseabunda licuación cuya esencia elude toda descripción y en la que, en torno a su rostro, se produjeron tales cambios de identidad como sólo la locura puede concebir. Era un demonio y una multitud, un osario y un desfile. Iluminado por rayos entremezclados e indistintos; el rostro gelatinoso asumió una docena, una veintena, un centenar de aspectos, sonriendo mientras se hundía en el suelo sobre un cuerpo con el que se fundía como sebo, en caricaturesca similitud con legiones de seres extraños y no tan extraños.

Vi los rasgos de la familia Harris, masculinos y femeninos, adultos e infantiles, y otras facciones viejas y jóvenes, rudas y refinadas, familiares y desconocidas. Por un segundo relampagueó una degradada imitación de una miniatura de la pobre loca Rhoby Harris que viera en el Museo de la Escuela de Dibujo, y en otra ocasión pensé descubrir la huesuda imagen de Mercy Dexter, tal como la recordaba de una pintura en casa de Carrington Harris. Me sentía espantado más allá de cualquier concepción; hacia el final, cuando una curiosa amalgama de sirviente y niño se dejó entrever cerca del suelo, donde fluía un estanque de grasa verdosa, pareció como si las mutables facciones luchasen entre sí, esforzándose por asumir contornos como los del amistoso rostro de mi tío. Quiero pensar que existió tal momento, y que trató de transmitirme su despedida. Creo que yo también farfullé una despedida con mi propia garganta enronquecida mientras me tambaleaba hacia la calle, con un débil arroyo de grasa siguiéndome a través de la puerta hasta la acera mojada por la lluvia.

El resto es sombrío y monstruoso. No había nadie en la calle empapada y en todo el mundo no había nadie a quien me atreviera a contárselo. Anduve sin rumbo fijo hacia el sur, pasé por College Hill y el Ateneo, bajé por Hopkins Street y atravesé el puente hacia la zona comercial, donde los altos edificios parecían ampararme, porque las cosas modernas y materiales guardan al mundo de prodigios antiguos y malignos. Entonces, el alba gris se desplegó húmeda al este, silueteando la arcaica colina y sus venerables chapiteles, y me reclamó hacia el lugar en el que mi terrible trabajo había quedado inacabado. Al cabo acudí a la luz de la mañana, mojado, sin sombrero y desconcertado, y crucé esa espantosa puerta de Benefit Street que había dejado abierta y que aún batía misteriosamente a la vista de los más madrugadores de los vecinos, con los que no me atreví a hablar.

La grasa había desaparecido, pues el suelo mohoso era poroso. Y en frente de la chimenea no había vestigios de la forma gigante de salitre doblada sobre sí misma. Observé el catre, las sillas, los instrumentos, mi sombrero abandonado y el de paja amarillento de mi tío. Mi desconcierto era completo, y apenas recuerdo qué fue sueño y qué realidad. Entonces el pensamiento se encauzó y supe que había cosas reales más horribles que las que había soñado. Sentándome, traté de conjeturar, hasta donde podía permitirme la cordura, qué había sucedido y cómo podría poner fin al horror, si es que en efecto había sido real. No parecía ser algo material, ni etéreo, ni nada concebible por la mente humana. ¿Qué era entonces sino alguna exótica emanación, algún vapor vampírico como el que los incultos de Exeter decían que acechaba sobre ciertos cementerios? Yo presentía que ahí estaba la pista, y otra vez registré el suelo, ante el hogar, donde el moho y el salitre habían tomado extrañas formas. En diez minutos estaba resuelto y, tomando mi sombrero, volví a casa, donde me bañé, comí y, por teléfono, encargué una alcotana, una pala, una máscara antigás y seis bombonas de ácido sulfúrico, todo para ser entregado a la mañana siguiente en la puerta del sótano, en la casa maldita de Benefit Street. Luego traté de dormir y, como no pude, pasé las horas leyendo y componiendo versos simplones para atemperar mi humor.

A las once del día siguiente comencé a cavar. El día era soleado, y yo me alegraba de esa circunstancia. En esa ocasión estaba solo, ya que, por mucho que temiese al desconocido horror que buscaba, más temía la idea de contárselo a alguien. Se lo dije más tarde a Harris sólo porque no tenía más remedio y porque él había oído extraños cuentos a los viejos, lo que le había predispuesto en cierta manera a creer. Mientras revolvía la hedionda tierra negra frente al hogar, mi pala provocó el derrame de un viscoso icor amarillo que rezumaba de los hongos blancos al romperse. Titubeaba ante las dudas de lo que podría descubrir. Algunos secretos ocultos en el seno de la tierra no son buenos para la humanidad, y éste me parecía uno de ellos.

Mi mano temblaba perceptiblemente, pero, aun así, seguí hurgando; al cabo de un momento entré en el largo agujero que había hecho. Al agrandar el hoyo, que tendría unos dos metros de lado, el maligno hedor iba aumentando y ya no tuve dudas del inminente contacto con el ser infernal cuyas emanaciones habían maldecido la casa durante siglo y medio. Me pregunté cómo sería, cuáles serían su forma y sustancia, y cuán grande podría haber llegado a ser a través de largas eras de succionar vida. Al cabo salí del agujero y dispersé la tierra amontonada, antes de disponer las grandes bombonas de ácido alrededor, por dos de los lados, de forma que, en caso de necesidad, pudiera vaciarlas todas en el agujero en rápida sucesión. Después de eso cavé sólo por los otros dos lados, trabajando más lentamente, y me puse la máscara antigás cuando aumentó el olor. Me sentía sumamente enervado por la proximidad a un ser indescriptible en el fondo de un foso.

De repente, mi pala chocó con algo más blando que la tierra. Me estremecí e hice ademán de trepar fuera del agujero, que ahora me llegaba al cuello. Luego me volvió el valor y saqué más tierra a la luz de la lámpara eléctrica que llevaba conmigo. La superficie que descubrí era vítrea y fría como un pez, una especie de jalea semipútrida y congelada con una insinuación de traslúcida. Escarbé aún más y vi que tenía forma. Había una grieta donde una parte de aquella sustancia se encontraba doblada. El área expuesta era inmensa y bastamente cilíndrica, como la blanda trompa blanquiazul de un mamut, doblada en dos, y su parte más grande mediría unos tres cuartos de metro de diámetro. Excavé aún más y luego, abruptamente, salté fuera, alejándome del agujero y de aquella sucia cosa; abrí frenético las pesadas bombonas, las incliné y, una tras otra, vertí su corrosivo contenido sobre esa fosa de osario y sobre la impensable anormalidad cuyo titánico «codo» había expuesto a la luz.

Nunca se borrará de mi memoria el cegador remolino de vapor amarillo verdoso que surgió tempestuosamente de ese agujero cuando descendió la riada de ácido. A lo largo de toda la colina, la gente habla del día amarillo, cuando humaredas violentas y horribles se alzaron de los vertidos de la factoría del río Providence, pero yo sé cuán errados se encuentran respecto a la fuente. Hablan también del espantoso rugido que surgió al mismo tiempo de alguna tubería de agua o gas, atrancada, bajo tierra, pero también en eso, de atreverme, podría corregirlos. Fue, sin duda, estremecedor, y no sé cómo pude sobrevivir. Me desmayé tras vaciar la cuarta bombona, que tuve que trastear cuando los gases habían comenzado a penetrar a través de mi máscara, pero cuando me recobré vi que el agujero ya no emitía vapores.

Vacié las dos bombonas que quedaban sin obtener ningún resultado en particular y, luego de algún tiempo, me sentí lo bastante a salvo como para devolver la tierra al hoyo. Acabé en el crepúsculo, pero el miedo había desaparecido ya del lugar. La humedad era menos fétida y todos los extraños hongos se habían convertido en una especie de inofensivo polvo grisáceo que se desparramaba como cenizas por el suelo. Uno de los terrores más intensos del interior de la tierra había desaparecido para siempre y, si hay un infierno, había recibido por fin al espíritu demoníaco de un ser impío. Mientras arrojaba la última paletada de moho, sentí la primera de las muchas lágrimas que he rendido como sincero tributo a la memoria de mi querido tío.

La primavera siguiente no surgieron más hierba pálida ni extrañas malezas en el jardín aterrazado de la casa maldita y, al poco, Carrington Harris alquiló el lugar. Aún es espectral, pero su extrañeza me fascina, y creo que encontraré un extraño pesar mezclado con alivio el día que la derriben para construir una tienda cursi o un vulgar edificio de apartamentos. Los viejos árboles marchitos del patio han comenzado a dar unas manzanas pequeñas y dulces, y el año pasado los pájaros anidaron en sus retorcidas ramas.

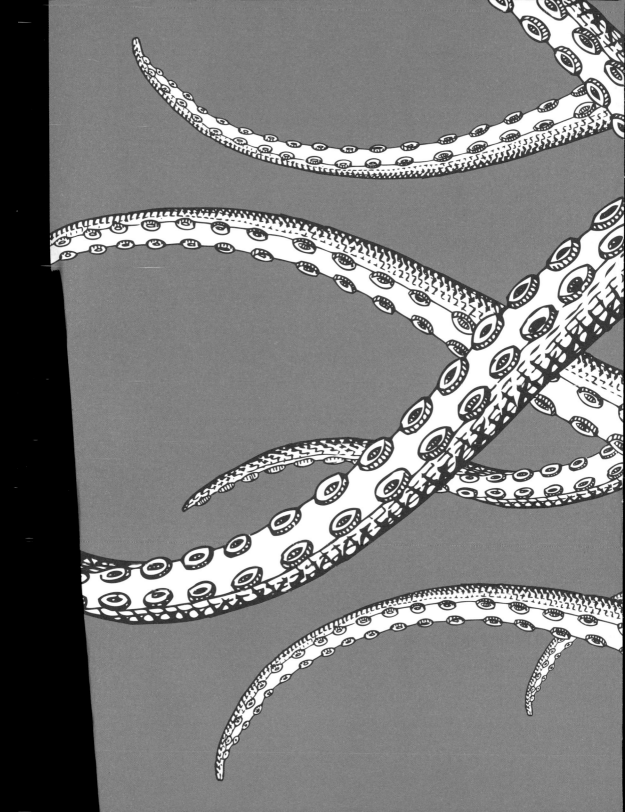